PETER HERELD

Die Braut des Silberfinders

DER SILBERBERG Unweit von Hildesheim, im Jahr 1234. Auf ihrer Reise nach Cölln machen der Araber Osman und sein Freund Robert der Schmale in einem Gasthof halt. Hier treffen sie auf Adara, eine rothaarige Schönheit. Robert ist sofort von ihr verzaubert, und es kommt zu einer Liebesnacht mit weitreichenden Folgen. Am nächsten Morgen fehlt nicht nur von Adara jede Spur, sondern auch vom Geld der beiden, selbst Roberts Pferd hat die Schöne mitgehen lassen.

Völlig mittellos beschließen die beiden Freunde, der Diebin zu folgen. Sie vermuten, dass sie nach Goslar geflohen ist. Und tatsächlich, in der Kaiserpfalzstadt angekommen, erfahren sie, dass Adara kürzlich mit einem Tross Kupferschmieden angekommen ist – doch ausgerechnet hier verliert sich ihre Spur endgültig. Einen Monat lang versuchen die beiden, das Mädchen zu finden und bestreiten während dieser Zeit ihren Unterhalt als Bergmänner im Goslarer Rammelsberg. Als sie dem jungen Prospektor Leonhardt in die Mine folgen, geraten sie in große Gefahr …

Peter Hereld, geboren 1963, lebt in Hildesheim. Neben seiner Tätigkeit in der Verlagsbranche arbeitet er nebenberuflich als Werbefilmproduzent. Nach »Das Geheimnis des Goldmachers« ist »Die Braut des Silberfinders« sein zweiter historischer Roman.

Bisherige Veröffentlichungen im Gmeiner-Verlag:
Das Geheimnis des Goldmachers (2010)

PETER HERELD

Die Braut des Silberfinders

Historischer Roman

GMEINER *Original*

Besuchen Sie uns im Internet:
www.gmeiner-verlag.de

Im Ehnried 5, 88605 Meßkirch
Telefon 07575/2095-0
info@gmeiner-verlag.de

1. Auflage 2012

Lektorat: Sven Lang
Herstellung: Julia Franze
Umschlaggestaltung: U.O.R.G. Lutz Eberle, Stuttgart
unter Verwendung eines Bildes von der Rückseite des
Annaberger Bergaltars von Hans Hesse; http://commons.wikimedia.org/
wiki/File:Annaberger-Bergaltar2.jpg?uselang=de
Druck: GGP Media GmbH, Pößneck
Printed in Germany
ISBN 978-3-8392-1260-8

ANNO DOMINI 1234

Lang, lang ist's her …

Die Welt, damals noch flach wie eine Scheibe …

… zersplittert in unzählige Herzog- und Fürstentümer, die Bevölkerung drangsaliert und ausgebeutet von dessen Herrschern, fand im Osten durch die wilden Horden des Mongolenfürsten Ugedai Khan ihre Grenzen und reichte im Westen bis zur Iberischen Halbinsel, auf der die christlichen Heere der Kastilier gerade die letzten Bastionen der Mauren zurückeroberten.

Reichtum und Willkür …

… weltlicher Potentaten wurde nur noch übertroffen von Einfluss und Geltung klerikaler Amtsträger. Die Schatzkammern etlicher Bistümer waren praller gefüllt als die der Herzöge, und nicht selten maßten sich eben jene, die Gottes Werkzeug sein sollten, seine Pracht und Herrlichkeit an. Andere wiederum, blind in ihrem Eifer Gott zu gefallen, machten aus Regenten gehorsame Söldner und zahlten ein fürstliches Salär, damit diese Armeen aufstellten, um die arabischen Heiden Gottes Barmherzigkeit zu lehren und die Heilige Stadt Jerusalem zurückzuerobern, alles im Namen und unter dem Banner des Kreuzes.

In jener Zeit, in der so manch ein Kirchenmann mehr zu sagen hatte als ein Burgherr, die Wissenschaft einzig und allein der Entwicklung neuer Kriegsapparaturen verpflichtet war, kleinste Wunden bereits den Tod bedeuten konnten und in der ein voller Magen mehr Wert hatte als das Leben des Nächsten, in jener Zeit also, durchstreiften zwei Männer Europa, wie sie unterschiedlicher nicht sein konnten. Osman Abdel Ibn Kakar, der eine, ein Araber aus Alexandria, einst Kammerdiener und rechte Hand eines byzantinischen Kaufmanns, nun auf der Flucht und fern seiner geliebten Heimat, gestraft mit der Gewissheit, sein Vaterland nie wieder betreten zu dürfen, bestens vertraut mit dem Gedankengut arabischer, griechischer und fernöstlicher Gelehrter und Philosophen, blitzgescheit, redegewandt und zuweilen, mehr als seiner Gesundheit zuträglich, überheblich und stolz.

Robert, der andere, in deutschen Landen geboren und doch nicht hier zu Haus. Als zwölfjähriger Novize verfiel er den verführerischen Worten des Nikolaus von Cölln und pilgerte gemeinsam mit zwanzigtausend Kindern über die Alpen nach Genua. Hier sollte sich das Meer vor ihnen teilen, auf dass sie trockenen Fußes Jerusalem erreichen würden, verhieß ihnen Nikolaus. Natürlich geschah nichts dergleichen und so gelangten die wenigen Überlebenden in die Gefangenschaft von Piraten und Halsabschneidern, die sie an der afrikanischen Küste als Sklaven verkauften. Roberts Martyrium endete in Alexandria. Dort wurde er mehr tot als lebendig von Osman aufgenommen und diente dessen Herrn über zwanzig Jahre. Vom Gemüt und bisweilen auch im Umgang mit seinen Zeitgenossen ist Robert eher von handfesterer Natur, ein Mann mit einer fast beängstigenden physischen Präsenz und doch im Kern, trotz seiner ruppigen Art, ein gutherziger Mensch.

Auf ihrem Weg nach Cölln machten sie unlängst in Hildesheim Rast. Völlig schuldlos gerieten sie in ein mörde-

risches Komplott, das ihnen beinahe das Leben gekostet hätte. Erst im letzten Moment konnte Schlimmeres verhindert und der wahrhaft Schuldige entlarvt werden. Nachdem ihre Wunden verheilt und die Kräfte gestärkt waren, setzten Robert und Osman schließlich ihre Reise nach Cölln fort …

Mittwoch, der dreißigste August

Sommersprossen

»Lass sie mich aufbewahren, klingt's mir noch im Ohr …«, lachte Osman ohne jede Freude, »… ich bin allemal der Vernünftigere von uns beiden und noch dazu nicht so ein Hungerhaken wie du. Bei mir ist unsere Börse sicher – drauf geschissen!«

Der blonde Riese zuckte zusammen, als ihm sein Gegenüber die letzten Worte förmlich entgegenspuckte.

»Robert, der Tugendhafte, wahres Ausbund an Kraft und Beherrschung, immer im Vollbesitz seiner Sinne …« Der Hagere schüttelte seinen Kopf, bevor er grimmig fortfuhr: »Von wegen beherrscht, ein elender Trunkenbold bist du, gerade mal imstande auf die schäbigen Lumpen achtzugeben, die du am Leib trägst. Wie konnte ich nur die Ersparnisse meines armen Vaters einem Saufaus wie dir anvertrauen? Der Irrsinn muss mich geritten haben!« Schwülstig rang Osman seine Hände gen Himmel.

Robert indes gab keinen Laut von sich, wusste er doch sehr wohl, dass jeder Einwand nur weitere Vorwürfe nach sich ziehen würde. Stattdessen schlug er kraftvoll seinen Schlägel aufs Eisen und hoffte dabei insgeheim, ein herausgebrochenes Stückchen Fels möge Osman auf die Füße fallen. Immer wieder trieb er so den Meißel in die Wand, scheinbar unermüdlich, obwohl selbst ein Mann mit seiner erstaunlichen Statur diese Art von Arbeit unmöglich lange durchhalten konnte.

»Lässt sich wie ein kleiner Junge von einer Hure um den Finger wickeln – hoffentlich bist wenigstens *du* auf deine Kosten gekommen, teuer genug ist uns deine Dummheit jedenfalls allemal gekommen …«

Wollte dieser Kerl denn gar keine Ruhe geben? Robert schlug sein Eisen weiterhin kraftvoll in den Fels, doch trotz seiner Wut auf Osman, das Mädchen und zuvörderst auf sich selbst, eine Wut, die ihn anstachelte, sein Blut zum Kochen brachte und neue Kräfte mobilisierte, wurden ihm allmählich die Arme schwer. Bald müsste er seine Arbeit ruhen lassen und sich Osmans Fragen stellen, so wie jeden Tag zuvor in den vergangenen vier Wochen. Das Schlimmste am ganzen Gezeter jedoch war, dass Osman mit seinen Vorhaltungen unbestritten richtig lag.

Teufel noch eins, wie konnte er auch so einfältig sein, ärgerte sich Robert erneut über sich selbst, und seine Wut ließ ihm Schlägel und Eisen für kurze Zeit leichter erscheinen.

Osman hatte schon recht – selbst ein kleiner Junge hätte sich nicht unbedarfter anstellen können.

Er ließ seinen Gedanken freien Lauf, Wochen zurück zum ersten Tag des Monats August. Wieder einmal hatte der Himmel seine Schleusen geöffnet, wie so häufig in diesem Land, in dem er geboren und aufgewachsen war und das er dennoch kaum kannte, da er den Großteil seines Lebens im fernen Alexandria zugebracht hatte.

Vor seinem geistigen Auge erschien die Pforte des Krugschenks, eines Gasthofs einige Tagesreisen westlich von Hildesheim. Und als wenn es gestern gewesen wäre, klang ihm erneut eine Stimme im Ohr, so sinnlich und zart, dass sie ihn sofort in ihren Bann zog …

»Herr, darf ich Euch aus Eurem nassen Wams helfen?«

Robert entsann sich, den Regen aus seinem Gesicht gewischt zu haben. Nur einige alte Männer und ein Kaufmann mit zwei finster dreinblickenden Gesellen, vermutlich besoldeten Aufpassern, füllten die Schenke mit behäbigem Leben.

Zarte Finger tippten ihm auf den Rücken.

Er drehte sich um und es war um ihn geschehen. Einen Kopf kleiner als er und damit immer noch ziemlich groß, erst recht für eine Frau, stand ihm das reizendste Geschöpf gegenüber, das er jemals zu Gesicht bekommen hatte. Ein Paar strahlend blaue Augen schauten ihn fragend an. Sommersprossen, wildes, rot gelocktes Haar und ein schelmisches Lächeln verliehen der Schönheit ein spitzbübisches Erscheinungsbild.

Robert brachte kein Wort heraus und das Lächeln auf dem Gesicht des Mädchens verschwand, machte nun einer besorgten Miene Platz.

»Herr, geht es Euch nicht gut?«

Osman, der hinter Robert die Schenke betreten hatte, verdrehte angesichts der Sprachlosigkeit seines Freundes die Augen, während der Kaufmann für diese Szene nur einen blasierten Blick übrighatte. Seine Begleiter indessen grinsten gehässig und begannen zu flüstern.

»Habt keine Sorge, liebes Kind«, beendete Osman schließlich das unangenehme Schweigen. »Ihr müsst wissen, dass dieser Mann im tiefsten Walde groß geworden und aufgewachsen ist. Bis eben hat der arme Kerl außer seiner Mutter kein anderes weibliches Wesen zu Gesicht bekommen!«

Der Schankraum bebte vor Gelächter, nur das Mädchen schien noch unschlüssig, was sie vom eben Gehörten halten sollte. Robert spürte indes, wie ihm angesichts Osmans Worte das Blut in den Kopf stieg. Ein schöner Freund, der diese ohnehin schon peinliche Situation weiter auf die Spitze trieb.

»Der bedauernswerte Tropf wird für den Rest seines Lebens nur noch Enttäuschungen erleben«, ergänzte Osman und ließ einen vielsagenden Blick folgen.

Roberts Blut schäumte – nun begann dieser hinterhältige Kerl sogar, sich an das Mädchen heranzumachen, und das ganz ungeniert auf seine Kosten. Wenn nur nicht so viele andere dabei gewesen wären, und wenn er Osman nicht doch, trotz alledem, weiterhin ein wenig gemocht hätte, und wenn er zudem nicht eigentlich ein friedfertiger Mensch wäre, der keiner Seele etwas zuleide tun konnte, sofern es nicht unbedingt sein musste, ja, dann hätte er im gleichen Augenblick und ohne mit der Wimper zu zucken, Osmans Inneres nach außen gekehrt.

Er zwang sich zur Ruhe und langsam fiel die bleierne Starre von ihm, ganz allmählich zwar, aber stetig, füllte sich sein umnebeltes Hirn und seine Zunge mit neuem Leben. »Hört nicht auf diesen unverschämten Lump, der einmal mein Freund gewesen ist. Ab und an juckt es ihn voll Übermut, Scherze zu treiben auf Kosten anderer, doch bisweilen schießt er dabei übers Ziel hinaus«, hielt Robert dagegen und blickte zunächst in Richtung Osman, bevor er sich wieder dem Mädchen zuwandte: »Nehmt bitte meinen Überzieher, ich will ihn nur noch kurz auswringen, bevor Ihr ihn zum Trocknen aufhängt. Ihr müsst mir jedoch versprechen, Euch danach an unseren Tisch zu setzen und Eure Mühe mit einem guten Essen belohnen zu lassen!«

»Gerne, mein Herr.« Sie nahm Roberts Mantel entgegen und verschwand in Richtung Küche, dorthin, wo in einer Schenke auch im Sommer immer ein Ofen brannte.

Nachdem Robert und Osman die Pferde versorgt hatten, ohne dabei ein Wort miteinander gewechselt zu haben, setzten sie sich gemeinsam an einen derben, grob gehauenen Schanktisch. Rasch kam der Wirt zu ihnen, ein grantig dreinblickender, schwammig gebauter Mann mittleren Alters, und lud eine heftig dampfende Terrine, einen Laib Brot und einen Krug Wein bei ihnen ab. Osmans Bitte um Wasser wurde angewidert mit einem noch grimmigeren Blick quittiert. »Mögen der Herr zum Wasser denn noch etwas Heu?«, wurde er wenig gastfreundlich gefragt. Der Kaufmann und seine Begleiter lachten. Nun war es an Osman, den Spott der anderen über sich ergehen zu lassen, ein Gefühl, das dem stolzen Alexandriner gar nicht schmecken wollte. Dennoch ertrug er die Schmach widerspruchslos. Den ungehobelten Klotz über die strengen Regeln des Islam aufzuklären, hielt er in dieser düsteren Spelunke für unangebracht, zumal Araber zu jener Zeit der Kreuzzüge im Abendland alles andere als gern gesehen waren. Und auf einen handfesten Streit wollte es Osman erst recht nicht ankommen lassen, immerhin war der Wirt zwar nicht größer als er, aber mindestens doppelt so breit. Ein Blick auf Robert zeigte ihm zudem, dass er bei einer Rauferei von seinem Freund keine Hilfe erwarten konnte, lachte doch gerade er mit Abstand am lautesten über die Dreistigkeit des Wirtes.

Schweren Herzens schluckte Osman den Groll hinunter und widmete seine Aufmerksamkeit jener undefinierbaren, grauen Masse, die auf seinem Teller dampfte. Er wagte einen zaghaften Versuch davon und wurde überrascht, schmeckte der Brei doch gottlob bedeutend besser, als er aussah, es schien sogar etwas Fleisch darin zu sein. Ein kurzes Stoßgebet auf den Lippen und im Voraus um Vergebung bittend, sollte sich Schwein oder gar noch unreineres Getier wie Nager im Essen befinden, langte er zu, erheblich beherzter nun. Und je mehr sich sein Magen füllte, desto schneller verrauchte sein Zorn auf den Wirt, auf Robert und auf dieses ganze verfluchte Land, das die Sonne anscheinend ebenso selten zu sehen bekam wie ein Imam ein Frauenhaus von innen.

Robert stocherte indes lustlos mit seinem Holzlöffel im Essen herum. Ihm war flau im Magen und es wollte ihm nicht so recht schmecken. Immer wieder schaute er zur Küchentür, dorthin, wo vor geraumer Zeit die Rothaarige verschwunden war. Als er schon befürchtete, sie habe ihn versetzt und würde nie wieder auftauchen, öffnete sich die Tür zur Küche. Mit einem bezaubernden Lächeln kam sie an ihren Tisch und setzte sich eng an Roberts Seite. Neben einem leicht gewobenen Rock und einer hellen, lose am Busen geschnürten Bluse, umwehte sie der verführerische Duft von Rosenblättern.

»Um Euren Mantel habe ich mich gekümmert, mein Herr«, sagte sie zu Robert und wandte sich an Osman. »Wollt Ihr mir auch den Euren geben?«

Osman griff hinter sich zur Stuhllehne. »Sei so gut und wring ihn mir vorher aus, Robert.«

»Zieh ihn zuvor noch über, dann mach ich's gern.«

Das Mädchen kicherte. Sie war die Einzige am Tisch, die Vergnügen an Roberts knurrigen Worten fand.

»Danke, mein Freund, aber dann muss es wohl auch ohne deine Hilfe gehen«, antwortete Osman, bevor er sich an das Mädchen wandte.

»Und auch ohne Eure, liebes Kind. Lasst es Euch erst einmal schmecken, die Pampe mundet bedeutend besser, als sie ausschaut. Der Mantel kann so lange warten!« Osman schenkte ihr Wein ein, während sie sich eine gehörige Portion Brei auf den Teller lud. »Ich heiße übrigens Osman Abdel Ibn Kakar, oder einfach nur Osman, Eurer Zunge zuliebe. Verratet Ihr mir Euren Namen?«

Sie stockte kurz, gerade so, als bereite ihr die Frage Kopfzerbrechen. »Anna, ohne was dazu. Einfach nur Anna.«

»Und ich heiße Robert, auch ohne etwas dazu«, brachte sich Robert ein und lächelte sie freundlich an. Sie lächelte zurück, zu lange für Osmans Geschmack.

»Und wo kommt Ihr her, Anna ohne was dazu?«, fragte er, um sich wieder ins Gespräch zu bringen, denn noch wollte er den Kampf um die Schöne nicht aufgeben. Wieder ließ ihre Antwort auf sich warten. Entweder, dachte sich Osman, ist sie reichlich schwer von Begriff, oder sie hat etwas zu verbergen.

»In Hameln bin ich geboren, und dorthin will ich auch wieder zurück«, sagte sie etwas zögerlich. Sie käme gradewegs aus Hildesheim, wo sie ihren Bruder zu Grabe getragen habe. In dieser Spelunke schließlich sei sie gestrandet, weil ein Kaufmann, mit dem sie von Hildesheim aus mitgereist sei, von hier aus den Handelsweg nach Norden nehmen musste. Seitdem warte sie auf Reisende in Richtung Hameln, um sich ihnen anzuschließen. Der Wirt, im Grunde ein herzensguter Mensch – Osman meinte nicht recht zu hören –, gäbe ihr hier so lange Obdach, dafür müsse sie sich nur ein wenig um die Gäste kümmern.

»Und ab und an lädt mich dann ein besonders Netter zum Essen ein«, sprach's und lächelte lediglich Robert an.

Augenscheinlich bin ich Luft für sie und noch dazu überflüssiger am Tisch als ein Pickel am Arsch, dachte sich Osman, dessen Stolz an diesem Tage wirklich auf eine harte Probe gestellt wurde.

Ebenso wie Anna ausschließlich Robert fixierte, schien Robert nur Augen für Anna übrig zu haben. Als er ihr dann, für seine Verhältnisse unerwartet kühn, auch noch gestand, dass es ihre Schönheit war, die ihm die Sprache verschlug, empfahl sich Osman mit dem Vorwand, nach den Pferden schauen zu wollen. Es überraschte ihn nicht, dass keiner von beiden Anstalten machte, ihn davon abzuhalten.

Müde geworden vom langen Ritt im Regen und mit gut gefülltem Magen blieb er gleich im Stall und bereitete sein Schlaflager vor. Er überzeugte sich davon, dass die Pferde für die Nacht gut versorgt waren, und legte sich ins frisch aufgeworfene Stroh. Dass er den nächsten Tag ausgeruhter beginnen würde als sein Freund, war ihm in diesem Moment nur ein schwacher Trost.

Robert indes schwebte wie auf Wolken. Eine Frau wie Anna hatte er noch nie kennengelernt. Sie strotzte nur so vor Temperament und Lebenslust, ganz zu schweigen von ihrem atemberaubenden Aussehen. Und sie mochte ihn, das war ganz offensichtlich. Kurz nachdem Osman gegangen war, hatten sie den ersten Weinkrug geleert, es folgte rasch ein zweiter und dem zweiten ein dritter. Bald darauf hörte Robert mit dem Zählen auf, so wie er zugleich das Denken einstellte.

Irgendwann im Laufe der Nacht gingen sie gemeinsam nach oben, in das Zimmer, das ihnen der Wirt bereitet hatte. Das heißt, sie ging so leichtfüßig, als habe sie den ganzen Abend nur Wasser getrunken, während Robert stark torkelnd die berauschende Last des Weines anscheinend ganz allein für beide zusammen in seinen Beinen trug. Im Zimmer versagten ihm seine Knie endgültig den Dienst, kraftlos sank er rücklings auf die Matratze. Während sie, auf ihm sitzend, langsam sein Hemd öffnete, linste er mit trüben Augen dorthin, wo ihre lose geschnürte Bluse einen großzügigen Blick auf ihren Busen erlaubte, erst recht so herabgebeugt, wie sie jetzt auf ihm saß. Und dort, wo sich ihre Brüste warm und behaglich aneinanderschmiegten, entdeckte Robert plötzlich ein Muttermal, das munter auf und ab hüpfte, ganz im Einklang mit ihren Bewegungen. Frivol zwinkerte es ihm zu, komm und küss mich, schien es sagen zu wollen. Liebend gern hätte er es getan, allein ihm fehlte die Kraft sich aufzurichten, bereits ein zaghafter Versuch versetzte die Welt um ihn herum in wildem Taumel. So blieb er also liegen wie festgenagelt und ließ Anna gewähren, was auch nicht vom Schlechtesten war. Bald hatte er nur noch Augen für das Mal, das größer und immer größer wurde, bis schließlich alles in braunschwarzer Finsternis versank und die Nacht über ihn hereinbrach.

Mittwoch, der zweite August

Katzenjammer

Die Sonnenstrahlen des neuen Tages drangen durch Roberts geschlossene Lider und brannten wie glühende Nadeln in seinem Kopf. Nach dem einen oder anderen Becher Wein zu viel hatte er sich bisweilen schon mal hundeelend gefühlt, diesmal jedoch wollte er am liebsten sterben. Sein Magen machte Bocksprünge, doch der säuerliche Gestank ringsumher zeigte ihm, dass zumindest diese Schmach bereits ausgestanden war. Zaghaft öffnete er seine Augen und sah einen Krug neben einer bronzenen Schale stehen, das Wasser für die morgendliche Wäsche. Er nahm einen kräftigen Zug, um zumindest den pelzigen Geschmack von der Zunge zu verscheuchen, doch es half nur bedingt, denn sofort machte sich wieder der Magen bemerkbar. Dennoch, sein Kopf wurde etwas klarer – klar genug, um den morgendlichen Katzenjammer mit einem Schlag völlig belanglos und nichtig erscheinen zu lassen.

»Himmel Arsch, sie ist weg!«, stammelte Robert und meinte damit nicht Anna, obwohl er sie jetzt liebend gern neben sich gehabt hätte. »Das Geld, das verdammte Luder hat die Börse gestohlen! Gottverdammich! Gottverdammich, Himmel Arsch noch eins! Wie sag ich's bloß Osman?«

»Wie sagst du mir *was*?«, fragte Osman, der plötzlich im Zimmer stand. »Eigentlich dachte ich, du wärst klammheimlich über alle Berge, als ich heute Morgen sah, dass dein Pferd fort ist.«

Zuerst schaute Robert völlig ungläubig, dann lief sein Kopf knallrot an, als wolle er bald platzen, und schließlich fluchte er, so laut und unsäglich wütend, dass Osman angst und bange wurde. Die Worte, die Robert von sich gab, hatte Osman bislang noch nicht zu hören bekommen, was sie bedeuteten und wem sie galten, konnte er sich jedoch leicht zusammenreimen. Und es dauerte nicht lang, da schimpfte er mindestens genauso laut und unflätig.

Der halbe Tag war inzwischen vergangen und die Sonne wanderte bereits gen Westen, doch Robert und Osman hatten weiterhin nichts anderes zu tun, als sich gegenseitig Vorhaltungen zu machen. So standen sie also im Stall beim einzigen ihnen verbliebenen Pferd und redeten zornig aufeinander ein.

»Aber wenn du von vornherein meintest, dass irgendetwas mit ihr nicht stimmt, wieso hast du mich nicht vor ihr gewarnt?«

»Weil du mir, so blind vor Liebe, eh nicht geglaubt hättest!«

Robert schüttelte seinen Kopf. Er wollte das Gesagte nicht wahrhaben und wusste doch nur zu gut, dass sein Freund recht hatte.

»Du hättest nur gedacht«, setzte Osman fort, »dass ich sie dir abspenstig machen will, und mich dann zum Teufel gejagt! Außerdem, konnte ich ahnen, dass sich ein baumlanger Kerl wie du von solch einem zarten Geschöpf unter den Tisch saufen lässt?« Jetzt war es an Osman, seinen Kopf zu schütteln.

»Der Herr sei mein Zeuge, sie hatte vielleicht nicht so viel getrunken wie ich, aber allemal mehr als genug für jeden anderen, dem ich bislang zugeprostet habe«, versuchte sich Robert zu verteidigen. »Keine Ahnung, wie sie es fertigbrachte, noch in der gleichen Nacht aufs Pferd zu steigen.«

»Wahrhaftig, ein Teufelsweib, auf das du dich da eingelassen hast!«, sagte Osman, und seine Augen bekamen einen eigenartigen Glanz, ganz so, als würde er zu schwärmen beginnen. »Wenn sie uns nicht so übel mitgespielt hätte, müsste ich sie schon wieder bewundern für ihre Dreistigkeit. Immerhin hat sie dir nicht nur das Geld unterm Hintern weggestohlen, sondern obendrein dein Pferd, und das, während ich direkt daneben schlief. Wirklich, eine Frau ganz nach meinem Geschmack!«

»Nimm sie, ich schenk sie dir!«

Leichter gesagt als getan, das wussten beide. Dass sie nicht nach Hameln unterwegs war, verstand sich von selbst, vermutlich ritt sie inzwischen auf dem Hellweg in die entgegengesetzte Richtung auf Hildesheim zu. Doch wozu derlei Mutmaßungen, sie zu verfolgen, hatte eh keinen Zweck, schließlich blieb ihnen beiden gerade ein Pferd, außerdem musste sie schon lange fort sein. Der Ratlosigkeit folgte betretenes Schweigen.

»Und was nun?«, brach Osman die bedrückende Stille.

»Wenn ich's doch nur wüsste. Ohne einen Groschen in der Tasche kommen wir jedenfalls nicht bis nach Cölln.«

»Ohne einen Groschen in der Tasche kommen wir nirgendwohin! Verdammt, wie konntest du dich nur so leichtfertig hinters Licht führen lassen?«

»Und wie konntest du weiterschlafen, während sie mein Pferd aus dem Stall holte? Du warst immerhin nüchtern.«

»Jetzt gib nicht mir die Schuld an dem Elend, verdammter Saufaus!«, regte sich Osman auf. Und das völlig zu Recht, wie Robert insgeheim zugeben musste. Diesmal trug ganz allein er die Verantwortung an der Misere, in der sie steckten.

»So wie ich das sehe, haben wir nur zwei Möglichkeiten«, setzte Robert betont ruhig an und hob seinen Daumen für die erste. »Entweder versuchen wir uns bis nach Cölln durchzubringen – es ist Sommer, daher sollten wir bis dahin genug finden, um uns ausreichend den Magen zu füllen …«, es folgte Roberts Zeigefinger, der die zweite Möglichkeit einleitete, »… oder wir sehen zu, dass wir das Mädchen finden und uns zurückholen, was unser ist, nachdem wir ihr eine ordentliche Tracht Prügel verabreicht haben. Von diesem armseligen Kaff bis nach Hildesheim gibt es nur eine einzige Straße, es müsste schon mit dem Teufel zugehen, wenn wir auf dem Hellweg bis dahin niemanden treffen, der uns Auskunft geben könnte. In Hildesheim sehen wir dann weiter; ein hübsches Mädchen wie sie, mit diesem leuchtend roten Haar, fällt gewiss auf.«

»Und wie willst du bis nach Hildesheim kommen?«

Robert wirkte ratlos. »Mit dem Pferd natürlich«, antwortete er unsicher.

Osman schüttelte den Kopf angesichts so viel Beschränktheit. »Nun schau dir das Tier doch mal genauer an! Im Nachhinein mag's vielleicht ein Fehler gewesen sein, doch habe ich mir seinerzeit in Bremen einen Araberhengst ausgesucht, um zumindest ein Stückchen Heimat zu spüren. Ein herrliches Pferd, elegant und schnell, sicherlich das schönste, das jemals diesen Stall von innen gesehen hat. Nicht zu vergleichen mit euren derben, grobschlächtigen Mähren, die eher zum Ziehen eines Pfluges taugen denn als Reittier. Mich allein trägt es wie der Wind von hier nach dort, bei dir jedoch verhält es sich schon ganz anders. Da reicht bereits dein bloßer Anblick und das Tier streckt alle viere von sich, von uns beiden zusammen ganz zu schweigen! Dieser zarte Rücken ist nur für einen Reiter geschaffen.«

»Und wie stellst du dir das vor? Soll ich etwa die ganze Zeit neben dir herlaufen?«

»Verdient hättest du's ja«, bemerkte Osman mit einer Spur Genugtuung, »doch ich hab da noch 'ne andere Idee, obwohl mir das Herz blutet bei dem Gedanken.«

»Und?«, unterbrach Robert die Osmans Worten folgende Stille. Musste man diesem Kerl aber auch jedes Wort aus der Nase ziehen?

»Wir verkaufen das Tier und sehen zu, dass uns ein Kaufmann im Karren mitnimmt. Mit dem Geld wären wir aufs Nächste versorgt und mit ein bisschen Glück und Geschick sollte es uns gelingen, das elende Biest aufzugreifen.«

Das einzig Richtige in dieser verzwickten Situation, musste Robert offen zugestehen. Und so geschah es dann auch. Das Pferd verkaufte Osman an einen jungen, geschniegelten Gecken, der mit kleinem Gefolge im Gasthaus logierte. Dank Osmans Verhandlungsgeschick und des Käufers Arglosigkeit im Übrigen zu einem deutlich höheren Preis, als er es damals in Bremen erworben hatte.

Auch eine Mitreisegelegenheit war angesichts Roberts Statur schnell gefunden. In jenen unsicheren Zeiten erhöhte jede weitere Faust die Aussicht, sicher und gesund am Ziel anzukommen, und wenn sie zu einem baumlangen Kerl gehörte, umso besser. So bot ihnen ein junger

Gewürzhändler aus Celle einen Platz auf seinem Ochsenkarren an. Joseph Saltzmann hatte gerade sein Gewerbe begonnen und war daher noch nicht imstande, für seine Sicherheit Schutzbegleiter anzuwerben. Umso dankbarer nahm er daher das Angebot der beiden Freunde an, ihn auf der langen Reise nach Goslar zu begleiten.

Donnerstag, der dritte August

Kehrtum

Gleich in aller Früh mit dem ersten Hahnenschrei des neuen Tages brachen sie auf, den Hellweg in östlicher Richtung auf Hildesheim zu, dorthin also, wo sie hergekommen waren.

Die Nacht zuvor hatten beide im Stall zugebracht, schließlich musste das restliche Geld zusammengehalten werden, wofür sich nun, völlig wesensfremd eigentlich, Osman zuständig fühlte.

Die Fahrt zurück nach Hildesheim verlief ohne besondere Ereignisse. Nur eine Handvoll Reisender kam ihnen entgegen, zu Roberts und Osmans großer Ernüchterung konnte sich keiner an den Rotschopf erinnern. Natürlich war es durchaus denkbar, dass sich Anna, oder wie immer sie auch heißen mochte, abseits des Weges im Wald versteckte, wenn jemand ihren Weg kreuzte, dennoch wuchs die Sorge der beiden, sich für die falsche Richtung entschieden zu haben. Vielleicht war sie anfangs gar nicht darauf aus, zur Diebin zu werden, und wurde nur verführt von der besonderen Gelegenheit eines hilflos daniederliegenden Gimpels mit einem Beutel voller Geld. Dann freilich hätte sie auch keine Veranlassung gehabt, über das tatsächliche Ziel ihrer Reise die Unwahrheit zu sagen. Denkbar auch, dass dieser rote Teufel sogar derart gerissen war, ihnen in diesem Punkt ausnahmsweise keine Lüge aufgetischt zu haben, in der weisen Voraussicht, dass ihre Verfolger genau vom Gegenteil ausgingen. Wie auch immer, Robert und Osman beschlossen, bis nach Hildesheim dem Händler Gesellschaft zu leisten. Wo sollten sie auch hin, zu Fuß und nahezu mittellos?

In der Stadt wollten sie sich kundig machen, ob nicht vielleicht irgendjemand eine auffallend hübsche, rothaarige Frau gesehen hatte. Sicherlich würden ihnen die Hildesheimer bereitwillig Auskunft geben. Nach ihren Erlebnissen waren sie dort allseits bekannt und beliebt, hatten sie doch einen der berühmtesten Mitbürger aus den Fängen skrupelloser Halsabschneider gerettet.

Fünf Tage nachdem sie vom Krugschenk aufgebrochen waren, die Sonne versank bereits hinter dem Moritzberg, machten sie schließlich vor einem der Hildesheimer Stadtportale halt, dem westlich gelegenen Pantaleonstor. Ein Flügel war bereits geschlossen und die Wachleute machten sich gerade daran, den Durchgang endgültig für die Nacht zuzusperren. Missmutig schauten sie auf zu den Störenfrieden, die sie von der Arbeit abhielten, doch rasch erhellten sich ihre Mienen, als sie Robert und Osman erkannten. Die Wiedersehensfreude war groß, und nachdem die beiden von ihrem Dilemma berichtet hatten, wurden sie umgehend zu Hauptmann von Stenweden, dem Obersten der Stadtwache, gebracht.

»Da soll mich doch der Teufel holen! Was macht ihr denn hier? Ich dachte, ihr seid unterwegs nach Cölln!« Von Stenweden meinte, er sähe nicht recht, als plötzlich Robert und Osman seine Amtsstube betraten.

»Ladet den Satan nicht allzu leichtfertig ein, sich Eure Seele zu holen, Herr Hauptmann«, entgegnete Robert, einstiger Novize und Klosterschüler, leicht pikiert. »Unerfreuliche Umstände ließen uns unser Vorhaben hintanstellen. Nun sind wir bei Euch, in der Hoffnung, dass Ihr uns vielleicht weiterhelfen könnt.«

»Dann lasst mal hören, was geschehen ist, und wie ich

euch behilflich sein kann, liebe Freunde«, sagte von Stenweden und schob die Pergamente beiseite, in die er bis eben seine Nase vergraben hatte. Er wirkte erleichtert, seine Aufmerksamkeit wieder handfesteren Dingen als langweiligen Amtsgeschäften zuwenden zu können. Aufmerksam hörte er den Ausführungen zu und unterbrach nicht ein einziges Mal. »Und ihr wollt nun wissen, ob das Mädchen kürzlich durch Hildesheim reiste?«

»Oder ob es hier vielleicht sogar bekannt ist. Solch ein Weib, noch dazu mit diesem feuerroten Schopf, fällt jedem auf, egal ob Mann oder Frau. Wir müssen wissen, ob wir noch auf der rechten Spur sind!«

»Aber wenn das Luder um die Stadt herumgeritten ist?«, unterbrach Osman seinen Freund. »Sagt, Herr Hauptmann, kommt man mit einem Pferd durchs Dickicht ringsumher?«

»Im Norden der Stadt ist das Gestrüpp auf Meilen derart dicht, dass ein Pferd scheuen und den Gehorsam verweigern würde, im Süden dagegen wäre es kein Problem, wenn man auch auf die Sümpfe achtgeben muss. Derzeit allerdings, nach den Regenfällen der letzten Tage, ist das ganze Land überflutet und wenn kein Wasser mehr steht, so findet man stattdessen einen knietiefen Morast vor. Unmöglich, mit einem Pferd hier durchzukommen. Nein, wenn eure Diebin auf dem Hellweg nach Osten unterwegs war, dann kam sie durch unsere Stadt.« Nachdem von Stenweden geendet hatte, schaute er in zwei zufriedene Gesichter. Er überlegte einen Moment, dann rief er seinen Leutnant zu sich und gab Order, sämtliche Stadttorwächter nach der Frau auszufragen. »Wäre doch wohl gelacht, wenn wir nicht bald mehr wüssten.« Danach holte er drei Becher und schenkte ein.

»Für mich keinen Most. Mein Glaube verbietet mir jegliches geistige Getränk.«

»Und auch ich habe geschworen, keinen Tropfen mehr anzurühren, zumindest, bis ich das Mädchen gefunden habe«, machte Robert die Enttäuschung von Stenwedens komplett.

»Ihr seid mir ja ein trauriger Haufen«, tadelte er das Verhalten seiner Gäste, um anschließend ungerührt seinen Pokal in nur einem Zug zu leeren.

Die Nacht brach herein und die drei verbrachten ihre Zeit mit einem opulenten Mahl und ausgiebigem Geschwätz über vergangene Tage und überstandene Abenteuer. Was sollten sie auch anderes tun? Schließlich, von Stenweden war bereits allerbester Dinge, betrat der Leutnant die Stube. Er bedauerte, vermelden zu müssen, dass keinem seiner Männer in den letzten drei Tagen eine derartige Frau untergekommen sei.

»Der Leutnant konnte bestimmt noch nicht alle Wachleute befragen! Nicht wahr, Toepfer?«

Leutnant Toepfer nickte.

»Seid also ganz unbesorgt«, beruhigte von Stenweden seine Gäste, »morgen ist auch noch ein Tag, dann nehmen wir uns die restlichen Wachen vor. Außerdem lasse ich gleich in aller Früh einige Männer aussenden, die Bürger zu befragen. Wenn das Mädchen durch Hildesheim kam, und nach meiner Erfahrung mit Gaunern und allem, was ihr mir berichtet habt, hat sie diesen Weg gewählt, dann werden wir bald mehr wissen.«

Der Hauptmann ließ seinen Worten ein zuversichtliches Lächeln folgen und verschwieg dabei geflissentlich, dass er zwar durchaus befähigt war, sich in Ganoven und Halunken hineinzuversetzen, allerdings traf diese im Laufe der vielen Jahre als Ordnungswächter gereifte Begabung ausschließlich auf Männer zu. Frauen hingegen, ob nun ehrbar oder kriminell veranlagt, gaben ihm seit eh und je Rätsel auf.

Schweren Herzens und mit mindestens ebenso schweren Beinen empfahl sich von Stenweden und ließ ihnen, da es inzwischen viel zu spät für eine Einkehr war, in einer Zelle ein notdürftiges Lager herrichten.

Der Morgen graute, und der Hauptmann hatte nach wie vor keine Neuigkeiten für sie. Als es schließlich auf Mittag zuging, ohne dass jemand, ob Soldat oder Bürger, etwas von der Gesuchten zu berichten wusste, wurde die Sorge der beiden Freunde, die falsche Richtung eingeschlagen zu haben, zur Gewissheit. Enttäuscht stocherten sie in ihrem Essen, das ihnen in die Wachstube gereicht wurde, als plötzlich von Stenweden hereinplatzte, die Freude stand ihm deutlich ins Gesicht geschrieben.

»Ich wusste doch, dass sie hier war«, jubelte er triumphierend in zwei verblüffte Gesichter. »Sie kam mit einem Tross Kupferschmiede, vor zwei Tagen. Der Kopf war eingehüllt in ein Tuch, der Leib in plumpe Lumpen gepackt und das Gesicht dreckig wie das eines Bergmanns, daher konnte auch keiner meiner Männer sich an eine rothaarige Schönheit erinnern.«

»Und woher wisst Ihr so genau, dass sie es war?«, fragte Robert, noch lange nicht so überzeugt wie der Hauptmann.

»Sie kehrte in der Badestube am Andreasplatz ein und verlangte eine Wanne und Kammer für sich allein, was an sich noch nicht unüblich ist, schon gar nicht bei einer Frau. Höchst erstaunlich jedoch fand der Bader, dass sie nach einer geraumen Weile die Kammer mit einem ebenso dreckstarrenden Gesicht wie vor dem Wannengang verließ. Im Tuch, das er ihr zum Trocknen reichte, und in der Wanne fand der Mann einige Haare vor, lang wie ein Pferdeschweif und leuchtend rot.«

»Und wie groß war sie?«

»Ungefähr meine Größe, wenn auch beileibe nicht mit meiner Statur gesegnet«, entgegnete von Stenweden und streichelte sich über seinen Bauch.

»Groß also, erst recht für eine Frau, ebenso wie unsere Diebin«, meinte Osman, »und rothaarig obendrein. Außerdem passt die Zeit und das eigenwillige Verhalten. Sie ist es, zweifellos!«

»Nur gut, dass die Frauenzimmer ihrem eigenen Gestank und juckendem Haar deutlich weniger gleichgültig begegnen als wir Männer«, strahlte Robert über beide Wangen. Hatten sie doch den richtigen Weg gewählt.

»Und habt Ihr noch mehr in Erfahrung bringen können? Wann sie die Stadt wieder verlassen hat und in welcher Richtung, oder ob sie gar noch hier weilt?« Osman benebelte im Gegensatz zu Robert das schon nicht mehr für möglich gehaltene Glück nur kurzfristig die Sinne.

»Leider ist sie am gleichen Tage schon wieder mit den Kupferschmieden fort.«

»Und wohin, wisst Ihr darüber Bescheid?«

»Auf dem Handelsweg weiter nach Goslar, dorthin, wo es derweil jeden Kunstschmied hinzieht, ob nun Kupfer oder Silber sein Element ist.« Von Stenweden schaute in zwei fragende Gesichter. »Ihr müsst wissen«, setzte er an, sie von ihrer Ahnungslosigkeit zu befreien, »dass die Goslarer schon seit Jahrhunderten in großen Mengen Kupfer und Blei abbauen, sogar Silber soll in ihrem Berg zu finden sein. Kein Schmied will zwei Fuhrmänner entlohnen, für's Liefern des Erzes und für's Bringen seiner Arbeiten zum Kaufmann. Daher siedeln sich die Handwerker dort an, wo's Metall aus dem Berg kommt.«

»Und die Straße führt direkt nach Goslar?«, fragte Osman ungeduldig. So genau wollte er es eigentlich gar nicht wissen, denn nun lag Wichtigeres an.

»Ganz recht, die nächstgrößere Stadt in östlicher Richtung ist Goslar.«

»Dann lass uns keine Zeit mehr vergeuden«, brachte sich Robert ins Gespräch ein.

»Und wie willst du hinterher? Zu Fuß etwa?«

»Aber wir haben doch etwas Geld, das sollte …«

»Es würde gerade einmal für ein Pferd reichen«, fuhr Osman seinem Freund über den Mund. »Nein, wir müssen rasch jemanden finden, der nach Goslar fährt. Möglichst mit einem Pferdefuhrwerk statt eines Ochsenkarrens, wie unser bisheriger Reisebegleiter.«

»Ich habe noch eine bessere Idee«, warf von Stenweden lächelnd ein. »Auch die Stadtwache verfügt über eine Stallung mit einem guten Dutzend Reittieren. Zwei davon haben schon lange den Zenit ihrer Kraft hinter sich gelassen und sollen eigentlich dem Knochenhauer überlassen werden. Wenn ihr wollt, gebe ich sie euch gern für eine Weile. Gibt's die nächsten zwei Sonntage halt nur Suppe mit Graupen statt Pferderücken, meine Männer werden's schon überstehen.«

»Ihr wäret tatsächlich bereit …?« Robert konnte sein Glück kaum fassen. Osman hingegen plagten sichtlich Bedenken.

»Und Ihr meint, dass ein altersschwacher Klepper

noch imstande ist, diesen groben Klotz hier zu tragen?«, wandte er ein und wies auf Robert.

»Solange ihr keine Rennen mit den Tieren veranstaltet, werden sie euch noch gute Dienste leisten.«

»Na dann, worauf warten? Lass uns rasch hinterher, Osman!«

Kurz darauf standen sie im Stall und ließen sich vom Burschen die Gäule bringen. Nur widerwillig legte er das Geschirr an, offenbar hatte sich der Stallknecht bereits auf den vermeintlichen Braten gefreut.

Robert und Osman führten die Tiere aus dem schummrigen Verschlag hinaus ins Sonnenlicht, erst jetzt konnten sie sich ihre zukünftigen Begleiter näher anschauen. Dürr waren sie und den Kopf hielten beide tiefer, als es bei gesunden Pferden üblich war. Robert beschlichen Zweifel, ob wenigstens eines der Tiere sein Gewicht tragen könnte. Als er sich dem ersten näherte, die Zügel nahm und anhob, aufsitzen zu wollen, es daraufhin scheute und derart wild mit den Augen rollte, dass nur noch das Weiße zu sehen war, schwand das letzte bisschen Zuversicht, denn immerhin handelte es sich bei diesem Pferd um das größere der beiden. Dennoch wagte er einen weiteren Versuch mit dem zweiten Tier, und siehe da, es ließ ihn ohne Murren aufsitzen, fast so, als wüsste es, dass ihm nun dank Robert auf nächste Zeit des Knochenhauers blutiges Handwerk erspart bliebe.

Ein kurzer Blick des Reiters unter das mächtige Hinterteil und die bislang namenlos gebliebene Stute hörte fortan auf den Namen Elsa. Es sollte der Beginn einer großartigen Freundschaft sein.

Der Hauptmann ließ Robert und Osman etwas Proviant und zwei prall mit Wasser gefüllte Schläuche bringen. Bevor sie davonritten, mussten sie von Stenweden noch versichern, dass sie Pferde und Reitzeug wohlbehalten zurückbringen würden, schließlich handelte es sich um das Eigentum der Stadt, womit er ihnen so großzügig aushalf.

Die Sonne stand hoch am Himmel, als sie Hildesheim durch das Heilige Kreuztor verließen. Sie passierten die Mauern der Neustadt, einer der Stadt Hildesheim vorgelagerten, befestigten Siedlung, und beide entsannen sich wieder der Abenteuer, die sie nur wenige Wochen zuvor hier erlebt hatten. Die Mauern weckten Erinnerungen an jenen Tag, da sie vor den Männern der Stadtwache ins nördlich gelegene Alte Dorf flohen. Und beide bedauerten in jenem Moment der Versunkenheit zutiefst, ihren Freund Albert, den Dominikanermönch, nicht angetroffen zu haben, als sie ihn früh am Morgen im Kloster ›Zum Heiligen Paul‹ einen Besuch abstatten wollten. Es hieß, er wäre auf dem Weg zu einem in der Nähe niedergelassenen Kirchenvorsteher und würde bald zurückkehren.

Aber zum Warten fehlte ihnen die Zeit. Sie mussten die zwei Tage aufholen, die ihnen die Diebin voraushatte. Der Tross der Kupferschmiede war mit Ochsenkarren unterwegs – zwei Tage mit solch einem Gespann entsprach einem zu Pferd. Deren Vorsprung schmolz also dahin, immerhin etwas.

Vorausgesetzt freilich, die Pferde würden nicht unterwegs verenden.

Mittwoch, der neunte August

Goslar

Am frühen Abend des folgenden Tages erreichten sie Goslar. Immer häufiger begegneten ihnen Gespanne, die gleich von mehreren Ochsen gezogen wurden. Die ungewöhnlich breiten Räder gruben sich tief in die Straße ein und hatten sie, obwohl befestigt, doch schon weitläufig mit Spurrillen versehen. Ein Blick unter die Planen bestätigte Roberts Vermutung, dass die Karren mit Erz beladen waren. Er betrachtete die vor ihm liegende Stadt und verglich sie mit Hildesheim. Goslar wirkte größer und allemal belebter, was die Suche nach dem Mädchen nicht leichter machen würde. Dennoch, ihre Fährte war wärmer denn je. Da der Handelsweg zwischen Hildesheim und Goslar weder von einer nennenswerten Siedlung gesäumt noch von einer größeren Straße gekreuzt wurde, musste das Mädchen gemeinsam mit den Schmieden erst kürzlich, frühestens am gestrigen Tage, in Goslar eingetroffen sein. Sie wussten nun, wie sie sich zu kleiden oder besser zu verkleiden pflegte, daher sollte es ihnen ein Leichtes sein, sie aufzuspüren, mochte die Stadt auch noch so groß sein.

Wie man sich doch irren konnte.

Kaum am Stadttor angelangt, befragte Robert die Wächter nach den Kupferschmieden und dem Mädchen. Osman hielt sich derweil dezent im Hintergrund, eingedenk seines exotischen Aussehens hätten sie ihm ohnedies nichts erzählt. Leider stieß auch Robert auf Ablehnung. In Hildesheim kannte sie ein jeder, daher begegnete man ihnen dort freundlich und zuvorkommend, hier in Goslar jedoch waren sie Fremde, und zwei zwielichtig aussehende noch dazu. Ein Riese und ein Morgenländer, gewandet in Kleidern, die offenbar ebenso lange kein Wasser mehr gesehen hatten wie ihre Träger, waren in jenen unsicheren, von Kreuzzügen gebeutelten Zeiten alles andere als gern gesehene Gäste. Es bedurfte schon eines Griffes in die Geldkatze und einer derart großzügigen Belohnung, um die Wachmänner gesprächiger zu machen, dass Osman die Zornesröte ins Gesicht stieg. Die Schmiede seien erst gestern Abend eingetroffen, ließen sie sich nun entlocken, und das dreckstarrende Mädchen mit den eingewickelten Haaren sei auch bei ihnen gewesen. Mehr war jedoch nicht von ihnen zu erfahren. So wussten sie weder etwas über den weiteren Verbleib der Schmiede, geschweige denn den des Mädchens zu berichten.

»Immerhin wissen wir jetzt, dass sie erst gestern durch dieses Tor kam und in wessen Begleitung sie war. Es sollte doch mit dem Teufel zugehen, wenn wir das Aas nun nicht bald finden!«

»Wenn alle derart die Hand aufhalten, werden wir nicht viele befragen können«, zischte Osman, der sich offenbar noch immer nicht beruhigt hatte.

Osmans Befürchtung sollte sich nicht bewahrheiten. Die meisten Goslarer gaben, ohne etwas zu verlangen, bereitwillig Auskunft, und rasch hatten sie die Kupferschmiede aufgespürt. Vom Mädchen jedoch fehlte weiterhin jede Spur. Sie hätten es aufgelesen, einige Tagesritte westlich von Hildesheim, sagte einer von ihnen, und liebend gerne hätte der eine oder andere auch engere Bande geknüpft, doch sie ließ keinen näher an sich heran. Also trennten sich ihre Wege, kaum dass sie Goslarer Boden betraten. Niemand fragte die Fremde, wo sie hinwolle, sie hätte ohnehin keine Antwort gegeben, so verschlossen wie sie war.

Beinahe meinten Robert und Osman, der falschen Frau gefolgt zu sein, denn als verschlossen hatte sie beileibe keiner von ihnen in Erinnerung behalten, doch als der Schmied sie als ungewöhnlich groß mit auffallend hellblauen Augen, Sommersprossen und rotem Haar beschrieb, waren ihre Befürchtungen rasch wieder vergessen.

Hätte ihnen nun jemand gesagt, dass ihre Mission, so kurz vorm ersehnten Ziel, doch noch scheitern sollte, hätten sie ihm keinen Glauben geschenkt.

Aber genau so geschah es.

Am zehnten August, also vor nahezu drei Wochen, sollten sie das letzte Mal mit jemandem sprechen, der die Gesuchte zu Gesicht bekommen hatte, danach verlor sich ihre Spur. Niemand wollte sie seitdem gesehen haben, weder die Wachleute an den Stadttoren noch die zahlreichen anderen Goslarer Bürger. Und wenn auch kein Torwächter das Mädchen beim Verlassen der Stadt gesehen hatte, mussten Robert und Osman nach so langer vergeblicher Suche dennoch davon ausgehen, dass sie weitergezogen war. Welcher Wachsoldat schaute schon so genau bei denjenigen hin, die der Stadt den Rücken kehrten.

Doch wohin nur war sie unterwegs?

So wenig Möglichkeiten der Reisende zwischen Hildesheim und Goslar auch hatte, den Hellweg zu verlassen, so viele eröffneten sich ihm, wenn er erst einmal in Goslar war. Er konnte zum einen in östlicher Richtung zur Harzburg aufbrechen, ebenso gab es eine Straße nach Sehusa, Brunswiek oder weiter in den Harz hinein nach

Klausthal. Zwecklos also, ohne jeden Hinweis weiterzuziehen.

Und so kam es, dass sie in Goslar blieben, auf die vage Hoffnung hin, vielleicht in nächster Zeit doch noch etwas in Erfahrung zu bringen. Wo sollten sie auch hin?

Osmans Pferd hatte inzwischen das Zeitliche gesegnet, ein Wunder, dass es ihn überhaupt nach Goslar getragen hatte. Roberts Stute hingegen litt offenbar nicht am Alter, sondern war nur krank gewesen. Sie genas auf wundersame Weise und wurde immer kräftiger, dennoch fehlte ihr bei Weitem die Kraft, beide Männer zu tragen.

Für einen vor Kraft strotzenden Mann wie Robert war schnell Arbeit gefunden. So fuhr er tagtäglich in den Rammelsberg ein. Der Rammelsberg, von den Anwohnern auch Schicksalsberg oder Silberberg genannt, obwohl der Silberanteil des geförderten Erzes kaum der Rede wert war, lag im Süden Goslars und hatte maßgeblichen Anteil am Reichtum der Stadt. Kräftige Männer zum Herausschlagen des Gesteins waren immer gern gesehen, und da Robert für mindestens zwei schuftete, hatten die Stollenbetreiber keine Einwände, gemeinsam mit Robert auch Osman in Diensten zu stellen, wenn auch zu einem deutlich geringeren Lohn.

In sechs bis zwölf Monaten müssten sie auf diese Weise genug Geld beisammen haben für ein zweites Pferd und die nötigen Dinge, die man brauchte, um sorgenfrei nach Cölln zu gelangen. Allerdings nur, wenn sie sparsam mit ihrem Lohn umgingen, ein Umstand, der Osman deutlich mehr missfiel als seinem eher genügsamen Freund.

Und dennoch, dachte sich Robert und seine Gedanken schweiften wieder ab zu jenen Ereignissen damals im Krugschenk, alles in allem mochte er die Erinnerungen an jene Nacht nicht missen, auch wenn er sich nur noch an Weniges entsann und nicht einmal mehr wusste, ob er seine Aphrodite tatsächlich in den Armen gehalten hatte. Für eine Nacht mit ihr würde er jedenfalls bereitwillig wieder sein ganzes Geld hergeben, nur durfte das Osman nie erfahren.

»Hörst du mir überhaupt zu?«

Robert zuckte zusammen, er fühlte sich ertappt. »Tut mir leid, war grad in Gedanken.«

»Wenn ich deinen dümmlichen Blick dabei richtig deute, weiß ich auch schon genau, an wen du gedacht hast.«

Robert lief rot an. Beängstigend, wie gut ihn Osman bereits kannte.

»Manfred hat mir gesteckt, dass es hier in Goslar ein Hurenviertel gibt. Dort sollten wir unbedingt hin.«

Robert schüttelte irritiert seinen Kopf. »Dafür haben wir nun weiß Gott kein Geld übrig.«

»Das sagt der Richtige, immerhin verdanken wir deiner ungezügelten Geilheit diese ganze Misere.«

»Aber woher sollte ich denn wissen ...«, versuchte sich Robert zu rechtfertigen.

»Ich will keine Dirne nehmen, wenn ich's allmählich auch bitter nötig hätte, sondern nur Auskünfte über unsere ganz spezielle Freundin einholen. Überleg doch mal, wo kann solch ein Teufelsbraten schon hin, wenn nicht ins Hurenhaus. Sollte sie sich noch in Goslar aufhalten, so will ich verflucht sein, wenn sie nicht unter ihresgleichen weilt.«

»Sie ist eine Diebin, keine Hure!«

»Diebin, Gaunerin, Hure – ich sehe da keinen Unterschied! Wahrscheinlich wäre sie dir sogar mit dem Messer an die Gurgel gegangen, wenn du nicht ohnehin wie ein Toter dagelegen hättest.«

Robert ließ Osmans Argumente unerwidert, was sollte er auch mit ihm streiten. Und so schlug er stattdessen kräftig gegen die Felswand, so wie Osman weiterhin unbeholfen die losgelösten Steinbrocken in eine Schubkarre hievte, bis schließlich das erlösende Hornsignal das Ende ihrer Schicht einläutete.

Jetzt hieß es, rasch den Stollen zu verlassen, denn nun begannen die Feuersetzer ihr Werk. Ihre Aufgabe war es, das Gestein brüchig zu machen. Sie platzierten Holzkohlefeuer an mehreren Stellen des Stollens, danach schreckten sie die erhitzten Felswände durch kaltes Wasser ab. Durch die enormen Hitzeschwankungen entstanden feinste Haarrisse im Gestein, die es tags drauf den Bergarbeitern erst ermöglichten, mit ihrem Werkzeug Erzbrocken vom Felsen abzulösen – ohne die Vorarbeit der Feuersetzer hätten sie nur ihren Meißel, auch Eisen genannt, an der Wand zerschlagen.

Hastig zogen Robert und Osman den Karren zum senkrecht nach oben führenden Förderschacht. Dort warfen sie die Erzbrocken in die an einem Hanfseil aufgereihten Holztonnen. Wie an einer endlosen Kette wurden diese großen, eisenbeschlagenen Eimer mit einer Handhaspel zum Schachtmund, der oberirdischen Öffnung des Förderschachts, gezogen und dort wieder entleert. Die Eile der beiden hatte einen durchaus triftigen Grund, denn wenn die Feuersetzer erst einmal ihr Werk begannen, hieß es, bloß nicht die giftigen Dämpfe einzuatmen, die durch die Verbrennung entstanden. Diese Dämpfe zogen durch den mit Abzugsschächten und Stollen durchsetzten Rammelsberg wie durch einen Kamin, und so mussten die Männer sehr wohl bedenken, wo sie Feuerstellen errichteten, um nicht selbst die giftigen Winde einzuatmen. Auch verlangte die Positionierung des Feuers besonderes Fingerspitzengefühl, denn die Hitze ließ beileibe nicht jeden Fels aufplatzen. Da ihre sachkundige Arbeit eine ertragreiche Ausbeute der Minen erst möglich machte, waren die Feuersetzer in jeder Grube gern gesehene und auch gut bezahlte Gesellen, doch nur wenige von ihnen erreichten in Anbetracht ihres gefährlichen Handwerks ein respektables Alter.

Die tief stehende Sonne warf bereits lange Schatten, als Robert und Osman nach getaner Arbeit endlich den Stollen verließen. Und wie immer zog beiden ein wohliger Schauer über den Rücken, da ihnen nach einem Tag unter Tage bei frostigen Temperaturen nun wieder die warme Sommerluft eines lauen Augustabends ins Gesicht wehte. Mit Grausen dachte Robert in diesem Moment an die vor ihnen liegenden Wintermonate, in denen sie die Sonne gar nicht mehr zu sehen bekommen würden.

Ein schweres Ochsengespann rumpelte an ihnen vorüber und blieb in den tiefen Spurrillen stecken, die von den Förderschächten des Berges zuhauf in die Stadt führten. Ohne eine Aufforderung des Fuhrmanns abzuwarten, stemmten sich die beiden gegen den Karren und brachten ihn wieder in Fahrt.

Weiter führte sie ihr Weg über ein Gelände, das trostloser kaum sein konnte. Der Rammelsberg war nahezu kahl geschlagen, Holz wurde reichlich benötigt sowohl zum Abstützen und Sichern der Stollengänge als auch zum Feuersetzen, und die Spurrillen, in den Berg hineingefressen von zahllosen, schwer mit Erz beladenen Fuhrwagen, überzogen ihn wie Falten die Stirn eines Greises. Hier schien mitten auf fruchtbarsten Boden eine Wüste zu entstehen, von Menschenhand geschaffen.

Vor ihnen und der eigentlichen Stadt lag zu Füßen des Rammelsberges das Bergdorf, eingefasst durch einen mannstiefen Graben sowie anschließendem Hagenwall. Sowohl der Graben als auch der Wall konnten der Bergarbeitersiedlung und ihren Bewohnern kaum Schutz bieten, dafür waren sie viel zu leicht zu überwinden. Sie bildeten wohl eher eine natürliche Markung, die das Dorf umsäumte, mutmaßte Osman. Wozu auch eine Befestigung, war doch von den Grubenarbeitern ohnedies nichts zu holen.

Reihum gab es ebenerdige Durchlässe in der Umgrenzung des Dorfes, sogenannte Schläge. Schmal waren sie, gerade einmal breit genug für einen Einspänner und natürlich unbewacht. Durch einen dieser Schläge im Süden gelangten die beiden ins Bergdorf. Kaum zu glauben, dachte Robert angesichts der schäbigen Baracken, dass Goslar eine der reichsten Städte des Reiches sein sollte. Doch schließlich fristeten hier nur die Arbeiter, die dem Berg mühsam mit ihrer Hände Arbeit seine Schätze entrissen, ihr armseliges Leben, die Grubenbesitzer hatten ihre weitaus feudaleren Domizile allesamt in der Stadt.

Üblicherweise hätten sie, zu Tode erschöpft von der harten, körperlichen Arbeit, ihre Schlafstelle in einer Hütte im äußersten Westen des Dorfes aufgesucht. Heute jedoch trieb sie nun die vage Aussicht zur Hurengasse, dort jenes Mädchen aufzuspüren, das sie nicht nur ihres Geldes, sondern auch der Freiheit beraubte. Sie ließen ihre Baracke mit den verwanzten Betten, die sie sich mit den nachts arbeitenden Feuersetzern teilten, hinter sich und hielten geradewegs auf die Mauern der Kaiserpfalz und der vis-à-vis liegenden Stiftskirche Simon und Judas zu. Stolz überragten ihre zwei Spitztürme die Befestigungsanlage, in Pracht und Ausmaß einer Kathedrale gleich. Die Goslarer nannten die Kirche liebevoll ihren Dom, obwohl hier kein Bischof zu Hause war.

Über die Via alta, einem künstlich erhöhten Weg, von den Goslarern schlicht Hoher Weg genannt, durchquerten sie das Wiwarium regis, ein Sumpfgebiet im Südwesten der Stadt. Als die Sonne endgültig hinter den Hängen des Steinbergs versank, passierten die beiden Freunde den inneren Ring der Stadtmauer und betraten Goslarer Boden. Ihr Weg führte sie über eine Holzbrücke und Osman schaute angewidert auf das graubraune Gebrodel der Abzucht, jenes Abwasserkanals, der sich eine Meile weiter am nordöstlichen Rand der Stadt mit der Gose vereinte. Bis dorthin diente die Gose den Städtern als Trinkwasserquelle, und so führte eine Vielzahl künstlich angelegter Kanäle in die entlegensten Winkel Goslars. Das Wasser des Flusses hatte durch das starke Gefälle sogar genügend Kraft, wider die Natur emporzuschießen und durch Bleirohre in die feinsten Häuser der Stadt zu fließen oder aus kunstvoll gestalteten Figuren in Brunnen zu sprudeln.

Wehe jedoch dem, der jenseits der Abwassereinleitung aus der Gose seinen Durst stillen wollte. Die Abzucht führte Grundwasser aus dem Rammelsberg mit sich, das durch mühsam in den Fels geschlagene Kanäle abgeleitet wurde, um tiefere Stollen in den Berg treiben zu können. Das Wasser, zuerst noch klar und sauber, verlor im Laufe der Jahre seine Reinheit und begann einen stetig anwachsenden, beißenden Geruch zu entwickeln. Je tiefer es aus dem Berg geflossen kam, umso heftiger wurde der Gestank. Osman hatte einige sagen hören, dass es die Tränen des Rammelsberges wären, dessen Eingeweide durch die Gruben zerfressen wurden. Er selbst wollte nicht daran glauben.

Was auch immer im Wasser war, die wenigen, die es dennoch aus Unkenntnis oder Dummheit tranken, starben allesamt eines grausamen Todes, ob nun gnädig und rasch oder nach jahrelangem Siechtum.

Und selbst der Fisch, aus der Gose geangelt, besorgte einem im besten Falle mindestens einen umgestülpten Magen. Irgendwie erinnerte Goslar Osman an die unwirtlichen Wüsten in seiner Heimat. Nur dass hier des Menschen Hand nachgeholfen hatte.

Wirkte das Bergdorf noch schlicht auf die beiden, ja nahezu armselig mit seinen trostlosen Holzhütten, so offenbarte sich ihnen nach Passieren der Tore umso deutlicher, dass es sich bei Goslar um eine wahrhaft reiche Stadt handeln musste. Stattliche Fachwerkhäuser standen dicht an dicht und schienen sich gegenseitig übertreffen zu wollen mit ihren prachtvollen Schnitzereien und metallenen Zierrate. Doch auch für größere Gärten und landwirtschaftliche Anlagen, gewöhnlich außerhalb von Stadtmauern anzutreffen, war innerhalb der Befestigung genügend Platz vorhanden. Das Bergwerk hatte den Goslarer Bürgern augenscheinlich Reichtum beschert.

Weiter ging es für die beiden nach Westen zur Kettenstraße hin, in dessen Folge sich der Rosenhagen anschloss, jene Gasse, in der die losen Mädchen der Stadt ihrem Gewerbe nachgingen. Ein Nachtwächter kam ihnen entgegen und gab lauthals bekannt, welche Stunde soeben geschlagen habe. Als er Roberts Silhouette im trüben Licht seiner Laterne gewahr wurde, zuckte er erschrocken zusammen. Selbst in einer Stadt wie Goslar, die in Anbetracht ihres Bedarfs an großen, kräftigen Männern für die harte Grubenarbeit ebendiese anzog wie das Licht die Motte, selbst für hiesige Verhältnisse also war Robert außergewöhnlich groß geraten. Und so betrachtete der Wachmann, der schließlich nicht nur die Zeit verkünden sollte, sondern darüber hinaus für die Sicherheit der Bürger zu sorgen hatte, in einer Mischung aus Angst und unverhohlenem Argwohn die beiden seltsamen Gestalten, die nachts in seiner Stadt durch die Gassen schlichen. Und auch die Tatsache, dass der zweite von ihnen alles andere als kräftig wirkte, sondern vielmehr ein dürrer Hänfling war, mochte ihn nicht beruhigen, ganz im Gegenteil, erinnerten ihn dessen exotischen Gesichtszüge an die Erzählungen der wenigen Kreuzzügler, die wieder in die Heimat zurückkehrten. Deren Berichte trieften vor lauter Grausamkeiten, sodass ihm schon bei Osmans Anblick das Herz gefror.

Robert und Osman spürten den ängstlichen Blick des Wachmanns, ließen sich jedoch nichts anmerken, waren sie es ja gewohnt, derart angestarrt zu werden. Letztendlich gingen sie aneinander vorbei, ohne dass einer von ihnen einen Ton von sich gab. Und bald hörten Robert und Osman wieder den Wachmann die Stunde verkünden, beklommen erst, aber mit jedem Schritt, mit dem er sich von ihnen entfernte, lauter und fester.

Hätten doch nur alle derart viel Respekt vor ihnen, gedachte Robert des Mädchens, dann würden sie nicht in dieser Klemme stecken und ihrem Geld nachjagen müssen.

Inzwischen war es dermaßen dunkel geworden, dass sie sich vorsehen mussten, nicht irgendwo mit ihrem Schädel anzuschlagen. Besonders Robert lief Gefahr, mit einem vorspringenden Balken Bekanntschaft zu machen, da bei den Fachwerkhäusern, die in einer scheinbar endlosen Reihe dicht an dicht gedrängt ihren Weg säumten, auf Höhe seines Kopfes das zweite, weit in die Gasse hineinragende Geschoss begann.

Niemand kam ihnen entgegen, sodass sie lediglich ihre eigenen Schritte auf dem Pflaster hallen hörten, ab und an unterbrochen von einem herzhaften Fluch, wenn wieder einmal einer von ihnen in einen Kothaufen trat.

Aus der Ferne drang fröhliches Stimmengewirr und Gesang zu ihnen. Wäre es nicht mitten in der Nacht gewesen, hätte Robert schwören können, dass gerade ein Jahrmarkt abgehalten wurde.

»Hier sind wir richtig, haben uns also doch nicht verirrt!«

»Wie kommst du darauf?« Osmans Zuversicht verwirrte Robert.

»Ach du naiver Kindskopf! Was meinst du wohl, wird hier gefeiert mitten in der Nacht? Nach einer Messe deinem Gott zu Ehren klingt's jedenfalls nicht grade!«

Nun hörte auch Robert einzelne Worte aus dem Stimmenwirrwarr heraus, und was von dort zu ihm drang, hätte nicht nur einem Pfaffen die Schamesröte ins Gesicht getrieben. Vor allem die Weiber waren es, die schrill und laut eindeutige Worte in die Nacht lachten, eine Art, die Robert nicht so recht gefallen wollte. Osman hingegen schienen diese Anzüglichkeiten bedeutend weniger abzustoßen, ganz im Gegenteil, er hatte offenbar seinen Spaß daran. »Nun zieh nicht so ein säuerliches Gesicht, du freudloser Tropf. Lass uns nach dem wochenlangen Steineklopfen mal wieder etwas Freude am Leben haben.«

»Ich hab's gewusst«, wirkte Robert ernsthaft entrüstet, »es war alles nur ein Vorwand, um das Mädchen ging's dir gar nicht!«

»Wie kannst du nur …«, erwiderte Osman ein wenig zu erregt. »Nach wie vor will ich das hinterhältige Luder ebenso zu fassen kriegen wie du, doch«, fügte er kleinlaut an, »warum nicht das Angenehme mit dem Notwendigen verbinden? So, und nun gib Ruhe, sonst werden wir nie etwas erfahren!«

Die Finsternis vor ihnen wurde von einem roten Lichtschein unterbrochen, der aufflackerte, gerade so, als würde gleich um die Ecke ein Haus lichterloh in Flammen stehen. Das allerdings hätte im krassen Gegensatz zu der ausgelassenen Stimmung gestanden, die unüberhörbar fröhlich zu ihnen herüberschwappte.

»Schau nur, Maria, was für ein strammer Kerl uns da besuchen kommt.«

Wie aus dem Nichts waren plötzlich zwei wohlbeleibte Weiber in dünnen, mit Rotweinflecken übersäten Hemdchen vor ihnen aufgetaucht. Ganz unverhohlen starrten sie Robert an, maßen ihn von oben bis unten ab. Mit der einen Hand umklammerten sie einen Krug, mit der anderen hielten sie einander fest und stützten sich gegenseitig, denn ganz offensichtlich hatten sie arge Not, gerade zu stehen. Als die andere statt einer Antwort einen lauten Rülpser von sich gab und beide daraufhin lauthals gackernd zu lachen begannen, wollte Robert nur noch rasch weiter, am liebsten zurück in seine Hütte. Er schaute zu Osman herüber, der vergnügt übers ganze Gesicht grinste. Ganz offenbar hatte sein Freund eine völlig andere Vorstellung von einer guten Feier als er, erkannte Robert mit einer Spur Resignation, denn er ahnte, dass diese Nacht lang werden würde.

»Meine Damen, darf ich mich Euch vorstellen? Osman Abdel Ibn Kakar ist mein Name, weit gereister Gelehrter aus dem Morgenland, nur auf der Durchreise in Eurer netten Stadt, denn in dringenden Geschäften weiter unterwegs nach Cölln. Stets an meiner Seite mein lieber Freund Robert aus Dormagen, auch, Ihr werdet's kaum glauben, Robert der Schmale gerufen!«

Das nachfolgende laute Prusten brachte Robert ein weiteres Mal in Erinnerung, dass Osman in Gegenwart von Frauen wirklich keine Gelegenheit ausließ, sich über ihn lustig zu machen. Bei diesen beiden Krönungen ihrer Art jedoch war es ihm herzlich egal, wahrscheinlich hatten sie bereits wieder vergessen, wie man ihn nannte, bevor er zu einem Riesen heranwuchs.

Osman trat zwischen die Frauen und umarmte sie herzlich. Dann brachte er es fertig, beiden gleichzeitig in ihren dicken Arsch zu kneifen. Was ihm normalerweise mindestens eine schallende Ohrfeige eingebracht hätte, sorgte hier für weitere Heiterkeit, die Frauen waren dank ihres schlichten Gemüts offenbar sehr leicht zu unterhalten. Eine von ihnen nahm Robert an die Hand und gemeinsam schlenderten sie um die Ecke, dem lauten Trubel entgegen.

Hier hatte die Nacht ihr Ende gefunden: Kerzen und Laternen, teilweise behangen mit rotem Tuch, verscheuchten die Finsternis und beleuchteten die Gasse taghell, halb nackte Weiber und Männer torkelten, tanzten und sangen um die Wette, Met und Wein rann in Mengen unzählige durstige Kehlen hinunter und sorgte dafür, dass das wilde Treiben noch wilder wurde. Und das alles in unmittelbarer Nähe der Frankenberger Kirche, die, erhöht auf einem Hügel wie auf einer Empore ruhend, ihre Türme mahnend in den Nachthimmel reckte.

Wen zum Teufel wollte Osman hier befragen?, rätselte Robert. Ein Wunder, wenn die Hälfte von ihnen noch in der Lage wäre, seinen eigenen Namen zu nennen.

»Schaut nur, wen wir hier gefunden haben«, rief eine der beiden Grazien in die Runde, »Robert der Schmale heißt unser neuer Freund.«

Anscheinend beeinträchtigte der übermäßige Alkoholgenuss nicht jedermanns Gedächtnis, den Spott hatte Robert jedenfalls auf seiner Seite, doch inzwischen war es ihm gleich. Allmählich begann er sogar Gefallen an ihrem Abstecher zu finden, zumal ihm hier durchaus das eine oder andere Mädchen zu gefallen wusste. Dennoch wollte er zuvor ihrem eigentlichen Ziel gerecht werden und zumindest versuchen, etwas über die Diebin in Erfahrung zu bringen. Osman umklammerte weiterhin die beiden Dirnen, gerade so, als ob sie ihm sonst sofort davonlaufen würden, von ihm konnte er also keine Hilfe erwarten.

Robert ließ seinen Blick umherschweifen. Die Reaktionen, die seine Erscheinung in dieser Gesellschaft hervorrief, konnten unterschiedlicher kaum sein. Während die Mädchen ihn bewundernd musterten, wurde er von den Männern mit Argwohn beäugt, seine Statur flößte ihnen offenbar gehörigen Respekt ein.

Er sah sich die Mädchen genauer an. Ungewöhnlich

viele hatten rote Haare, doch keine von ihnen konnte die Gesuchte sein; entweder waren sie deutlich zu beleibt oder zu klein, meistens beides.

Am anderen Ende der kurzen Gasse, zwischen dem auf der Straße ausschenkenden Wirt und einem Musikanten mit seiner Leier, thronte auf einem liegenden Weinfass eine besonders dralle Hure. Sie saß dort breitbeinig obenauf, ihre Beine weit auseinandergespreizt, als wolle sie auf dem Fass auf und davonreiten.

Sollte sie nur halb so alt sein, wie sie aussah, dann war sie schon verdammt alt und jede andere Dirne hätte gut und gern ihre Tochter sein können. Wenn eine Bescheid wusste über die Mädchen, die hier ihrem Gewerbe nachgingen, dann ganz sicher sie.

Robert bahnte sich seinen Weg durch das Getümmel, sorgsam darauf bedacht, keinem Mann zu nahe zu treten. Es waren reichlich finstere Gesellen unter ihnen, durch den Alkohol und die aufgeheizte Stimmung noch aufgekratzter als sonst.

»Na Kleiner, wie wär's denn mit 'nem Ritt?«

Die Dicke auf dem Fass schaute zu ihm auf. Aus der Nähe betrachtet waren die Falten weitaus tiefer in ihr Gesicht gegraben. Sie versuchte, so etwas wie ein lüsternes Lächeln zustande zu bringen, aber so verbraucht, wie es daherkam, geriet es eher zur Farce. Die beste Zeit lag eindeutig hinter ihr, dachte Robert in einer Mischung aus Abscheu und Mitleid.

»Hochverehrte Dame«, begann er höflich in der Hoffnung, ihr damit zu schmeicheln, »mich drängt es nicht nach einem Abenteuer, vielmehr bin ich auf der Suche nach einem Mädchen, dessen Vater mir an seinem Totenbett das Versprechen abrang, ein nicht unerhebliches Erbteil seinem Kinde zukommen zu lassen. Freilich wäre es nicht zu Eurem Nachteil, wenn Ihr mir helft, dass das Gold seine Bestimmung findet.«

Diese Lüge einhergehend mit dem Versprechen auf eine saftige Belohnung erschien Robert am aussichtsreichsten.

Argwöhnisch betrachtete ihn die Alte, offenbar war er nicht der erste, der sich bei ihr nach einer durchgebrannten Gattin oder Tochter erkundigte, und gewiss war es den Frauen nicht immer gut ergangen, wenn sie gefunden wurden. Dennoch, die in Aussicht gestellte Belohnung war einfach zu verführerisch, um widerstehen zu können. Sie gab ihm ein Zeichen, sich zu ihr herunterzubeugen.

»Und wer sagt mir, dass Ihr nicht nur ein mittelloser Habenichts seid, der sein ausgebüchstes Eheweib sucht?«

Robert schaute in die Runde, suchte und fand schließlich Osman, immer noch in inniger Umarmung mit seinen beiden Grazien. Robert nickte ihm zu, Osman schien allerdings nicht im Geringsten geneigt, sich von seinen Schönen trennen zu wollen. Erst auf ein weiteres, energischeres Zeichen hin setzte er sich widerwillig in Bewegung.

»Kann sich ein mittelloser Habenichts etwa einen Bediensteten leisten?«, fragte Robert und zeigte auf den herantrottenden Osman. »Bursche, zeig der Dame die Belohnung, die ihr zusteht, wenn sie uns den Weg zur Füchsin weist!« Warum nur hatten sie sich nicht vorab einen Plan zurechtgelegt, ärgerte sich Robert und hoffte inständig, dass Osman das Spiel mitspielen werde.

Ohne Regung kramte Osman die Geldkatze aus seinem Wams hervor und zeigte ihr eine Handvoll Silbermünzen.

»Freilich ist das nur ein kleiner Teil der Belohnung, die Euch zusteht. Der Rest ist in sicherer Verwahrung«, log Robert munter weiter, denn die paar Münzen waren ihr gesamtes Hab und Gut. Osman trug es ständig bei sich, wo sollten sie auch hin damit. »Gut, du kannst wieder gehen. Vergnüg dich von mir aus weiter.«

»Danke, Herr«, entgegnete Osman und verbeugte sich artig, wieder ohne eine Miene zu verziehen. Robert musste sich ein Grinsen verkneifen.

Die Alte leckte sich derweil unbewusst über die Lippen. Wenn sie etwas wusste, dann würde sie es nun sicherlich sagen.

»Kommt mit rüber in den Stall, ich will sehen, was ich für Euch tun kann«, sagte sie und zog Robert an der Hand hinter sich her. Sie gaben schon ein seltsames Paar ab – ein Riese im besten Mannesalter und eine pummelige Alte, die ihm gerade einmal bis zur Brust reichte. So brach dann auch die restliche Gesellschaft hinter ihnen in ein herzhaftes Gelächter aus, als sie beide Hand in Hand davoneilten, freilich in Verkennung der wahren Absichten.

Sie setzten sich dicht an dicht auf einen Ballen Stroh.

»Also eine Rothaarige sucht Ihr?«, fragte sie und drängte sich immer dichter an ihn heran. Erst jetzt, ganz aus der Nähe, konnte Robert erahnen, dass sie mal eine sehr schöne Frau gewesen sein musste. Er war zuerst irritiert, entsann sich jedoch, die Gesuchte als Füchsin bezeichnet zu haben. Allerdings dachte er dabei nicht ausschließlich an rote Haare, sondern auch zu einem gehörigen Teil an die Durchtriebenheit, die man Füchsen gemeinhin nachsagte.

»In der Tat, ihr Haar leuchtet geradezu wie Kupfer. Lockig ist's und es reicht ihr weit hinunter, fast bis an die Hüften. Einen Monat schon hält sie sich in Goslar auf. Sie ist schlank, noch recht jung und geht mir ungefähr bis hier«, sagte Robert, stand auf und hielt seine Handkante an sein Kinn.

»Du lieber Herrgott! Ihr müsst Geschwister sein, wenn sie fast ebenso lang ist wie du.«

»Für eine Frau ist sie zwar recht groß, doch immer noch einen Kopf kürzer als ich. Glaubt mir, es ist so, wie ich's sage, sie ist die Tochter eines lieben Freundes – eines sehr wohlhabenden und zeitlebens sehr großzügigen Freundes«, versuchte Robert ihr aufkeimendes Misstrauen im Keim zu ersticken und erwähnte ein weiteres Mal die Belohnung.

»Freilich glaube ich dir«, sagte sie und strich über die Innenseite seiner Schenkel, als er wieder neben ihr saß, »könnten denn solch strahlend blaue Augen lügen?« Sie stand auf und verließ den Stall, ohne ein weiteres Wort zu verlieren, um kurz darauf mit einem vollen Krug zurückzukommen. »Nun nimm erst einmal einen kräftigen Schluck, ich frage derweil, ob ein Mädchen etwas weiß. Trink auf Gretchens Wohl, Robert der Schmale, trink so viel du willst, so etwas Gutes bekommst du nicht alle Tage!« Dann ging sie wieder hinaus, nicht ohne aufreizend mit ihrem dicken Hintern zu wackeln.

Der Geruch, der Robert aus dem Krug entgegenschlug, war ihm bislang nicht untergekommen. Weder Bier noch Wein verbreiteten einen derart intensiven Alkoholdunst. Vorsichtig nippte er daran und hätte beinahe den Becher fallen lassen, denn wahre Höllenfeuer rannen ihm die Kehle hinab. Zuerst dachte er, sie wolle ihn vergiften, doch als sich kurz darauf ein wohligwarmes Gefühl in seinem Bauch einstellte, wusste er, dass nichts Tödliches an dem Getränk sein konnte, ganz im Gegenteil. So nahm er einen zweiten und darauf einen dritten Zug, und mit jedem Mal schmeckte es ihm besser. Schnell war das Versprechen vergessen, keinen Alkohol zu trinken, bis das Mädchen geschnappt wäre, und als Osman mit zwei kichernden Frauen in den Stall schlich und mit ihnen hinter einer Krippe verschwand, war Roberts Krug bereits halb leer.

Gretchen kam zurück und setzte sich ganz dicht zu ihm, sie duftete herrlich nach Blumen. Erst sah sie ihm tief in die glasigen Augen, dann in seinen inzwischen nahezu leeren Krug. Erschrocken gab sie einen spitzen Schrei von sich. »Hast du etwa ganz allein diesen Krug Rum geleert?«

»Ah, Rum war das, schon 'von gehört …«

Sie schaute ihn ungläubig an, dann begann sie schallend zu lachen. »Sag bloß, du hast noch nie Rum getrunken?«

»Genau, 's 'ne lange Geschichte. Sag lieber, was mit 'm Rotschopf is'!«

Sie zog bedauernd die Brauen hoch. »Da habe ich leider keine gute Nachricht für dich. Keines der Mädchen will sie gesehen haben. Rothaarig, schlank, jung, davon gibt's zuhauf welche, gerade hier, doch bist du sicher, dass sie tatsächlich derart groß war?«

»Ganz sicher, sie reicht mir bis ans Kinn.«

»Nun, dann kann ich dir nicht helfen – zumindest, was das Mädchen betrifft. Doch habe ich genug Erfahrung, um dir in anderen Dingen bessere Dienste zu leisten als die jungen Dinger hier!«

Wieder spürte Robert ihre Hände auf seinen Schenkeln.

»Dein Diener jedenfalls weiß, weshalb man hierher kommt!«

Schwerfällig blickte Robert über seine Schulter und sah dort ein Gewimmel nackter Körper. »Scheint so, obwohl's nicht so geplant war – jedenfalls nich' von mir.«

Sie schaute ihm tief in die Augen, und Robert erkannte in ihrem Gesicht trotz der nicht zu übersehenden Reife eine Sinnlichkeit, die jungen Frauen gänzlich abging. Er rang mit sich, dachte an die vielen Wochen Arbeit in der Grube, die sie schuften müssten, um das Geld für derartige Vergnügungen zu verdienen. Er dachte an sein Versprechen, nie wieder zu einer Hure ins Bett zu steigen, und er bezweifelte, ob er nach einem Krug Rum überhaupt noch in der Lage wäre, seinen Mann zu stehen. All das und vieles mehr ging ihm durch den Kopf, während sich Gretchens Finger unter sein Wams schoben, ihre Zunge mit seinem Ohrläppchen spielte und sie ihren Busen warm an seine Schulter presste.

»Himmel Arsch, warum eigentlich nicht!«

»Genau, drauf geschissen!«, pflichtete ihm von hinten Osman bei.

Gretchen lachte heiser, dann zog sie an den Bändern, mit denen ihr Hemdchen notdürftig zusammengehalten wurde. Wie von selbst rutschte es auf ihre Hüfte hinab und gab den Blick auf ihre Brüste frei. Groß waren sie und wirkten ungewöhnlich fest für ihr Alter, auch waren die Warzen hart und ragten steil nach oben. Man konnte meinen, ihr Busen sei voller Milch.

Robert kannte kein Halten mehr. Er drückte und rieb, er liebkoste und küsste jeden Körperteil Gretchens, und sie gab ihm deutlich zu verstehen, dass es ihr mit ihm mindestens genauso viel Lust bereitete. Das erste Mal seit einem Monat konnte Robert endlich vergessen und sich der reinen Freude am Leben hingeben, und er genoss sie in vollen Zügen, bis ihn schließlich die Müdigkeit dahinraffte und er geschafft, aber glücklich, in Gretchens Armen einschlief.

Donnerstag, der einunddreißigste August

Die Pflicht ruft

Am nächsten Morgen kam der Katzenjammer, inzwischen nichts Neues mehr für Robert. Sein Kopf dröhnte heftiger als ein Hornissennest und sein Magen schlug Purzelbäume, obwohl er inzwischen so leer war wie der eines Bettelmönchs in der Fastenzeit. Der Geruch rings um ihn herum zeugte davon, dass er in der Nacht nicht einmal die Kraft gehabt hatte, nach draußen zu gehen, als es eigentlich geboten war.

Gretchen lag nicht mehr bei ihm, und das war Robert auch ganz recht, denn in seiner derzeitigen Verfassung konnte er niemanden in seiner Nähe ertragen.

»Guten Morgen, du Saufschädel!«, rief Osman fröhlich von hinten aus seiner Ecke, auch er war inzwischen allein. »Wie viel hochheilige Versprechen hast du gestern eigentlich gebrochen?«

»Zu *einem* Bruch hast du mir jedenfalls deinen Segen gegeben!«

»Ja richtig, das heißt aber noch lange nicht, dass du dabei grunzen musstest, und deine Alte gleich mit, wie der Eber und seine Sau!«

»Mag sein, dass wir gegrunzt haben, doch war es allemal besser als das jämmerliche Gewinsel, das du von dir gegeben hast!« Robert machte eine bedeutungsschwere Pause, bevor er nachlegte. »Im Übrigen habe ich von deinen Mädchen keinen Ton gehört.« Robert lachte still in sich hinein. Das sollte reichen, um eine Weile Ruhe vor Osman zu haben.

Schwerfällig richtete er sich auf und schaute nach draußen. Gretchen war gerade beim Ansetzen eines Säuglings.

Sie wirkte glücklich und zufrieden. Als beide in der vergangenen Nacht schließlich ausgepumpt und schweißtriefend nebeneinander lagen, hatten sie noch leise miteinander gesprochen. So erfuhr er, dass Gretchens Brust in der Tat Milch trug. Schon seit Längerem genoss sie, auch aufgrund ihres Alters, eine Vertrauensstellung unter den Dirnen der Stadt. Als sie vor einigen Jahren bei der Geburt ihr Kind verlor und sich noch nicht bereit fühlte, ihrem eigentlichen Gewerbe nachzugehen, bot Gretchen sich an, gegen eine kleine Gefälligkeit die Säuglinge der anderen Dirnen zu versorgen, schließlich waren ihre Brüste voller Milch. Kinder gab es hier immer genug, das ließ sich trotz aller Vorsicht nicht vermeiden, allerdings mangelte es seit jeher an Müttern, die sich um ihren Nachwuchs kümmern konnten. Die Beschäftigung mit den anderen Kindern half Gretchen über den Verlust ihres eigenen hinweg und so verselbstständigte es sich im Laufe der Jahre, dass Gretchen den Mädchen nicht nur mit klugen Ratschlägen und Trost zur Seite stand, sondern auch die Aufgaben einer Hebamme übernahm. Die jungen Dirnen dankten es Gretchen und entlohnten sie reichlich, und da wegen ihres fortgeschrittenen Alters die bisherige Einnahmequelle immer weniger einbrachte, war diese Vereinbarung auch für Gretchen ein Segen.

Robert hatte ihr über seine Beweggründe reinen Wein eingeschenkt, obwohl er befürchtete, sie würde ihn daraufhin zum Teufel jagen. Doch nichts dergleichen geschah, sie zeigte sogar Verständnis für seine dreisten Flunkereien. Was für eine Frau!

Noch immer beobachtete er sie. Er sah jetzt deutlicher als im schummrigen Licht der Scheune ihre grauen Haarsträhnen, die ausladenden Hüften, die für seinen

Geschmack deutlich zu breit waren, und doch empfand er für sie tiefste Zuneigung, denn so, wie sie mit den Kindern spielte, wie sie ihnen ihre ganze Liebe und Fürsorge schenkte, wusste er, dass ihre Seele rein war wie die eines Engels, mochte sie auch die verruchteste Hure der Stadt sein.

Ein weiterer Gedanke beschäftigte Robert. Als Findelkind – er wurde im Säuglingsalter vor der Tür eines Klosters ausgesetzt – hatte er seine Eltern nie kennengelernt. Viele Nächte raubte ihm die Vorstellung den Schlaf, seine Mutter könnte eine Dirne gewesen sein.

Und wenn schon, dachte er sich nunmehr, lieber war er der Sohn einer Hure als eines verzogenen Bürgertöchterchens, dessen Eltern die Schande nicht ertrugen, dass ihr Kind vom Stallburschen bestiegen wurde.

»Rasch, wir müssen los, die Sonne steht schon am Himmel!«, drängte Osman plötzlich ungehalten und schüttelte Robert, gerade so, als wolle er ihn ein weiteres Mal aufwecken.

»Ja, denkst du, ich bin blind? Soll sie doch stehen, wo sie will, was schert es mich!«, fuhr Robert seinen Freund an, verärgert darüber, derart unsanft aus seinen Gedanken gerissen zu werden.

»Aber wir sollten schon lange in der Grube sein!«

»Ich glaube kaum, heute den Schlägel halten, geschweige denn damit einen Stein aus der Wand schlagen zu können.«

»Du verdammter Suffkopf, immer gibt's Ärger, wenn du trinkst«, zeterte Osman, und wieder einmal nicht zu Unrecht. »Steh gefälligst auf, wir müssen unbedingt zum Stollen! Die letzte Nacht ist uns teuer zu stehen gekommen.«

»Wieso uns, ich bin kein Geld losgeworden! Sie wollte nichts von mir.«

Der Stolz des Alexandriners wurde heute auf eine harte Probe gestellt, hatten seine Dirnen ihn doch umso heftiger geschröpft. Ungläubig schüttelte er seinen Kopf. Während Osman den Stall verließ, stieg Robert noch mühselig in seine Kleider. Alles um ihn herum schwankte bedenklich. Kein Wunder, meinte doch Gretchen, er habe genug getrunken für drei ausgewachsene Männer.

Und so torkelte er seinem Freund hinterher, der zügigen Schrittes nach Süden stampfte, zum Rammelsberg hin. Für Gretchen hatte er noch ein freundliches Nicken, das sie stumm und teilnahmslos erwiderte. Enttäuscht wandte er ihr den Rücken zu, sodass ihm der traurige Blick verborgen blieb, mit dem sie ihm hinterherschaute.

»Wo kommt ihr denn jetzt erst her?« August, der Vorarbeiter, schien etwas gerochen zu haben. Er hielt seine Nase dicht an Robert heran, um dann angewidert sein Gesicht zu verziehen. »Du stinkst, als ob du im Rum gebadet hättest!«, kommentierte er kopfschüttelnd das nur allzu Offenkundige. »Zum Teufel, wenn du nicht so ein guter Arbeiter wärst, würde ich dich für immer heimschicken! Und was ist mit dir, Muselman. Hast auch du die Nacht durchgesoffen?«

»Nein, Herr«, antwortete Osman zutiefst geknickt, »doch einer musste schließlich auf ihn Obacht geben.«

»Freilich, die reinste Nächstenliebe war's, die dich vom Arbeiten abhielt.« Wieder schüttelte August sein kahles Haupt und schaute zweifelnd zu Robert hinüber, der nach wie vor deutlich schwankte. Offenbar wusste der alte Mann nicht so recht, was er mit ihm anfangen sollte.

»Was für ein jämmerliches Bild du doch abgibst. Heute geb ich dir keinen Schlägel, nachher verletzt du dich noch«, schimpfte er mit Robert. Plötzlich jedoch hellte sich seine Miene auf. »Der Neffe vom Grubeneigner kommt heute zur Inspektion, will sich den gesamten Stollen zeigen lassen. Ihr seid beide nicht auf den Kopf gefallen und kennt euch hier gut aus. Begleitet ihr den feinen Herrn und zeigt ihm alles, dann kann ich derweil meiner Arbeit nachkommen …« August schien erleichtert, dass dieser Kelch an ihm vorüberging. »Und eins noch«, raunte er Osman zu, »sorge dafür, dass er den Gestank loswird. Lauf zu meinem Weib und lass dir eine Zwiebel geben, auch viel Wasser zum Trinken und Waschen könnte Wunder wirken. Danach kommt so schnell wie möglich wieder hierher! Na los, wird's bald?«

Der Prospektor

Die Glocken schlugen bereits zur Sexta, Mittagszeit also, als die beiden wieder bei ihrem Vorarbeiter auftauchten. Robert war inzwischen frisch gewaschen, er trug sogar sein sauberes Wams, das andere hatte nach Erbrochenem gerochen. In der Hand hielt er eine Zwiebel, in die er nun herzhaft hineinbiss.

Bald darauf kam auch Leonhardt, Neffe des Grubeneigners und angehender Prospektor. Ohne Umschweife eröffnete der junge Mann, weshalb ihn sein Oheim hierher geschickt hatte.

»Ihr wollt im Vortrieb nach einer Goldader suchen?« Osman war sichtlich erstaunt. »Wenn hier Gold läge, so wären wir doch längst drauf gestoßen.«

»Es geht das Gerücht, dass einige Gruben der Zisterzienser voll davon stecken. Mein Oheim will, dass ich dem nachgehe.«

»Freilich, doch Gerüchte haben noch keinen Mann satt gemacht. Ein gestandener Hauer hat Robert gesteckt, dass er in seiner eigenen Mine auf eine Diamantenader gestoßen sei. Dennoch steht der alte Bergmann weiter Tag für Tag in seiner Grube und hustet sich die Seele aus dem Leib, ein anderer will die Heilige Barbara in der Mine gesehen haben auf der Suche nach ihrem Kopf, und dann war da noch …«

»Es langt, wir werden sehen«, wurde Osman unwirsch vom jungen Prospektor unterbrochen. Robert indes gab sich unbeteiligt. Er hielt Abstand, was beiden sehr entgegenkam, da er entsetzlich nach Zwiebeln roch.

»Und wie dürfen wir Euch behilflich sein, Herr?«, fragte Osman nun wieder ganz ergeben.

»Da Ihr offenbar der Wortführer seid«, entgegnete Leonhardt und zeigte auf eine große Kiste mit allerlei Gerätschaften, »soll Euer Freund die Ausrüstung tragen, er scheint eh besser dazu geeignet. Dann möchte ich, dass Ihr mir jeden Winkel von der Mine zeigt. Ich werde mir alles genau ansehen und vielleicht auch einige Gesteinsproben nehmen. Wir haben nur Zeit, bis die Feuersetzer kommen, daher sollten wir uns sputen.« Er kramte zwei Öllampen aus der Kiste, von denen er eine Osman reichte, dann bestiegen alle drei rasch den Stollen.

Sie hatten einen halben Tag zur Verfügung, den nur wenige hundert Schritte langen Schacht mit seinen acht seitlichen Vortrieben zu untersuchen. Mehr als genügend Zeit, dachte Osman. Doch als er feststellen musste, wie akribisch Leonhardt jedes winzige Fleckchen Felswand in Augenschein nahm, war er sich plötzlich nicht mehr so sicher. Nun, ihm sollte es recht sein, wenn sie am morgigen Tage die Untersuchung fortsetzen müssten, denn mit einer Lampe durch die Gänge zu laufen und ab und an Wände auszuleuchten, war ihm allemal lieber als Steine zu schleppen.

Auch für Robert war dieser Tag eine willkommene Abwechslung. Obwohl er an der Kiste deutlich mehr zu tragen hatte als Osman mit seiner Lampe, hätte er seine übliche Arbeit am heutigen Tage kaum zustande gebracht. Noch immer, eine ganze Nacht und einen halben Tag nach seinem Besäufnis, fühlte er sich hundeelend – sein Schädel dröhnte, der Magen wollte nicht zur Ruhe kommen und einerlei, ob sein Atem nun nach Erbrochenem oder Zwiebeln roch, beides war ihm widerlich.

»Scheint so, als ob wir dem Berg seine Schätze zu früh entreißen, noch jedenfalls ist das Blei nicht zu Gold geworden«, gab Robert nach längerem erfolglosen Suchen von sich und schaute dafür in zwei entgeisterte Augenpaare.

»Du glaubst nicht wirklich, was du eben gesagt hast?«, fragte ihn Osman.

»Ich befürchte doch«, antwortete der Neffe des Grubenbesitzers stellvertretend für Robert, der nicht so recht wusste, was Osman von ihm wollte. Wusste doch ein jeder, dass das Blei aus den Bergen im Laufe der Zeit zu immer kostbareren Metallen heranreifte, sodass daraus erst Silber und schließlich sogar das edelste aller Metalle wurde. Nicht umsonst, erinnerte sich Robert, verwendeten Alchemisten Blei, wenn sie sich an der Herstellung von Gold versuchten.

»Ihr müsst wissen«, fuhr Leonhardt fort und redete dabei nur mit Osman, da er Robert offenbar für zurückgeblieben hielt, »dass nach wie vor weitläufig der Glaube vorherrscht, Metalle durchlaufen in den Bergen eine Reife, so wie dem Samen im Feld der Trieb, dann die Knospe und der Knospe schließlich das Korn folgt.«

Osman starrte Leonhardt ungläubig an. Dass die Menschen hierzulande teilweise abstruse Vorstellungen von den Abläufen in der Natur hatten, war ihm inzwischen schon untergekommen, doch der soeben gehörte Unsinn war an Einfalt wirklich nicht mehr zu überbieten. Und das Schlimmste: Sein guter, sein einziger Freund schien diesen Humbug tatsächlich zu glauben. Unfassbar.

»Ihr kommt aus dem Morgenland. Man sagt, Eure Wissenschaft sei der unseren in einigen Dingen voraus. Könnt Ihr mir noch Neues verraten, was den Bergbau betrifft? Ihr scheint ja offenbar bewanderter als Euer Freund.«

»Dazu gehört nicht viel«, bekräftigte Osman Leonhardt in seiner vorschnellen Einschätzung, »doch ich muss Euch leider enttäuschen. In meiner Heimat gibt es keine Berge und ich habe auch keine Schriften gelesen, die sich mit dem Abbau von Metallen beschäftigen.«

»Und dennoch wisst Ihr, dass Euer Freund einem Aberglauben aufsitzt?«

Osman zögerte, dieser junge Mann kam wie gerufen. Vielleicht konnten sie durch ihn dieses Loch auf immer verlassen und einen deutlich besseren Posten bekleiden. Jetzt hieß es nur, mit klugem Geschwätz Eindruck zu hinterlassen. Aber das konnte er ja wie kein anderer.

»Dazu genügt mir allein der gesunde Menschenverstand! Zum einen haben die Metalle in dem Berg ebenso wie der Berg selbst das gleiche Alter, so konnten sämtliche Elemente dieselbe Zeit reifen, ergo müssten sie nach Roberts These alle gleich sein. Auch würde über kurz oder lang das Blei ausgehen, wenn daraus erst Silber und hieraus wiederum letztlich Gold wird. Wie Ihr selbst wisst, steht ganz im Gegenteil einer riesigen Menge Blei nur wenig Silber und ein verschwindend geringer Anteil Gold gegenüber. Und das nicht nur im Rammelsberg.«

Bislang wirkte Leonhardt wenig beeindruckt, doch das schlagkräftigste Argument hatte sich Osman bewusst bis zum Ende aufgespart.

»Und drittens«, rekapitulierte er also und streckte selbstbewusst drei Finger in die Höhe, »ist Blei zwar schwerer als Silber, aber deutlich leichter als Gold. Wie also sollte ein Metall während eines angeblich fortlaufenden Reifeprozesses erst leichter und dann wieder schwerer werden, von der unterschiedlichen Farbgebung ganz zu schweigen?«

Leonhardts Kiefer klappte herunter. In seiner Verblüffung machte er einen dermaßen dümmlichen Gesichtsausdruck, dass sich Osman nur mit Mühe ein Lächeln verkneifen konnte. Es sah gut für ihn aus.

»Euer Wissen über Metalle ist beeindruckend, umso mehr, wenn man bedenkt, dass Ihr über keinerlei Kenntnisse vom Bergbau verfügt«, brachte Leonhardt schließlich doch noch hervor.

»Zwar weiß ich nichts über den Bergbau, umso mehr

jedoch darüber, was ihr als Alchemie bezeichnet. Dieses Wissen, vereint mit der Gabe, Rückschlüsse zu ziehen, kann einem die Natur und die Welt erklären.«

»Ihr könnt lesen und schreiben?«

»Selbstverständlich, mein Freund im Übrigen auch!«, brachte Osman nun auch Robert ins Gespräch.

»Ach was, das hätte ich nicht gedacht. Erstaunlich …«, stammelte Leonhardt, der Robert bis eben für einen Gimpel sondergleichen gehalten hatte.

»Wir beherrschen beide die lateinische Sprache und können rechnen«, ergänzte Robert, der sehr wohl erkannt hatte, was Osman bezweckte.

»Gut, gut, genug fürs Erste.« Leonhardt war perplex. Hatte er es gewöhnlich mit einfachen Bergarbeitern zu tun, denen er geistig weit überlegen war, traf er heute auf zwei Männer, deren Schulbildung und Gedankenschnelle ihresgleichen suchte. Besonders von dem klobigen Riesen, der bislang so gut wie nichts gesagt hatte und die schwere Kiste mit einer Leichtigkeit trug, als wäre sie leer, war er mehr als verblüfft. Eine schulische Ausbildung wurde nur Bürgerskindern und Klosterbrüdern zuteil, und wie ein Mönch sah der Große nun wirklich nicht aus. Was nur hatte ihn und den gescheiten Muselmanen hierher verschlagen und sie zu einfachen Bergmännern gemacht?

»Lasst uns noch rasch den Rest des Stollens anschauen, bevor die Feuersetzer kommen. Danach lade ich Euch beide in den nächstbesten Gasthof ein, wir haben einiges zu besprechen!«

In gemütlicher Runde, meinte Leonhard, werde er rasch mehr über die beiden in Erfahrung bringen. Und wer weiß, vielleicht könnte ihm ihr Wissen sogar von Nutzen sein.

»Liebend gern, geschätzter Herr!« Osman zwinkerte Robert unmerklich zu, der Fisch war ihnen ins Netz gegangen.

Der Tag ging unwiderruflich dem Ende entgegen, als sie schließlich den letzten der acht Vortriebe abliefen. Bislang hatten sie nicht den Hauch eines Goldklumpens entdeckt, selbst Kupfer fanden sie nur in Spuren vor, obwohl der Berg zumindest damit reichlich gesegnet war. Dieser Stollengang war der am tiefsten gelegene von allen, demnach auch der feuchteste, da sich sämtliches Wasser aus der Mine hierin sammelte. Knöcheltief tauchten ihre Füße in die eiskalte Mixtur aus Abwässern der Feuersetzer, eindringendem Regen- und vor allen Dingen Grundwasser. Eben dieses Grundwasser war es, welches den Bergmännern, je tiefer sie gruben, immer mehr Probleme bereitete, da die Minen darin teilweise förmlich absoffen.

Auch die Wände dieses Ganges untersuchten sie in seiner kompletten Länge, ohne etwas Wertvolles zu entdecken. Am äußersten Ende führte ein schmaler, keine zwei Fuß hoher Schacht weiter in die Tiefe.

»Ist das der Abfluss zum Rathstiefster Stollen?«

»Ob sich der Stollen am anderen Ende Rathstiefster schimpft, kann ich Euch nicht sagen, jedenfalls wird dort der Berg in die Abzucht entwässert. Doch sollte Euch der Stollen einerlei sein, denn er gehört ganz sicher nicht Eurem Oheim.«

»Sehr richtig, Osman, aber der Abfluss bis dorthin allemal. Ich habe ihm versprochen, alles zu untersuchen, also werde ich mir auch diesen Zugang anschauen müssen. Kriecht Ihr voran und leuchtet aus, ich werde mit Eurem Freund folgen.«

Robert, der bislang eher gelangweilt der Unterhaltung gefolgt war, schaute skeptisch zum schmalen Loch. »Ich glaube nicht, dass ich dort hindurchpasse, Herr.«

Leonhardt sah zu Robert hinauf, zum Abfluss und wieder zurück. »Es könnte zumindest knapp werden. Gut, lassen wir es lieber nicht drauf ankommen. Wartet also hier auf uns!«

»Und was ist mit den Feuersetzern? Es wird nicht mehr lang dauern, dann kommen sie in den Berg«, gab Osman zu Bedenken.

»Sobald das Signal ertönt, haben wir immer noch genügend Zeit, zumindest, wenn keiner von uns stecken bleibt. Bei uns beiden Hänflingen sollte das kein Problem sein. Also los, schnappt Euch die Lampe und geht schon voran!«

Osman seufzte. Fühlte er sich bereits in engen Räumen unwohl, so bereitete ihm allein die Vorstellung, in dieses dunkle Loch hineinzukriechen, arge Beklemmungen, um nicht zu sagen Angst. Doch was sollte er machen? Robert konnte unmöglich seine Stelle einnehmen, eine Weigerung kam allerdings auch nicht infrage, schließlich wollte er sich bei dem jungen Prospektor für weitere Aufgaben empfehlen. Also nahm er die Ölfunzel, schickte ein kurzes Stoßgebet an seinen Propheten und tauchte kopfüber und mit geschlossenen Augen in seinen schlimmsten Albtraum ein.

»Und wie lang reicht der Gang, könnt Ihr schon sein Ende sehen?«

Osman war bislang vorangekrochen, ohne die Augen geöffnet zu haben. Auf diese Weise konnte er eine aufkommende Panik am besten unterdrücken. Nun jedoch musste er sie öffnen, wollte er den als zukünftigen Arbeitgeber auserkorenen Spund nicht verärgern.

Nur einen Augenblick flackerte die Lampe vor ihm auf, bevor ein Luftzug die Flamme ausblies. Dieser kurze Moment reichte aus, um in Osman nacktes Entsetzen hervorzurufen. Er sah gerade noch, dass der Gang vor ihm kein Ende zu nehmen schien, dann wurde es dunkel wie in einem Grab. Sein Puls begann zu rasen, und Osman schnappte japsend nach Luft. Unwillkürlich erinnerte er sich an Erzählungen über Scheintote, die man lebendig begraben hatte. Osman wollte schreien und um sich schlagen, doch er war wie gelähmt.

»Was ist, Osman, was habt Ihr?«

Antworte ihm, verdammt, sag was, sonst wirst du mindestens ein weiteres Jahr in dieser Mine zubringen und Steine schleppen, solltest du jemals aus diesem engen Loch herauskommen. »Meine Lampe ist aus«, hörte er sich schließlich überraschend gefasst sagen.

»Keine Sorge, meine leuchtet noch! Kriecht nur weiter nach vorn, so lang kann der Ablauf ja nicht sein!«

Er hat gut reden, dachte sich Osman, er muss ja nicht im Stockdunkeln einen glitschigen engen Gang hinabkriechen. Osman überlegte, was nun eigentlich anders sei, immerhin hatte er bis eben die Augen geschlossen gehalten. Allerdings gerade das Wissen, dass er eben noch einen warmen, tröstenden Lichtschein bei sich getragen hatte und nun nicht mehr, genügte, um seine Unruhe voranzutreiben.

Er sinnierte über Zweck und Art der Konstruktion, in der er sich befand, und das half ihm, die Angst nicht übermächtig werden zu lassen.

Was hatte August, ihr Vorarbeiter, kürzlich gesagt, als sie ihn auf den Schacht ansprachen? Er führe in leicht abschüssiger Lage nach ungefähr einhundertvierzig Fuß in einen erheblich größeren Abflusskanal, der wiederum das gesammelte Grubenwasser von dieser und von vielen anderen Minen, die in ihn münden, in die Abzucht ableite.

Osman überlegte – sprach August seinerzeit tatsächlich von nur einhundertvierzig Fuß Länge? Dann müsste sein Martyrium bald beendet sein – Allah hilf, dass es so ist!

Osmans vorantastende Finger stießen auf eine Felswand. Der Schacht machte einen Knick, daher konnte er vorhin nicht sein Ende ausmachen. Eine beruhigende Erkenntnis, insbesondere, wenn er sich den weiteren Verlauf seines Gesprächs mit August ins Gedächtnis rief. Wie nur brachten es die Bergmänner fertig, hatte Osman seinen Vorarbeiter gefragt, den großen Kanal nicht zu verfehlen?

Zum einen diente der Lageplan der Minen als Orientierung, hatte August erwidert. Daher sei es sehr wichtig, dass immer die genaue Position der einzelnen Gänge eingetragen werde. Einige Fuß vor dem Durchbruch halfen Klopfzeichen, vom großen Abflussstollen ausgehend, die Bergmänner zu ihrem Ziel zu führen. Da die Herkunft der Klopfzeichen nur auf drei bis vier Fuß durch die Felswand einwandfrei zu orten sei, würden laut August viele Ableitungskanäle kurz vor ihrem Ende einen Knick machen.

Osmans Hand griff ins Leere. Sie waren also tatsächlich durch.

»Allah sei Dank!«

»Was?«, kam es von hinten. »Habt Ihr etwas gesagt, Osman?«

»Wir sind durch, Herr! Der große Stollen müsste

genau unter mir liegen, ich steige jetzt runter. Wenn ich nur etwas sehen könnte, verdammt!«

Dunkler konnte es selbst in einem Grab nicht sein. Ob der Boden nun einen oder hundert Fuß unter ihm lag – Osman konnte nichts sehen, nur das Beste hoffen. Kopfüber kroch er aus dem Loch heraus, drehen war hier unmöglich. Seine Oberschenkel steckten weiterhin im oberen Kanal, als seine Hände auf den Boden des großen Stollens stießen. Rasch zog er seine Beine nach und richtete sich vorsichtig auf. Was für ein Unterschied zum schmalen Verbindungstunnel, hier konnte er sogar stehen, ohne mit dem Kopf anzuschlagen.

Leonhardt kletterte heraus und brachte mit seiner Öllampe Licht ins Dunkle. Auch er konnte aufrecht stehen.

»Was für eine herrliche Arbeit!« Der Prospektor schaute bewundernd den schnurgeraden Gang entlang, der sich ins Unendliche verlor, da er weiter reichte als das Licht seiner Lampe. Ganz weit aus der Ferne meinte er, die Abzucht plätschern zu hören.

»Und, habt Ihr im Zubringer etwas Lohnendes entdeckt?«

»Nein, die Wände waren genauso kahl wie der Rest von Theodors Mine.«

»Dann lasst uns rasch zurück, bevor die Feuersetzer kommen!«

»Eile tut nicht Not«, erwiderte Leonhard, während er die Wände ausleuchtete und die blaugrün schimmernden Verfärbungen daran begutachtete, »wenn das Horn ertönt, haben wir immer noch genügend Zeit, die Grube zu verlassen.«

Erst jetzt bemerkte Osman die farbigen Sprenkel an

den Felswänden des großen Abflussgrabens. »Was ist das? Etwas Wertvolles?«

»Ich denke nein, eher Mineralien und vom Wasser gelöste Salze, die sich hier am kalten Stein festsetzten, man nennt sie auch Vitriole. Nichts Kostbares, aber allemal schön anzusehen, nicht wahr?«

»Freilich sehr schön, Herr. Wir sollten dennoch los.« Osman wurde ungeduldig. Schließlich hatte er vor einiger Zeit einen Bergmann zu Gesicht bekommen, dem die Gase des Feuersetzens den Garaus gemacht hatten. Die Augen schienen ihm fast aus den Höhlen gequollen zu sein und sein Mund war weit aufgerissen auf der vergeblichen Suche nach frischer Luft. Ein Anblick, den er nie vergessen würde.

»Nun gebt endlich Ruhe! Wenn ich schon einmal hier bin, will ich mir auch das Wasserhebewerk anschauen!«

Osman war verzweifelt, schließlich mussten sie denselben Weg wieder zurück, den sie gekommen waren. Durch den engen Gang zu kriechen, war beunruhigend genug, doch das ganze zudem unter Zeitnot und der bitteren Gewissheit, dass bald giftige Dämpfe durch den Stollen ziehen würden, bereitete ihm gehörig Angst.

»Nun kommt schon, Osman, nur mal kurz schauen, dann geht's sofort zurück. Ich versprech's – und es soll Euer Schaden nicht sein!«

Leonhardt wusste genau, was in Osman vorging, und er hatte keinerlei Skrupel, dieses Wissen in seinem Sinne auszunutzen. Umso niederträchtiger, da er bereits wieder davon abgekommen war, Osman als Gehilfen einzustellen. Jemanden wie ihn, der ständige Vorbehalte und Bedenken hatte, konnte er nicht gebrauchen, mochte sein

Wissen auch noch so groß sein. Allein allerdings wollte er zu dieser kritischen Zeit nicht zurückbleiben, immerhin waren ihm sämtliche Stollengänge fremd – nicht auszudenken, wenn er nach dem Hornsignal den falschen Weg einschlüge.

»Gut, Herr, aber nur, wenn Ihr mir versprecht, sofort nach dem Warnsignal mit mir zu kommen?«

Leonhardt nickte, allmählich ging ihm dieser Hasenfuß gehörig auf die Nerven.

Bedächtig gingen sie die sanfte Steigung des Stollens zum Wasserhebewerk hinauf. Der Boden war nass und glitschig durch das ständig hinabrinnende Wasser aus den Gruben ringsumher und aus eben jenem Pumpenwerk am oberen Ende des Ganges. Ein immer lauter werdendes Stampfen und Rumpeln machte Osman Mut, schließlich bedeutete es, dass sie bald im Pumpenraum angekommen waren.

Plötzlich wehte ein scharfer Luftzug durch den Gang und hätte beinahe erneut Osmans Öllampe ausgeblasen. Er schaute nach oben und konnte einige Sterne sehen. In der Stollendecke befand sich ein schmales Loch. Es diente zum einen der Durchlüftung des Stollens, zum anderen als Einstieg der Bergmänner und zum Abtransport geschlagenen Gesteins während der Bauzeit. All dies war Osman jedoch im Moment einerlei, vielmehr beunruhigte ihn die Tatsache, dass bercits die Nacht hereingebrochen war. Zeit für die Feuersetzer also.

»Herr …?«

Leonhardt beachtete ihn gar nicht. Den Blick starr voraus gewandt, schritt er rasch auf das Ende des Ganges zu.

Erst jetzt erkannte Osman, dass sie ihr Ziel erreicht

hatten. Keine fünfzig Schritte voraus lag der Pumpenraum.

Wenige Augenblicke später waren sie am Durchbruch zu einem spitzbogig auslaufenden Gewölbe angelangt. Beide starrten hinab in einen gähnenden Abgrund, aus denen in einer nicht enden wollenden fließenden Bewegung an Ketten befestigte Eimer auftauchten. Diese Eimer, die wiederum über ein nahezu zwanzig Fuß durchmessendes, sich immerzu drehendes Holzrad liefen, schöpften das Grubenwasser von den noch tiefer gelegenen Stollen ab. Gefüllt liefen sie über die Kette nach oben, bis sie an ihrem höchsten Punkt, dem Giebel des Gewölbes, durch eine geschickte mechanische Konstruktion gekippt wurden und ihr Wasser in den Stollen abführten, in dem sich Osman und Leonhardt gerade befanden. Dann liefen sie über das Rad wieder hinab in die tiefe Grube, in einem fort und immerzu, den ganzen Tag lang.

Osman war beeindruckt – so viel Erfindungsgeist hätte er den Abendländern gar nicht zugetraut.

Beide knieten am äußersten Rand des Durchbruchs und schauten hinab in die Grube, um ihre Tiefe zu ergründen. Sie waren tropfnass und der Boden ringsumher glitschig, denn ständig spritzte ein Eimer sein eiskaltes Wasser hinein in den Stollen. Der Lärm, den das Radwerk von sich gab, war ohrenbetäubend, umso erstaunlicher, wie markerschütternd laut plötzlich der Signalton des Horns durch die Gänge schallte.

Beide schraken zusammen, doch Leonhardts Hände glitten zudem über den Rand des Stollens hinaus ins Leere. Sein Oberkörper sackte hinterher, und bevor Osman sich versah, stürzte der junge Prospektor kopfüber in die Tiefe.

Im gleichen Moment stoppte das große Pumpenrad, offenbar wurden nun, bevor die Feuersetzer ihr Werk begannen, die über Tage das Göpelwerk antreibenden Ochsen abgespannt.

Osman stockte der Atem. August hatte ihnen den jungen Mann anvertraut, was würde er sagen, wenn sie ohne ihn zurückkämen?

Könnte er den Sturz überlebt haben? Genug Wasser war dort unten allemal, um nicht allzu hart aufzuschlagen. Dieser junge Mann hätte ihn aus dieser Grube herausholen können, und nun kämpfte er dort unten um sein Leben, wenn er nicht bereits tot war.

»Herr?«

»Kann … nicht … schwimmen!«, schallte es von unten herauf, wie ein leises Röcheln, mehr nicht.

»Bei Allah, was soll ich nur machen?«, murmelte Osman entsetzt. Er konnte keinen klaren Gedanken mehr fassen. Und dann tat Osman etwas, was er viele Jahre später, wenn er seinen Kindern und Kindeskindern davon berichtete, mit einem ungläubigen Kopfschütteln begleitete.

Er sprang hinterher.

Einige Augenblicke zuvor lief Robert nervös vor dem engen Durchgang zum Abflussstollen auf und ab. Lange konnte es nicht mehr dauern, dann kämen die Feuersetzer in den Stollen. Wo blieben die beiden nur.

Zum aberhundertsten Mal schaute er in das Loch hinein, doch nach wie vor war kein sich nähernder Lichtschein auszumachen.

Dann ertönte das Horn.

»Himmel Arsch!«

Robert begann unwillkürlich zu zittern, die Zeit wurde knapp. Er schrie in den Tunnel hinein, aber gegen das laute Gestampfe der Pumpe war kein Durchdringen möglich.

Plötzlich kehrte Ruhe ein, beinahe gespenstisch. Er wollte gerade erneut nach ihnen rufen, da hörte er aus weiter Ferne ein leises Platschen.

»Osman, was ist da los? Wir müssen hier raus, rasch!«, schrie er sich die Seele aus dem Leib.

Ganz leise wiederum kam zur Antwort ein Hilferuf. Es war Osman.

Robert erstarrte. Was zum Teufel sollte er nur tun, wenn er noch nicht einmal in ihre Nähe gelangen konnte? Leonhardt und Osman waren nur einige hundert Schritte entfernt und dennoch unerreichbar für ihn.

Oder doch nicht?

Skeptisch schaute er auf das Loch zu seinen Füßen, zumindest auf einen Versuch sollte er es ankommen lassen.

Vorsichtig zwängte er sich in den Verbindungsstollen. Seine Schultern stießen links und rechts an die Felswände, aber er passte gerade eben noch hinein. Rasch krabbelte er wieder heraus, entledigte sich seines Wamses, griff sich schnell eine Ölfunzel und stieg erneut, jetzt mit nacktem Oberkörper, in das Loch. Sein Hemd, aus starkem Leinen gewoben und mit groben Nähten versehen, hätte ihn behindert, nun allerdings war seine Haut ungeschützt den scharfen Wänden des Stollens ausgesetzt. Wieder drangen leise Hilferufe zu ihm durch.

»Ich komme, haltet nur noch einen Moment durch!«

Roberts Zuversicht in der Stimme entsprach beileibe nicht seiner eigentlichen Gemütslage. Was konnte nicht alles misslingen? Wenn der Schacht auch nur an einer Stelle etwas knapper geschlagen wäre, würde er mit Sicherheit hängen bleiben. Außerdem kämen jeden Moment die Feuersetzer. Sicher, er könnte laut um Hilfe schreien, doch erschien es ihm eher unwahrscheinlich, dass sie ihn hören würden – bei der Vielzahl an Gängen konnten sie sonst wo sein. Nicht auszudenken, wenn ihn die Gase erreichten, während er im Stollen festhing.

Die Wände, eiskalt und gnadenlos zu seiner bereits arg zerschundenen Haut, schienen einfach kein Ende zu nehmen, da flackerte wie zuvor bei Osman auch bei ihm kurz das Licht auf, bevor es endgültig erlosch.

»Himmel …«

Vollkommene Dunkelheit brach über ihn herein und raubte ihm das letzte bisschen Hoffnung. Doch damit nicht genug – plötzlich schien es, als habe ihn die Pranke eines Riesen gepackt, er steckte fest und kam weder vor noch zurück. Sofort fielen ihm wieder die giftigen Dämpfe der Feuersetzer ein.

Und zum ersten Mal in seinem Leben fühlte er, wie ihm nackte Panik schier den Atem raubte.

»Ich kann nicht schwimmen!«

»Dafür kann ich's umso besser!«, log Osman und dachte dabei an seine ersten Schwimmversuche einige Wochen zuvor in einem Hildesheimer Brunnen. Dort hatte er sich nur mit Ach und Krach und Roberts tatkräftiger Unterstützung über Wasser halten können. Aber immerhin wusste er nun, wie es ging.

Zum Glück war es nicht vollständig dunkel. Offenbar reichte das spärliche Licht der Pechfackeln im über ihnen liegenden Pumpenraum, um in der Grube zumindest einige handbreit weit sehen zu können.

Beruhigend jedoch war es nicht, was Osman zu Gesicht bekam.

Die Grube maß ungefähr zwanzig Fuß im Quadrat und war tiefer mit Wasser gefüllt, als man stehen konnte. In das Wasser hinein ragten zwei Ketten, an denen die Schöpfeimer befestigt waren. Leider bewegte sich die Kette nun nicht mehr, sodass sie sich nicht an ihr nach oben ziehen lassen konnten.

»Hilf…« Der Rest des Schreis ging in einem Gurgeln unter. Das Wasser schloss sich über Leonhardt.

Wie konnte er nur so grausam sein, haderte Osman mit sich. Anstatt dem mit dem Tode ringenden Leonhardt beizustehen, hatte er in aller Seelenruhe die Anlage gemustert, um nach einer Fluchtmöglichkeit Ausschau zu halten. Rasch eilte er dem Ertrinkenden herbei, zog ihn nach oben und schwamm einige Züge mit ihm, bis dessen Hände in Reichweite der Eimerkette waren. Dankbar griff Leonhardt danach und klammerte sich erschöpft daran fest.

»Haltet Euch gut fest, Hilfe naht!«, sprach ihm Osman wenig überzeugend Mut zu. Seine Lippen bebten, er zitterte am ganzen Körper, das eiskalte Wasser presste ihm wie ein eng um den Leib geschnürtes Tau die Luft aus den Lungen.

Sollten sie hier jemals heil wieder herauskommen, wäre ihm ein Posten an der Seite des Prospektors sicher. Doch wie sollte das gelingen? Robert konnte unmöglich durch den Stollen zu ihnen vordringen, schließlich hatte selbst er schmales Hemd bereits Probleme gehabt hindurchzukriechen. Und selbst wenn Robert seine Beine in die Hand genommen hätte, um Hilfe herbeizurufen, wären die Feuersetzer bereits zu Werke gegangen. Aus der Ferne hörte er seinen Freund schreien, wie er ihn noch nie zuvor schreien gehört hatte.

Osman betete zu seinem Gott, dass es nicht an den Feuersetzern lag.

Wenn Robert nicht bereits gelegen hätte, wäre er ganz sicher umgefallen, denn es fehlte nicht viel bis zur Ohnmacht. Der Schmerz, als er das Lampenöl auf seine aufgerissenen Schultern schüttete, um durch die Enge gleiten zu können, war kaum zu ertragen. Erst nach und nach verschwanden die weißen Blitze und Punkte, die vor seinen Augen herumtanzten, und mindestens ebenso lange dauerte es, bis wieder klare Gedanken das Durcheinander in seinem Kopf verscheuchten.

Er war sich noch nicht einmal bewusst, geschrien zu haben, bis Osman aus der Ferne fragend herüberrief, was denn geschehen sei.

»Nichts passiert, keine Sorge. Ich werde bald bei euch sein!«

»Was, wie soll das gehen?« Osmans dünnes Stimmchen klang fassungslos. »Du kommst dort doch nie durch!«

»Bin schon fast bei euch!«

Wenn ich wenigstens wieder vorwärtskäme, flehte Robert der Verzweiflung nahe und drückte seinen massigen Körper mit aller Kraft weiter voran. Und siehe da, das Öl half tatsächlich. Robert glitt heraus aus dem Nadelöhr in großzügiger geschlagene Gefilde.

»Dem Himmel sei Dank!«

Nun ging es zügig weiter. Bald stieß er auf den Knick, und kurz darauf hatte auch er den Durchgang hinter sich gebracht. Erleichtert fiel er kopfüber aus dem hüfthohen Loch auf den glitschigen Grund des großen Ablaufstollens.

»Ich bin durch!«, schrie er und schien es dabei selbst nicht recht glauben zu können.

»Dann vertrödele keine Zeit und hol uns hier raus, bevor die Feuersetzer kommen! Bergan musst du laufen, dann kommst du gradewegs zum Pumpenraum.«

Ich habe zwei gesunde Ohren, wollte Robert zurückrufen, denn es war nicht zu überhören, wo Osmans Geschrei herkam, doch war gegenwärtig nicht die Zeit für Spitzfindigkeiten, jetzt musste es schnell gehen.

Er rannte, so rasch ihn seine Füße trugen. Gar nicht so leicht, zum einen musste er gebückt laufen, da der Stollen für ihn eindeutig zu niedrig war, zum anderen glitt er ständig auf dem nassen Grund aus. Schließlich hatte er das Pumpengewölbe erreicht und seine Augen suchten fieberhaft das Innere nach den beiden ab. Vergeblich, er konnte sie nicht entdecken. Umso lauter jedoch war ihr Gewimmer.

»Nun lass dir was einfallen, bevor wir hier alle drei ersticken!«

Robert musterte den Raum nach einer Möglichkeit, um über die direkt unter ihm liegende Grube zu gelangen. Unten im Wasser konnte er sicherlich nichts bewirken, schon eher, wenn überhaupt, am großen Holzrad.

Die Grube unter dem Stollen, in die er hinunterschaute, verlief über die gesamte Breite des Gewölbes, von links nach rechts also ungefähr zwanzig Fuß und nach vorn geschätzte zwölf. Darauf folgte eine Plattform, ungefähr zehn Fuß tiefer als der Stollengrund, auf dem er gerade stand. Dort ruhte die Achsauflage des Rades, und von dort führten Hanfseile nach oben zum Antrieb der Pumpe. Auf diese Ebene musste er gelangen, um das stehen gebliebene Rad anzudrehen und sie damit nach oben zu ziehen. Allerdings gab es weder Stufen noch einen Gang vom Stollen zum Pumpenraum, offenbar war ein Durchgang von dieser Seite aus nicht beabsichtigt. Er musste also wohl oder übel über die Wassergrube springen, gute vier Schritte weit. Und das aus dem Stand, da über dem glitschigen, ansteigenden Stollengrund an einen Anlauf nicht zu denken war. Zudem befand sich zwischen ihm und der Plattform auch noch das Rad, gut zur Hälfte ragte es über den Grubenrand hinaus.

Wie nur brachte es Osman fertig, dass er immer wieder an seine Grenzen gehen musste, um ihm den Hals zu retten?

Robert zögerte, bis erneut die verzweifelten Rufe aus der Tiefe zu ihm drangen, dann sprang er.

Er flog weit – über die Grube hinaus und knapp am Pumpenrad vorbei, oder zumindest beinahe, denn mit seinem linken Bein schlug er hart an. Wieder Schmerzen, nun am Knie. Der Sprung wollte kein Ende nehmen, er flog, segelte und torkelte, bis er gegen die Grubenwand krachte. Doch seine Finger fanden keinen Halt, und so rutschte er in die Finsternis hinab. Erst im letzten Moment konnte er sich am Rand festkrallen und aus dem nassen Loch hinausziehen, über und über zerschunden vom harten, scharfen Fels des Rammelsberges.

Er rollte sich neben den Abgrund und atmete kräftig durch. War die Not der beiden auch noch so groß, so viel Zeit musste sein. Mühsam stand er schließlich auf und blickte hinunter auf den Grund der Grube. Durch das spärliche Licht der Pechfackeln konnte Robert unten zumindest vage das Glitzern des Wassers wahrnehmen. Auch dass es weit hinab ging, konnte er sehen, Osman und Leonhardt allerdings entzogen sich seinem Blick, dafür hörte er sie umso deutlicher.

»Ich bin jetzt oben im Pumpenraum. Könnt ihr euch nicht an der Kette raufziehen, wenn ich das Rad festhalte?«

»Ich habe mir die Hand angeschlagen, und der junge Herr den ganzen Arm lädiert, ich glaube nicht, dass die Kraft ausreichen wird. Versuch du lieber, das Rad zu drehen – wir halten uns an der Kette fest und du ziehst uns nach oben.«

»Robert schnappte nach Luft. »Hast du das Rad gesehen? Das ist größer als ein Haus!«

»Und wenn schon – du sollst es ja nicht heben, sondern nur drehen. Versuch's einfach, ich sehe keine andere Lösung!«

Robert bezweifelte, dass er das Rad bewegen konnte, immerhin hingen die schweren, mit Wasser gefüllten Eimer dran und der über Tage liegende Antrieb. Dennoch ließ er es auf einen Versuch ankommen. Vergeblich, das Rad rührte sich keinen Zoll.

Er musste das Seil zum oberen Antrieb durchtrennen, vielleicht würde seine Kraft dann ausreichen. Aber wie?

Hatte er doch sein Werkzeug im Stollen gelassen und war bis auf die Hose nackt. Sein Blick fiel auf die Fackeln. Rasch hatte er eine aus seiner Halterung gezogen und hielt sie direkt unter das Hanfseil. Es dauerte nicht lang, und das Seil begann zu kokeln. Strang für Strang riss entzwei, bis es mit einem lauten Pfeifen, ähnlich dem eines Peitschenhiebs, auseinanderschnellte.

In seiner Bewegung frei begann sich das Rad zu drehen, schnell und immer schneller, und im Gleichklang dazu setzte von unten her kommend entsetztes Geschrei ein.

Eben noch hatte Osman gerätselt, was Robert anstellte, da hörte er ein lautes Schnalzen, gefolgt vom ohrenbetäubenden Rumpeln des Pumpenrades über ihnen, nun drehte es sich wieder. Ein kurzer, von einem Gurgeln gefolgter Schrei fuhr ihm durch Mark und Bein. Die bisher starr fixierte Kette, an der sich Leonhardt eben noch notdürftig über Wasser halten konnte, glitt durch sein Gewicht hinab und er mit ihr. Immer wieder stießen seine Hände nach Halt suchend durch die Wasserfläche und zogen an der Kette, und immer tiefer sank er hinab.

Osman war hin und her gerissen. Sollte er zu Leonhardt schwimmen? Doch was, wenn er ihn mit sich nach unten zöge?

So also tat er das einzig Richtige und hing sich mit seinem ganzen Gewicht ans andere Ende der Kette, dorthin, wo sie durch die Drehbewegung ständig nach oben zum Pumpenrad lief.

»Halt das verfluchte Rad fest!«, schrie er hinauf.

Mit einem Ruck hielt es an und Leonhardts Kopf tauchte wieder auf, keinen Moment zu früh. Gierig sog er die Luft ein, spuckte und rotzte Wasser aus.

»Verdammt, was machst du da oben, willst du uns den Rest geben?« Osman war außer sich, diesmal fehlte wirklich nicht viel.

»Wie soll ich das Rad drehen, wenn's am Antrieb festhängt?«

»Und wir hängen an der Kette, gib uns das nächste Mal gefälligst Bescheid!«

»Woher zum Teufel soll ich das wissen«, murmelte Robert verärgert, rief aber nur nach unten, dass er nun erneut versuchen wolle, das Rad zu drehen.

Langsam bewegte sich die Kette auf Leonhardts Seite wieder nach oben und er mit ihr. Erst tauchte der Prospektor bis zu seinem Oberkörper aus dem Wasser, dann bis zu den Knien, bis er vollständig in der Luft hing, ängstlich an die Kette geklammert.

»Es funktioniert«, frohlockte Osman, der Leonhardt den Vortritt gelassen hatte und ihm Wasser tretend hinterher sah, bis er oben von der Dunkelheit verschluckt wurde. Doch schon bald hörte er Robert immer schwerer keuchen, während sich das Rad stetig langsamer drehte, bis es vollends zum Stehen kam.

»Was ist los, wieso geht's nicht weiter?«

Statt einer Antwort ratterte das riesige Rad plötzlich ungebremst in die andere Richtung. Einen Moment später klatschte Leonhardt auf die Oberfläche und erneut schloss sich das Wasser über ihm. Diesmal jedoch dauerte es nicht lange, bis er sich wieder an der Kette nach oben zog. Schwer atmend starrte er Osman an, verängstigt und fragend zugleich.

Sie waren genauso weit wie zuvor, allerdings wurde die Zeit, die ihnen noch blieb, zusehends knapper.

»So wird das nichts!«, kam es von oben, »je weiter ich drehe, desto mehr gefüllte Eimer hängen an der Kette. Irgendwann wird es zu schwer, selbst für mich.«

Osman dankte seinem Gott, dass er am Gürtel immer ein Messer bei sich trug. Die Eimer waren mit Hanfflechten an der Kette befestigt, die sollte das Messer durchtrennen können.

»Ich schneid sie ab, sobald sie ins Wasser tauchen. Dreh du nur wieder, diesmal wird's leichter!«

Nun ging es erneut für Leonhardt nach oben und während er Stück für Stück aus der Grube gehoben wurde, schnitt Osman fleißig durchs Hanf, bis nach und nach immer mehr Eimer auf dem Wasser schwammen. Irgendwann hörte Osman, dass er an der Reihe sei. Sein Blick folgte der Kette nach oben. Er erstarrte. »Und wer soll jetzt die Eimer abschneiden?«, rief er mit zittriger Stimme.

»Ich drehe das Rad anders herum, dann wird es gehen! Los jetzt!«

Trotz der angebrachten Erleichterung ärgerte sich Osman über seine eigene Dummheit. Durch die Richtungsänderung wurde nun der Teil durchs Wasser gezogen, von dem er bereits die Eimer abgetrennt hatte. Er klammerte sich an die Kette, wie es eben noch Leonhardt getan hatte, dann wurde endlich auch er nach oben gezogen.

Das laute Rumpeln drang immer deutlicher zu ihm durch – und es wirkte zunehmend bedrohlicher, denn allmählich tauchte wie ein Ungeheuer aus dem Dunkeln das Holzrad über ihm auf, hausgroß und nach Moder stinkend.

Langsam, aber gleichmäßig drehte es sich, und Osman dankte seinem Schicksal, dass Robert und nicht er dort oben stand, denn er hätte das Pumpenrad gewiss nicht bewegen können.

Endlich drang das matte Licht der Pechfackeln zu ihm durch und der Rand der Grube zog an ihm vorüber. Er schaute hinüber zu Robert, der weiterhin das Rad drehte. Jede Sehne seines Körpers schien zum Zerreißen gespannt. Osman folgte Roberts Blick nach oben zum Schacht, aus dem er und Leonhardt vor einer Ewigkeit heruntergestürzt waren. Dort sah er Leonhard, der ihm bedeutete, sich ebenso zum Schacht hinaufziehen zu lassen. Und so folgte Osman dem Weg, den sonst das Grubenwasser nahm, bis er den Fuß auf den Grund des Abflussstollens setzte und die Kette losließ. Im selben Moment sackte Robert am Rad in sich zusammen.

Doch wie nur, fragte sich Osman, sollte nun Robert zu ihnen hinauf? Schließlich war niemand da, der das Rad hätte drehen können.

Robert schien Osmans Bedenken zu erraten. »Ich klettere den Schacht nach oben, den auch die Pumpenarbeiter nehmen«, rief er matt und wies auf das Loch, in dem sonst die Antriebsriemen liefen. »Geht schon endlich!«

Das musste Robert nicht zweimal sagen. Für seinen Freund konnte Osman nichts machen, also überlegte er nicht lang und lief los, gemeinsam mit Leonhardt, auf zum Mundstollen, den Abfluss des Stollens in die Abzucht. Über tausend Schritte waren es bis dahin – auf dem glitschigen Untergrund, noch dazu bei Gefälle, hatten sie also eine ordentliche Strecke Weges vor sich. Dass der Stollen wegen der vielen Zuflüsse und der nach draußen führenden Gänge wie dem Mundstollen und der

Belüftungsschächte wie ein Kamin wirkte, der die giftigen Dämpfe der Feuersetzer förmlich anzog, machte ihnen zusätzlich Beine.

Osman hielt erst ein, als ihm von vorn der charakteristische Geruch verbrannter Holzkohle entgegenschlug. Er blickte sich um. Der Pumpenraum, immer noch beleuchtet durch die Pechfackeln, schimmerte nunmehr wie ein Glühwürmchen hinter ihnen, winzig klein und elendig weit entfernt. Dorthin zurückzulaufen, wäre reiner Selbstmord.

Doch mitten hinein ins giftige Gas?

Osman war ratlos, da sah er einige Fuß entfernt einen Kanal zu einem der unzähligen Stollengänge. Anscheinend blieb es ihm nicht erspart, sich erneut, nun mit dem Gift im Nacken, seiner Angst zu stellen.

Robert indessen lag mit seinem zerschundenen, nackten Oberkörper auf dem kalten Felsengrund des Pumpengewölbes und starrte nach oben, hinein in das schwarze Loch, durch das üblicherweise die Pumpe über ein Hanfseil mit dem überirdischen Ochsenantrieb verbunden war. Offenbar diente der Durchstoß den Arbeitern außerdem als Zugang in das Gewölbe, denn dort stand eine Leiter an.

Er spürte jeden Muskel, wie immer, wenn er Osman oder sich selbst mit einem Kraftakt aus einer lebensbedrohlichen Situation befreien musste. Am liebsten wäre er einfach nur liegen geblieben, doch ebenso rasch wie sonst war er kurz darauf wieder auf den Beinen.

Er schaute die Leiter hinauf. Ein Ende war nicht abzusehen, sie führte senkrecht nach oben, bis ihre Sprossen vom Dunkel des Loches verschluckt wurden. Ein langer, anstrengender Weg für jemanden, der soeben bis an die Grenzen seiner Kräfte und sogar ein wenig darüber hinaus gegangen war. Immerhin, tröstete er sich, stecken bleiben würde er nicht mehr, dazu war das Loch viel zu breit. Und so bestieg er eine Sprosse nach der anderen, mit Ruhe und Bedacht, schließlich wollte er nicht abrutschen und stürzen.

Wie leicht es doch Osman und der Prospektor hatten mit ihrem schnurgeraden Weg zur Abzucht hin, dachte er.

Bedrohlich waberte ihnen der Rauch der Feuersetzer entgegen. Wenn er so giftig war, wie man sagte, dann konnten sie unmöglich weiter geradeaus hinablaufen, sondern mussten den nächstbesten Abzweig zu einem anderen Stollen nehmen.

Osman trat vor ein dunkles Loch zur Rechten und hielt seinen Kopf hinein. Im Nu zog er ihn wieder heraus.

»Der Qualm kommt aus diesem Kanal, schnell weiter!«, rief er Leonhardt zu, bevor er mit angehaltenem Atem durch die Rauchwolke lief, die zwischen ihnen und dem Mundstollen lag. Er rannte, stolperte und fiel, stand sofort wieder auf und strauchelte erneut. Nun nahm er keinerlei Rücksicht mehr auf seinen Begleiter – nur raus hier, so rasch wie möglich und am besten, so lange er noch den Atem anhalten konnte.

Vereinzelt trafen sie auf kleinere Qualmwolken, die bevorzugt an den Ablassstollen zu den anderen Minen hingen, bis sie endlich ein Gewässer rauschen hörten. Einen Wimpernschlag später sprangen beide in die kalte, graue Brühe der Abzucht.

Und erneut schloss sich das Wasser über ihnen, doch gottlob tauchten sie rasch wieder auf, da es hier keine fünf Fuß Tiefe hatte. Klitschnass und durchgefroren schleppten sich die beiden ans Ufer.

Wie leicht es doch Robert hatte mit seiner Leiter, dachte Osman ein wenig neidisch, schließlich musste er nur nach oben steigen. Und nass wird er dabei sicherlich auch nicht geworden sein.

Mühsam zog sich Robert über den Rand des Stollenzugangs zum Pumpengewölbe. Endlich unter freiem Himmel stolperte er noch einige Schritte weiter, weg vom Loch, aus dem die giftigen Gase der Feuersetzer kommen könnten, und sank völlig entkräftet zu Boden. Er zitterte am ganzen Leib, das Drehen des riesigen Holzrades und die vielen hundert Sprossen der Leiter auf dem Weg ins Freie hatten ihn über alle Maßen beansprucht.

Schwer atmend betete er, dass Osman und Leonhardt heil herausgekommen sein mögen, schließlich mussten sie an all den Zuflüssen der anderen Minen vorbei. Ein Wunder, wenn sie dabei nicht auch in den Qualm der Feuersetzer geraten wären.

Nach einigen Momenten des Verschnaufens erhob sich Robert stöhnend wie ein Greis und versuchte, sich zu orientieren. Er stand oben auf dem Rammelsberg inmitten eines Göpelwerks, rings um ihn herum ein ausgetretener, kreisrunder Trampelpfad, auf dem die Ochsen tagein tagaus ihre Runden drehten. Eine halbe Meile weiter unten brannten die Lichter des Bergdorfes, und die gleiche Strecke dahinter die der Stadt. Unübersehbar gleich am Bergdorf angrenzend erstrahlte im hellen Glanz die Ostfassade der Kaiserpfalz. Ungefähr diese Richtung musste er einschlagen, wenn er zum Mundstollen wollte.

Es wurde ein langer, einsamer Gang für Robert. Bisweilen plagten ihn Selbstvorwürfe, die beiden den Abflussstollen hinuntergeschickt zu haben, doch als er am Pumpenrad gestanden hatte und vor Anstrengung kaum noch einen klaren Gedanken fassen konnte, hielt er diesen Fluchtweg für den einzig richtigen. Den Aufstieg hinter seinem Rücken hatte er völlig vergessen.

Der Handlanger eines Feuersetzers kam ihm entgegen, träge eine Karre Holzkohle vor sich herschiebend. Bevor ihn Robert nach dem Weg zum Mundstollen fragen konnte, hatte dieser bereits Reißaus genommen. Robert schaute an sich herunter und konnte es dem Mann nicht einmal übel nehmen. Bis auf die zerfetzte Hose war er unbekleidet und sein Oberkörper über und über mit Schürf- und Schnittwunden versehen. Hinzu kam sein Riesenwuchs, der nachts besonders beängstigend wirken mochte. Er sah aus wie ein Ungeheuer aus jenen Ammenmärchen, die überall umgingen. Vermutlich würden morgen die verrücktesten Gruselgeschichten über diese nächtliche Begegnung kursieren, lächelte er still in sich hinein.

Der Weg flachte zusehends ab und wurde bald vom Hagenwall flankiert, der das Bergdorf umsäumte. Robert ließ das Dorf rechts liegen und marschierte zügig weiter an den mannshohen Hecken entlang. Es dauerte nicht lang und er hörte ein Wasserrauschen – das musste die Abzucht sein, endlich.

Am Kanal angekommen schritt er das Südufer entlang auf den Berg zu, so musste er unweigerlich auf den Mundstollen stoßen. Und tatsächlich, schon bald sah er im fahlen Mondlicht das Rinnsal im Fels verschwinden, und unweit davon zwei Gestalten am Ufer liegen. Wortlos hockte er sich neben die beiden und sank erschöpft ins Gras.

»Euer Freund redet nicht viel!«, stellte der Prospektor fest, immer noch außer Atem vom langen Luftanhalten.

Osman musterte Robert von oben bis unten, sah die vielen Wunden auf dessen freien Oberkörper und die in Streifen an seinen Beinen herabbaumelnde Hose. »Nicht nur das, Herr, man kann ihn auch keinen Augenblick allein lassen. Seht nur, wie er sich zugerichtet hat!« An Robert gewandt fügte er hinzu: »Sag, was hast du bloß mit deiner Hose gemacht, und wo ist das Hemd abgeblieben?«

»Zwischen mir und dem Kanalwänden passte kein Seidenfaden mehr, geschweige denn ein festes Leinenhemd. So hab ich's halt im Stollen liegen lassen.«

Ungläubig starrte Leonhardt auf Roberts Wunden, offenbar waren sie ihm bislang verborgen geblieben, da er viel zu sehr mit sich selbst beschäftigt war. Als habe sich ein Schleier über seine Augen gelegt, verlor sich sein Blick plötzlich in der Ferne, dann begann er, unentwegt seinen Kopf zu schütteln. Es schien so, als habe er erst jetzt begriffen, dass sie nur um Haaresbreite dem Tode entronnen waren.

»Meine Überheblichkeit hätte beinahe unser aller

Leben gekostet«, sagte er schließlich und rang ganz offensichtlich mit den Tränen. »Bitte vergebt mir diese unverzeihliche Dummheit.«

»Lasst gut sein, Herr! Es war vor allem die Neugier, die Euch antrieb, und davon haben wir beide selbst genug abbekommen. Wir leben noch, das ist das Wichtigste!«

»Und Ihr, Robert, könnt auch Ihr mir verzeihen? Ihr seht fürchterlich aus!«

Robert blickte an sich hinunter, gerade so, als habe er seine Verletzungen noch gar nicht wahrgenommen. »Sieht schlimmer aus als es ist, macht Euch mal keine Sorgen! Wir beide haben schon ganz andere Sachen erlebt, nicht wahr, Osman?«

»Richtig, Herr! Keine zwei Monate ist's her, da wäre ich beinah zweimal an einem Tage ersoffen, ganz zu Schweigen davon, was Robert alles widerfahren ist. Damals hättet Ihr ihn sehen sollen, dagegen schaut er heute aus wie frisch aus dem Ei gepellt!«

»Ihr scheint ja ein aufregendes Leben zu haben!« Zum ersten Mal huschte ein Lächeln über Leonhardts Gesicht. Augenscheinlich war er froh darüber, dass ihm die beiden so leichthin vergeben konnten. Doch schnell verdüsterte sich seine Miene wieder. »Wenn ich dagegen an das meine denke, so kann ich mir kaum ein faderes Dasein vorstellen.«

»Glaubt mir, an Abenteuer verlangt es einen nicht, wenn das eigene Leben auf dem Spiel steht. Bestenfalls im Nachhinein und mit einigem Abstand mag man mit einem wohligen Schauer daran zurückdenken. Ich für meinen Teil kann jedenfalls bis ans Ende meiner Tage auf weitere Abenteuer verzichten! Doch lasst uns ein andermal darüber reden, so ganz ohne Hemd wird's mir allmählich ein wenig kühl. Ich möchte mir nur noch meine Kleider holen und mich dann ins Bett legen.«

»Nichts da!«, entgegnete Leonhardt keinen Widerspruch duldend. »Ihr beide kommt jetzt mit zum Bader. Er soll sich um Roberts Wunden kümmern und Ihr, lieber Osman, könnt ein heißes Bad gebrauchen. Um nichts in der Welt lasse ich es zu, dass Ihr heute in Euer verwanztes Heim zurückkehrt.«

Kurz darauf standen sie vor des Baders Haus und holten ihn mit lautem Gepolter aus seinem Bett. Mit finsterem Blick öffnete er einen Spaltbreit die Tür, in der Hand einen Dolch, doch rasch hellte sich seine Miene auf, als er sah, wer ihn da mitten in der Nacht einen Besuch abstattete.

»Der Herr Prospektor, was für ein überraschender Besuch, so mitten in der Nacht!« Erst jetzt sah er an Leonhardt vorbei auf die beiden Gestalten hinter ihm und das Lächeln gefror auf seinen Lippen, zutiefst enttäuscht, dass der Prospektor statt der jungen Dinger, die er sonst mitbrachte, wenn er zur nachtschlafenden Zeit kam, zwei abgerissene Mannsbilder dabei hatte.

»Aber lieber Herr Prospektor, seit wann kommt Ihr in *männlicher* Begleitung, noch dazu um diese Zeit?«

»Die beiden haben nicht weniger getan, als mir das Leben gerettet«, erwiderte Leonhardt ergriffen. »Nun brauchen sie deine heilenden Hände, deswegen sind wir hier und nicht zum Vergnügen. Besonders der Große bedarf deiner Pflege, kümmere dich um ihn! Ich gehe derweil und hole uns trockene Kleider. Bei Euch«, sagte er an Osman gewandt, »sehe ich da keine Probleme, haben wir doch nahezu die gleiche Statur. Was Robert betrifft, werde ich zusehen, was sich in der Kürze der Zeit machen lässt.«

Der Bader wirkte unschlüssig. Offenbar war ihm nicht geheuer bei dem Gedanken, zwei Unbekannte, einen Orientalen und einen Riesen, noch dazu nachts, in sein Haus einzulassen.

»Nun hab dich nicht so, Bader, ich bürge für die beiden. Hier nimm, für deine Umstände«, sagte Leonhardt und drückte dem Heiler einige Münzen in die Hand. Danach machte er sich auf zu seinem Haus mit dem Versprechen, bald zurückzukehren.

»Dann kommt halt herein!« Der Bader öffnete die Tür und wies mit einer einladenden Geste in sein Heim. »Und stoßt Euch nicht den Kopf an der niedrigen Decke.«

Erst im matten Schein des Kerzenlichts sah er Roberts über und über mit Schrammen und Schnitten übersäten Körper. »Ihr seht ja scheußlich aus, seid Ihr etwa in eine Rauferei geraten? Dann möcht ich aber nicht in der Haut der andren stecken!«

»Nein, keine Rauferei«, hob Robert abwehrend seine müden Arme. »Ich bin nur durchs zu enge Gedärm des Rammelsbergs geschlüpft.«

Der Bader schüttelte seinen Kopf, natürlich konnte er mit der Antwort nichts anfangen. Warum fragte er auch, schließlich ging es ihn nichts an.

Über knarrende Holzstufen hinab erreichten sie den Badesaal. Hier standen einige Holzbottiche, inzwischen leer, sowie ein großer Ofen, auf dem der Bader das Wasser heiß machen konnte. Außerdem befand sich in dem Raum ein Brunnen, der nahezu bis zum Rand mit Wasser gefüllt war. Robert und Osman wurde jeweils eine Wanne zugewiesen. Indessen fachte der Bader in Windeseile den Ofen an, füllte Kübel ab und stellte sie auf die Ofenplatte, anschließend ging er zu seiner mittlerweile entkleideten Kundschaft.

»Und was fehlt Euch?«, wurde Osman gefragt. »Ich kann beim besten Willen keine Schramme entdecken!«

»Ihm fehlt gar nichts! So ist das immer bei uns – er bringt sich in Lebensgefahr und ich bekomme die Schläge ab«, antwortete Robert für seinen Freund und ließ ein bitteres Lachen folgen. Der Bader schaute Osman auffordernd an, offenbar noch nicht ganz zufrieden mit Roberts Auskunft.

»Mein Freund hat nicht ganz unrecht, zumindest, was meine derzeitige Verfassung betrifft. Mir geht es gut, ich bin bestenfalls ein wenig durchgefroren wegen des eiskalten Wassers aus dem Rammelsberg.«

»Nun, dann ist ein heißes Bad grade die rechte Medizin!«, sagte der Bader und verbrühte Osman mit dem ersten heißen Wasserguss beinahe die Füße, bevor er sich Robert zuwandte. »Bei Euch, lieber Herr, gibt's dafür umso mehr zu tun für mich. Doch zuerst sollten wir im heißen Bad Eure Wunden reinigen, bevor ich sie mit Salbe behandle. Wisst Ihr eigentlich, dass sich die Rittersleute vor einer Schlacht im Flusswasser abspülen? So versuchen sie, Entzündungen zu vermeiden!«

Robert hörte nicht mehr hin, er hatte schon genug damit zu tun, nicht laut loszubrüllen, als das heiße Wasser über seine aufgeschürfte und eingerissene Haut rann und höllisch brannte. Als jedoch der erste Schmerz abgeklungen war und eine Welle wohliger Wärme seinen Körper durchlief, war die eben noch durchlebte Todesangst vergessen. Bereitwillig gab er sich den Waschungen des Baders hin und selbst als das eine oder andere Mal Lauge auf eine offene Wunde traf, tat das seinem Wohlbefinden keinen Abbruch.

Nach dem Bad folgte die Behandlung der Blessuren mit einer Salbe. Während er auf dem harten Holztisch lag und der Bader seine Wunden mit einem sämigen Fett bedeckte, fing Osman laut und vernehmlich zu schnarchen an, und auch Robert wurden die Augen schwer von den Aufregungen und Anstrengungen.

Gerade, als die Wirklichkeit vor seinen Augen endgültig verschwimmen und den angenehmeren Erinnerungen der Nacht zuvor weichen wollte, klopfte es laut polternd an der Tür des Baders.

Leonhardt stürzte herein mit einem Stoß Kleider auf den Armen. Kaum angekommen plapperte er auch schon aufgekratzt los. Offenbar hatten die jüngsten Ereignisse bei ihm deutlich mehr Eindruck hinterlassen als bei seinen neuen Freunden. Während Robert und Osman eher träge und gelangweilt seinen Ausführungen lauschten, hing der Bader wie gebannt an Leonhardts Lippen. Kein Wunder, verlief sein Leben ebenso wie das des jungen Prospektors in eher ruhigeren, wenn nicht gar tristen Bahnen.

»Kommt Freunde, zieht Euch an, und dann lasst uns unsres neu gewonnenen Lebens freuen und feiern, als wenn's kein Morgen gäbe!« Leonhardt schaute strahlend reihum. Erst jetzt bemerkte er, dass Osman bereits wieder eingenickt war und Robert nur noch mit Mühe seine Augen offen halten konnte. »Ja, Herrgott, was ist denn nur mit Euch los? Wie könnt Ihr nur schlafen in solch einem Moment?« Leonhardt verstand die Welt nicht mehr.

»Steigt nur eine Weile ins heiße Wasser, dann werdet Ihr schon sehen, wie Euch die Augen zufallen!«, zwang sich Robert eine Antwort ab. »Wo wart Ihr überhaupt so lang, Herr, ich dachte, Ihr wolltet nur frische Kleider holen?«

»Ich war beim obersten Bergmann, um Meldung zu machen wegen des lädierten Pumpenwerks, damit er es rasch instand setzen lässt. Schließlich will ich nicht dafür verantwortlich gemacht werden, dass die untersten Stollen absaufen. Glücklich war er nicht über den durchtrennten Antriebsriemen und die abgeschnittenen Schöpfeimer, aber eine Handvoll Silbermünzen ließ ihn den Ärger rasch vergessen. Übrigens, rede bitte nicht so gestelzt zu mir, Robert. Nenn mich fortan nur noch Leonhardt, immerhin verdanke ich dir und deinem Freund mein Leben!«

»Hab ich richtig gehört, es gibt was zu feiern?«, kam es plötzlich unverhofft aus Osmans Ecke. »Dann lasst uns gleich einmal den Magen füllen, mir knurrt er nämlich schon die ganze Nacht hindurch!«

»Also raus aus der Wanne und rein in die Plünnen!«, bestimmte Leonhardt und warf Osman Hose und Wams zu. Dann schaute er skeptisch zu Robert hinüber. »Die Kleider des Schmieds sollten dir eigentlich passen. Ich habe ihn eben aus dem Bett getrommelt, da mir niemand anderes einfiel, der annähernd deine Statur aufweist. Er ist zwar einen halben Kopf kleiner als du, aber dafür auch doppelt so breit. Ich hoffe, das eine gleicht das andere aus. Der Bader wird derweil eure Kleider waschen und zum Trocknen aufhängen!«

Der Bader nickte, was sollte er auch anderes tun. Der junge Prospektor pflegte seit jeher gut zu zahlen, warum also nicht einmal für ihn die Arbeit eines Waschweibs verrichten. Die Unmenge schmutziger Tücher, die sein Handwerk so mit sich brachte, reinigte er immerhin auch selbst.

Als die drei schließlich sein Haus verließen, sah er ihnen traurig hinterher und entsann sich sehnsüchtig der vielen anregenden Nächte, die der spendable Prospektor mit jungen Mädchen in seinem Haus verbrachte. Nicht selten war Leonhardt derart beschäftigt, dass für ihn auch ein wenig Vergnügen mit einem Weibsbild absprang. Nun war die Nacht halb vergangen, und er musste zurück in sein leeres Bett, während die anderen feiern gingen. Als er jedoch aus dem Norden die Glocken der Neuwerkkirche zur Matutin läuten hörte, musste er an die Klosterbrüder denken, die nun bereits ihr Tagwerk begannen mit Gebeten, Psalmen, Geschreibe und Gartenarbeit, während er bis zum Morgengrauen schlafen konnte, und auf einmal erschien ihm sein warmes Bett alles andere als trostlos. Mit einem wonnigen Schauer stieg er die Stufen hinauf zu seinem Schlafgemach.

Neue Aufgaben

»Ja zum Teufel, ist denn in diesem elendigen Kaff der Hund verfroren?« Leonhardt rüttelte an der verschlossenen Pforte zur Goldenen Ente, er wollte einfach nicht wahrhaben, dass offensichtlich sämtliche Schänken des

Ortes geschlossen hatten, gerade jetzt, da er sich amüsieren wollte.

»Aber die Nacht ist doch schon fast um, lass uns morgen feiern!« Robert war es inzwischen leid, durchs menschenleere Goslar zu laufen. In der Nacht legt sich der Mensch eben zur Ruhe, ob nun in einem Dorf oder einer Stadt, selbst im Hurenviertel war keine Seele mehr auf der Straße.

»Und was meinst du, Osman? Siehst du's genauso?«

»Ich habe Hunger!«

»Dein Freund war auch schon mal gesprächiger!«, wandte sich Leonhardt vorwurfsvoll an Robert. »Aber recht hat er, auch ich brauche noch einen Happen, bevor ich mich zu Bett lege. Dann lasst uns halt zu mir gehen, die Vorratskammer ist ordentlich gefüllt. Wenn schon niemand mehr mit uns feiern will, dann machen wir's uns eben zu dritt gemütlich!«

Kurz darauf öffnete der Prospektor die Tür zu seinem respektablen Heim, respektabel insbesondere eingedenk seines jungen Alters. Zuvor bat er seine Begleiter eindringlich, sich möglichst leise zu verhalten, da sein Weib über einen leichten Schlaf verfüge. Überhaupt vollzog sich bei Leonhardt eine eigentümliche Wandlung, als er über die Schwelle seines Hauses trat. Aus dem soeben noch lauthals durchs nächtliche Goslar krakeelendem Gernegroß wurde plötzlich ein flüsternder, ja geradezu eingeschüchtert wirkender Duckmäuser. Robert und Osman warfen sich verstohlene Blicke zu. Leonhardt mochte vielleicht der Hausherr sein, der Herr in seinem eigenen Haus war er ganz sicher nicht.

Auf Zehenspitzen schlichen die drei erwachsenen Männer wie Diebe durchs untere Geschoss geradewegs auf die Feuerstelle zu, dorthin, wo sich die Vorratskammer befand, und kurz darauf standen Schinken und Keulen nebst Brot und Schmalz auf dem Tisch, auch für Vegetabilien und Obst war genug Platz. Leonhardt drückte jedem einen Pokal in die Hand und wollte gerade Wein einschenken, als Osman ein weiteres Mal in diesem Land, das nach seinen jüngsten Erfahrungen offenbar ausschließlich von Trunkenbolden bevölkert zu sein schien, auf seine Religion verwies und dankend ablehnte. So blieb ihm wieder einmal nur Wasser, während seine Begleiter den süßlich duftenden Wein in sich hineingossen und zusehends fröhlicher wurden. Das hehre Gelübde, kürzlich von Robert feierlich verkündet, war längst vergessen, doch wollte es Osman seinem Freund nicht in Erinnerung rufen, nach allem, was sie eben durchgemacht hatten. Sein Blick fiel auf den würzig riechenden Schinken zu seiner Rechten. »Leonhardt, weißt du, ob der Schinken vom Schwein stammt?«

Robert sah den Prospektor an und schüttelte unbemerkt von Osman seinen Kopf.

»Nein, kürzlich saß er noch am Hintern eines Ochsen, also nimm reichlich!«, erwiderte Leonhardt und zwinkerte Robert zu. »Dir macht's der Glaube aber auch nicht leicht im Leben!« Er stand auf und stellte eine kleine Holzkiste auf den Tisch. »Hier habe ich noch etwas ganz Besonderes für dich – Käse aus den Harzer Landen, garantiert ohne Schweinemilch!« Er öffnete die Kiste und wickelte den Käse aus einem Leinentuch. Sofort lag ein stechender Geruch in der Luft.

Osman blickte Hilfe suchend zu Robert, wollte ihn Leonhardt etwa vergiften? Wie konnte ein derart unscheinbares Ding bloß einen derartigen Gestank verbreiten? Osman nahm das wässrig wirkende Röllchen näher in Augenschein und schüttelte seinen Kopf. Ihm war zu Ohren gekommen, dass in einigen Regionen seiner Heimat Heuschrecken und sogar Schlangen und Skorpione den ärgsten Hunger seiner Landsleute zu stillen vermochten, doch wie konnte man etwas derart Ekelerregendes essen? Nein, er würde die Menschen in diesem Land niemals verstehen.

Es sollte eine lange Nacht werden für die drei Freunde. Auf Leonhardts Frage, wie es die beiden nach Goslar verschlagen habe, begann Robert frank und frei wieder einmal seine Lebensgeschichte zu erzählen, so wie er sie einige Wochen zuvor Bruder Albert unterbreitet hatte. Und auch diesmal ließ er nichts aus. Er berichtete von seiner Kindheit im Kloster Knechtsteden und den Mönchen jener Abtei, die ihn als Säugling ausgesetzt vor der Pforte liegend so herzlich aufgenommen hatten. Er fuhr fort mit seiner Jugend als Novize bis hin zur Flucht aus dem Kloster, da die Verlockungen des herannahenden Mannesalters den strengen Regeln einer Abtei zuwiderliefen. Er gab mit dem gleichen Feuereifer wie seinerzeit dem Dominikaner Albertus Magnus gegenüber die Reden des Nikolaus' von Cölln wieder und erinnerte sich, wie einschneidend sie sein Leben verändert hatten, da er Nikolaus' Worten vertraute und mit zwanzigtausend anderen Kindern den Weg über die Alpen nach Genua wagte.

Leonhardt lauschte gebannt wie nie zuvor in seinem Leben, so hatte er schon von den Kinderkreuzzügen gehört, aber freilich noch nie aus dem Munde eines Beteiligten. Immer wieder schüttelte er ungläubig seinen

Kopf, offenbar bestand sein bislang größtes Abenteuer in der Vertilgung dieses unsäglichen Käses.

»Und stimmt es, Robert, dass nur jeder Dritte jenseits der Alpen das Land der Lombarden erreichte?«

»Das stimmt in der Tat, doch glücklich konnten sich die wenigen Überlebenden nicht schätzen. Entweder wurden sie, wie ich, auf Schiffe verfrachtet und in Afrika als Sklaven verkauft, oder, so sie denn tatsächlich als freie Menschen das Mittelmeer überquerten, bei den ersten Kämpfen gnadenlos aufgerieben, lange bevor sie Jerusalem erreichten.«

Leonhardts Neugier war beileibe noch nicht gestillt, und ein weiteres Mal gab Robert bereitwillig Auskunft, berichtete vom ersten Treffen mit Osman und wie er als Sklave in den Haushalt seines byzantinischen Herrn gelangte. Auch ihre gemeinsame Flucht aus Alexandria und die erst jüngsten Erlebnisse in Hildesheim, die ihnen und ihrem Freund Albertus Magnus beinahe den Kopf gekostet hätten, blieben nicht unerwähnt.

»Und wieso seid ihr in Goslar gestrandet, obwohl euer Ziel doch Cölln ist? Ihr wisst freilich, dass ihr von Hildesheim aus in die falsche Richtung unterwegs seid?«

Robert grinste Leonhardt aus trüben, weingeschwängerten Augen an. »Ich hoffe, deine Frage war nicht ernst gemeint, denn sonst müsstest du uns schon für selten dämliche Schafsköpfe halten. Nein, ein Mädchen war's, das sich unsrer gesamten Habe bediente. Bis nach Goslar konnten wir ihr noch folgen, hier jedoch verloren wir letztlich ihre Spur.«

»Und warum seid ihr hier geblieben, wenn ihr das Mädchen doch verloren habt?«

»Ohne Heller reist es sich nicht weit, noch dazu haben

wir nur ein Pferd, seins hat er schon zu Tode geritten!«, lachte Robert und zeigte auf seinen Freund.

Osman meinte, er habe sich verhört. »Du weißt genau, dass es eigentlich zum Abdecker sollte!«

»Genauso wie meins. Doch während dein Gaul schon lange das Zeitliche gesegnet hat, ist meine Elsa inzwischen das blühende Leben!«

»Und das Mädchen«, unterbrach Leonhardt den sinnlosen Disput. »Wie schaut es aus, wann kam es hierher? Vielleicht kann ich euch ja helfen, es zu finden.«

Nur widerwillig ließ Robert von Osman ab, konnte er ihm doch endlich einmal seine ständigen Nörgeleien heimzahlen.

»Wir haben's schon überall versucht, bei den Torwächtern, den Wirten, ja sogar die leichten Mädchen aus dem Rosenhagen haben wir befragt. Es wäre ein Wunder, wenn ausgerechnet du uns weiterhelfen könntest, aber sei's drum: Auffallend groß ist sie, gerade für eine Frau. Sie hat wild gelocktes rotes Haar, strahlend blaue Augen und das ganze Gesicht voller Sommersprossen …«

Während Robert die Diebin beschrieb, wich mit jeder Silbe mehr und mehr das Blut aus Leonhardts Gesicht, und als Osman schließlich ergänzte, dass sie vor ungefähr drei Wochen gemeinsam mit einem Tross Kupferschmieden in Goslar ankam, rang der junge Prospektor mit einer Ohnmacht, ihm wurde schlichtweg schwarz vor Augen. Nur nichts anmerken lassen, ermahnte er sich und entschuldigte sich nach draußen. Am Brunnen im Garten seines Hauses spritzte er sich Wasser ins Gesicht.

»Verdammt noch eins, das kann nicht wahr sein!« Für Leonhardt brach eine Welt zusammen.

Die gute Laune war dahin, denn weder Robert noch

Osman blieb der plötzliche Wandel in Leonhardts Gemüt verborgen. In der Ferne krähte ein Hahn, und so schoben sie es letztlich auf die späte – oder frühe – Zeit, je nachdem, wie man es sehen mochte.

Im Morgengrauen des ersten Septembers gingen sie schließlich fürs Erste auseinander, allesamt todmüde nach einer durchgebrachten Nacht, aber die Mägen gut gefüllt. Heute würden sie nicht im Stollen schuften müssen, freute sich Osman. Und er machte sich Hoffnungen, dass es auch zukünftig dabei bliebe, denn der junge Prospektor stellte ihnen Positionen als Schreiberlinge und Berater in wissenschaftlichen Dingen in Aussicht. Nach der Mittagsstunde sollten sie sich in seiner Amtsstube im Zunfthaus der Bergarbeiter einfinden, dort würde er ihnen erklären, was er von ihnen erwartete.

Die Tür schloss sich hinter ihnen und Osman schaute zurück auf das Heim ihres neuen Freundes. Ein hübsches Fachwerkhaus war es. Wenn man die Jugend des Prospektors berücksichtigte, ein bemerkenswert großes Haus, da sollte sicherlich etwas für seine neuen Angestellten herausspringen.

Im oberen Geschoss erstrahlte hinter den Fenstern Kerzenschein. Offenbar war Leonhardt nun gewillt, seine Liebste aufzuwecken, nachdem er ihn und Robert die ganze Nacht zuvor um Rücksicht für sein schlafendes Weib gebeten hatte. Immerhin graute inzwischen auch bereits der neue Tag.

Sie waren keine fünfzig Schritt entfernt, da begann im Schlafgemach des Prospektors ein lautes Streitgespräch. Zwar konnte man nicht verstehen, um was es ging, doch die Erregung in Leonhardts Stimme war deutlich herauszuhören, während es von seiner Frau nur ein Schluchzen zu hören gab. Noch nie hatte es ein böses Wort gegeben zwischen ihm und seinem jungen Weibe, erinnerte sich Osman der verträumten Reden seines Gastgebers, heute allerdings schien es dann doch an der Zeit.

Waren er und Robert der Zankapfel ihres Streits?

Vielleicht beschwerte sie sich lautstark über die nächtliche Störung oder er sich über ihren Mangel an Gastfreundschaft?

Wie auch immer, ihm sollte es egal sein, sein voller Magen ließ keinerlei Schuldgefühle aufkommen. Und ein zünftiger Streit hielt die Freundschaft zusammen, Robert und er waren das beste Beispiel.

Die Glocken schlugen zur Mittagszeit, als Robert und Osman die Amtsstube des Prospektors in der Glockengießerstraße aufsuchten. Leonhardt empfing sie herzlich, wenn auch nicht so überschwänglich wie in der Nacht zuvor, offenbar hatte ihn der Alltag wieder.

Robert schaute sich erstaunt um, der Raum wirkte spärlich, um nicht zu sagen armselig – kaum zu glauben, dass Leonhardts Wohlstand in dieser schäbigen Hütte seinen Ursprung fand.

»Hier ist also mein Reich«, begann er die Unterredung, »und hier könnte auch bald das eure sein, sollte sich meine Einschätzung eurer Fähigkeiten bewahrheiten. Meine Aufgabe als Prospektor besteht darin, die Grubeninhaber zu beraten, wohin sie ihre Stollen weitertreiben sollen. So begehe ich ihre Minen, sammle Gestein und schätze es ab nach seinem Wertgehalt. Ihr müsst wissen, dass die Erträge der Minen nicht mehr derart üppig fließen wollen wie noch Jahrzehnte zuvor. Des Weiteren sind mir sämtliche Verfahren des Abbaus sowie der Verhüttung der Erze bestens bekannt, und so bin ich also ebenso auf diesem Gebiet beratend tätig. Die Bulgenkunst des Pumpenrads mit seinem gesamten Wasserablauf, was uns gestern beinahe den Kopf gekostet hätte, ist beispielhalber eine recht neue Technik der Stollenentwässerung. In vielen anderen Gruben gehen noch Wasserknechte zuwerke, die mühselig eine Eimerkette bilden und so das Grundwasser aus dem Berg schöpfen.«

»Welche Metalle finden sich denn im Rammelsberg?«

»Nun, Osman, hier genau liegt der Hase im Pfeffer. Bislang wurden ausschließlich Blei- und Kupfererze abgetragen. Kupfer findet noch Verwendung beim Kathedralenbau für die Dächer und wird von den Schmuck- und Pfannenschmieden verarbeitet, und das Blei – nun ja, viel bringt es nicht ein. Das einzige edlere Metall findet sich in geringen Spuren als Silber im Bleiglanz wieder, doch reicht es gerade mal für die Prägung einiger Pfennige. Die Brakteaten verlassen hier die königliche Münzpräge, vielleicht ist euch einer der schweren Silberpfennige untergekommen?«

Robert und Osman schüttelten den Kopf, die paar Pfennige, die sie bislang als Lohn erhielten, waren kaum dicker als ein Blatt Pergament.

»Silber ist das Element, wonach es allen verlangt. Natürlich auch Gold und Diamanten, doch auf die Gerüchte gebe ich nichts. Silber jedoch ist im Berg, ganz sicher, aber auf eine richtige Ader mit einem größeren Vorkommen ist bislang noch niemand gestoßen. Wenn ich Erfolg hätte, wäre ich mit einem Schlag ein gemachter Mann.«

»Aber dein Gewerbe scheint schon jetzt recht profitabel zu sein, wenn ich an dein Haus denke …«

»Beim Haus handelt's sich um meinen Erbteil«, wurde Osman enttäuscht, »meinem verstorbenen Vater gehörte mit seinem Bruder zusammen die Mine, in der ihr euren Lohn verdient. Nun gehört mir das Haus und meinem Oheim zu zwei Dritteln die Mine. Den Unterhalt verdien ich mir durch das wenige, was die Mine derweil noch abwirft, nicht durch meine Stellung als Prospektor!«

»Aber du wolltest uns doch einstellen?«, gab Osman zu Bedenken, und in seiner Stimme klang nicht wenig Enttäuschung.

»Ich will sehen, was sich machen lässt, versprechen kann ich gar nichts!«

Robert und Osman schauten sich an, das hatten sie sich anders vorgestellt.

»Nun lasst nicht die Köpfe hängen, ich fang doch grade erst an. Mit Osmans Wissen könnte sich durchaus Profit herausschlagen lassen!«

»Und was wird aus mir, hast du auch für mich Verwendung?«

»Sicher, Robert! Bergmänner sind raue Gesellen, Hungerhaken wie ich es einer bin, werden oftmals gar nicht für ernst genommen. Mit jemandem wie dir an meiner Seite sähe es freilich schon ganz anders aus.«

»Also zum Angstmachen brauchst du mich.«

Leonhardt begann schallend zu lachen, als er Roberts verärgertes Gesicht sah. »Aber nein, der Schreibkram will auch erledigt sein, und ebenso ist häufig ein starker Mann vonnöten, wenn Proben geschlagen und getragen werden müssen – ohne dir zu nahe zu treten.«

»Also erschrecken und schleppen«, schüttelte Robert im gespielten Ernst seinen Kopf.

»Kümmere dich nicht um diese Mimose, sag lieber, was du von mir erwartest!«, beendete Osman ungeduldig das sinnlose Geplänkel.

»Nun, deine Belesenheit, insbesondere was die Schriften der alten Griechen betrifft, könnte mir in meiner Profession von Nutzen sein. Ich habe viel über die Abhandlungen der Helenen gehört, ohne je selbst eine von ihnen gelesen zu haben. Wie auch, mir ist bislang keines ihrer Schriftstücke in die Hände geraten.«

»Und wenn, dann wäre es in Altgriechisch abgefasst – kannst du mit dieser Sprache etwas anfangen?«

Leonhardt schüttelte den Kopf und Osman wusste, dass er gewonnen hatte. »Siehst du, umso nötiger brauchst du mich. Im Übrigen beherrscht auch Robert die altgriechische Sprache – mehr oder weniger!« Osmans Blick wandte sich in die Ferne, offenbar wurde er soeben von einem Gedankenblitz heimgesucht.

»Ist dir eigentlich die Archimedische Schraube ein Begriff? Damit wird in Schleusenanlagen das Wasser über einen simplen Drehmechanismus nach oben befördert. Die Schraube wäre eine bedeutend wirkungsvollere Methode für die Heraufbeförderung des Grubenwassers als das bisherige Pumpenwerk, und simpel in der Konstruktion ist's obendrein!«

»Siehst du, Osman, ich denke, wir haben uns verstanden«, erwiderte Leonhardt und grinste dabei übers ganze Gesicht. »Was die Schraube betrifft, darüber sollten wir uns in Ruhe unterhalten, doch nun will ich dich vorab auf die Probe stellen mit einem Problem, das mir seit jeher auf der Seele brennt und mich bereits viel Zeit gekostet hat.«

Osman war ganz Ohr. Selten hatte er derart aufmerksam der Rede eines anderen gelauscht, kein Wunder, hing doch von dem Verlauf dieses Gesprächs nicht weniger als sein zukünftiges Leben ab. Heute entschied sich, ob er seinen Unterhalt weiterhin mit Schuften oder fortan mit Denken verdienen würde.

Leonhardt ging in den Nachbarraum. Man konnte ihn mit einem Schlüssel hantieren hören, ein Schloss wurde gedreht, dann kam er zurück mit einigen Gesteinsbrocken unterschiedlicher Größe und Beschaffenheit.

»Osman, hier siehst du einige Proben, die ich während meiner Ausbildungszeit aus verschiedenen Bergen geschlagen haben. Zum einen Silber, dann Kupfer, Zink, Bronze und sogar etwas Gold ist unter den Gesteinen. Du siehst, einige Proben bestehen rundum aus dem gleichen, glänzenden Element – zumindest scheinbar. Bricht man sie jedoch auf«, Leonhardt zog einen kleinen, scharf geschliffenen Hammer hervor und zerteilte eine Probe mit einem Schlag in zwei Hälften, »so sieht man, dass der Stein nur mit einem Überzug aus edlem Silber versehen ist, innen besteht er aus Blei, wie gut zu erkennen ist!« Er hielt den beiden den Stein vor die Nase, und tatsächlich, der Kern war aus einem matten, unansehnlichen Metall, nur drum herum erstrahlte glänzendes Silber.

»Solche Steine werden sowohl im Abbau gefördert, als auch als Zahlungsmittel verwandt. Sie entstehen zum Teil aus einer Laune der Natur heraus, zum anderen werden sie von Betrügern gefertigt. Wie auch immer es zu solchen Steinen kommt, meine Aufgabe ist es zumeist, ihren Wert einzuschätzen. Wenn ich nun anhand der äußeren Schicht von einem massiven Stein ausgehe, liege ich natürlich, wenn ich das Gewicht ermittle, weit entfernt vom tatsächlichen Wert. So muss ich sie also immer entzweischlagen, teils sogar mehrfach zerteilen, um wirklich sicher zu sein, dass es sich um reines Metall ohne unliebsame Überraschungen in seinem Inneren handelt. Glaub mir, keiner sieht's gern, wenn ich die Funde aufspalte. Häufig genug haben mir die Besitzer ihre großen, schweren, herrlich glänzenden Steine aus der Hand gerissen, bevor ich zum Zuge kam, und so wurde dann nichts aus dem Geschäft. So frage ich dich also, Osman, hast du eine Idee, wie ich herausfinden kann, ob es sich um einen massiven Stein handelt, ohne ihn gleich in kleine Teile schlagen zu müssen?«

Osman nickte, die Aufgabe war verstanden, doch eine Lösung wollte er ad hoc nicht parat haben. Er überlegte und versuchte aus den vielen Kenntnissen, die er aus den Büchern der Griechen gezogen hatte, Rückschlüsse auf die ihm gestellte Aufgabe ziehen zu können. Sollte er versagen, hieße es wohl, weiterhin Steine zu schleppen, tagein, tagaus für einen Hungerlohn.

Beide schauten ihn erwartungsvoll an und machten ihm die Sache damit nicht leichter.

In den Stein hineinsehen, ohne ihn zu zerteilen, konnte er nicht, so war das Äußere der Probe also nicht von Belang. Eine Reaktion mit anderen Elementen, durchaus von unterschiedlicher Natur, je nachdem, um welchen Stoff es sich handelte, kam auch nicht infrage, schließlich würden die anderen Substanzen an der Außenhülle des Steins Wirkung zeigen und nicht mit seinem Inneren. Seine Gedanken schweiften weiter – worin unterschied sich ein massiver Klumpen Edelmetall von einem mit einem anderen Element durchmischten?

Das Gewicht, natürlich!

Doch wie nur konnte er die Masse eines uneben geformten Steines ermitteln, um dessen eigentliches Gewicht zu bestimmen?

Ein Name, der soeben noch gefallen war, spukte in seinen Gedanken herum – Archimedes. Und wie aus heiterem Himmel hatte er die Lösung: das Archimedische Prinzip, aber natürlich! So sollte ihm also nicht nur die vom genialen Griechen entwickelte Schraube von Nutzen sein.

»Wir brauchen einen Bottich und eine Schale, die darunter passt. Des Weiteren eine Waage mit zwei weiteren Schalen, einen jener zu untersuchenden Steine und das Gegenwicht in seinem reinen Element!« Osman war ganz aufgeregt, er wollte das Experiment sofort beginnen, rasch, bevor er noch etwas vergaß.

Leonhardt tat, wie ihm geheißen. Was der kleine Orientale damit vorhatte, war ihm allerdings völlig schleierhaft.

Auf den Tisch platzierte Osman nun die große Schale und dorthinein stellte er den Bottich. Dann ließ er ihn von Robert bis zur oberen Kante mit Wasser befüllen. Er selbst legte den Silberklumpen auf die eine Seite der Waage und befüllte die andere mit massiven Silbermünzen, bis die Schalen absolut im Gleichgewicht verharrten. Anschließend nahm er den Klumpen und die Münzen wieder herunter und legte sie neben den Bottich.

Dann begann er zu reden, und seine Stimme hatte einen feierlichen Unterton. »Wenn ich diesen Klumpen nun ins Wasser lege, was wird unweigerlich geschehen, Robert?«

»Der Klumpen wird nass?«

Osman verdrehte die Augen. »Natürlich wird er nass! Aber was geschieht sonst noch?«

»Das Wasser wird aus dem Bottich quellen!«

»Genau, und wo hinein?«

»In die Schale darunter natürlich!« Robert schaute seinen Freund an, als habe er soeben endgültig den Verstand verloren. »Willst du mich für dumm verkaufen?«

Osman ging nicht darauf ein, sondern fuhr unbeeindruckt mit seiner Fragerei fort. »Und wenn der Stein doppelt so groß ist, fließt dann mehr oder weniger Wasser in die Schale?«

»Hältst du mich für einen Esel?« Robert begann ernsthaft, ärgerlich zu werden, er fühlte sich von Osman vorgeführt.

»Nun sag schon, ich mein's ernst!«

»Es fließt doppelt so viel Wasser aus dem Bottich heraus, und so Gott will, doppelt so viel in die Schale hinein«, erwiderte Robert und sein Gesicht zeigte deutlich, dass er für die Beantwortung weiterer Fragen nicht mehr zur Verfügung stand.

»Ganz richtig, Robert!« Osman stand auf und nahm in die eine Hand den Gesteinsklumpen, in die andere die Münzen.

»Hier halte ich nun zum einen Silbermünzen, zum anderen einen Stein, scheinbar aus massivem Silber. Beide haben exakt das gleiche Gewicht.« Er hielt kurz inne, damit die beiden seinen Gedanken folgen konnten, vielleicht aber auch nur, um die Spannung zu erhöhen. »Unterschiedliche Elemente haben stets unterschiedliche Gewichte, nicht wahr, Leonhardt?«

Der Prospektor nickte, offenbar vermutete er bereits, worauf Osman hinauswollte, Robert indes tappte weiterhin völlig im Dunkeln.

»Wenn dieser Stein also tatsächlich durch und durch

aus Silber besteht, müsste er ebenso viel Wasser aus dem Bottich verdrängen wie die Silbermünzen, nicht mehr und nicht weniger!«

Leonhardt riss die Augen auf. »Aber natürlich, das ist die Lösung!«

»Heureka«, wurde Osman nicht müde, Archimedes zu zitieren.

Osman ließ den Stein ins Wasser sinken. Seitlich quoll es aus dem Bottich heraus und hinein in die Schale darunter. Ganz vorsichtig und sorgsam darauf bedacht, dass nicht weiteres Wasser in die Schale floss, hob er den Bottich an und ließ von Robert die Schale darunter wegziehen. Dann erst fischte er mit seiner Hand den Stein aus dem Wasser. Das Wasser aus der Schale goss er in einen der beiden Becher, die er vorab auf ihr absolut identisches Gewicht überprüft hatte. Dann stellte er den Bottich wieder in die Schale und füllte ihn erneut bis zum oberen Rand, abschließend ließ er die Silbermünzen ins Wasser fallen. Auch hier floss natürlich Wasser in die Schale. Das goss er in den zweiten Becher und stellte ihn zusammen mit dem ersten auf die Waage.

Sie lag nicht im Gleichgewicht, der zweite Becher hing erheblich tiefer. Eindeutiger konnte das Experiment nicht geraten. Wortlos nahm Osman einen Hammer zur Hand und hieb kräftig auf den Stein ein. Er zerbrach in zwei nahezu gleichgroße Teile und gab Blick auf seinen Kern aus mattem Blei frei.

Leonhardt war begeistert und Robert zumindest beeindruckt, wenn auch noch ein wenig verwirrt. »Unter der Silberhülle befindet sich ein Bleikern, wie auch immer er dort hineingeraten ist!«

»Sehr gut erkannt, Robert!«, antwortete Osman und

zwinkerte Leonhardt zu. Robert fühlte, dass ihm das Blut in den Kopf stieg – wie sehr er es doch hasste, wenn ihn Osman vorführte.

»Ich entsinne mich noch des gestrigen Gesprächs zwischen euch beiden. Darin behauptete Osman, dass Blei schwerer sei als Silber. Aber wenn's denn so ist, hätte dann nicht der schwere Bleiklumpen mehr Wasser aus dem Bottich verdrängen müssen als die leichteren Silbermünzen?«

»Aber nein Robert, genau andersrum!«, erwiderte Osman erneut in diesem schulmeisterlichen Ton. »Sieh doch, in der Tat ist Blei schwerer als Silber, doch habe ich so viele Münzen auf die Waagschale gelegt, dass sie das Gewicht des Steins erreichen, Stein und Münzen wiegen also exakt das Gleiche. Da das Element Blei nun allerdings schwerer ist als Silber, muss sein Körper oder Volumen, wie die Griechen sagen, kleiner sein als das der Silbermünzen in ihrer Gesamtheit und ergo weniger Wasser verdrängen!«

Robert war inzwischen knallrot angelaufen, natürlich, wie konnte er nur so dumm sein.

»Du hast einen klugen Freund!«, sagte Leonhardt und dachte sich nichts dabei.

»Da magst du durchaus recht haben, doch leider weiß er es selbst nur zu genau und übertreibt's bisweilen, es einem unter die Nase zu reiben. Das macht ihn nicht gerade liebenswerter!«, knurrte Robert in Osmans Richtung.

»Ihr beide seid mir schon zwei seltsame Kameraden«, grinste Leonhardt in die Runde. »Ein Wunder, dass ihr's überhaupt derart lange miteinander ausgehalten habt, so verschieden wie ihr seid!«

»Gegensätze ziehen sich eben an. Was beim Magneten gilt, gilt eben auch für andere Dinge!«

»Mag... was?« Leonhardt schaute Osman entgeistert an.

»Ich seh schon«, sagte der Alexandriner gelassen und legte die Hand um Leonhardts Schulter, »wir beide haben viel zu bereden!« Diesmal zwinkerte er Robert zu, allerdings darauf bedacht, dass es der Prospektor nicht zu sehen bekam, schließlich wollte er seinen neuen Brotherrn nicht gleich verärgern.

Donnerstag, der siebte September

Die gesalzene Mine

EINE WOCHE WAR INZWISCHEN VERGANGEN seit den dramatischen Ereignissen im Rammelsberg, die allen dreien beinahe den Kopf gekostet hätten. Viel konnten Robert und Osman inzwischen vom Abbau der Erze bis zu ihrer Verhüttung in Erfahren bringen, und einiges Wertvolles wiederum gab Osman vom nahezu unbegrenzten Wissen alter Gelehrter weiter an den jungen Prospektor. So entstand ein Miteinander von beiderlei Nutzen, denn für Leonhardt zu arbeiten, war bei Weitem angenehmer als die Schufterei im Stollen seines Oheims. Zwar waren die Geschäfte, weil gerade erst im Entstehen begriffen, noch alles andere als einträglich, doch der Tag werde kommen, wurde Leonhardt nicht müde zu verkünden, an dem man seine Dienste angemessen honorieren würde. Die paar Silberlinge, die seine beiden neuen Freunde bislang als Bergmänner verdienten, war er bereits jetzt in der Lage aufzubringen.

Und so wie Osman dem Prospektor nutzte mit seinem naturwissenschaftlichen Wissen, nahm Robert ihm die Schreibarbeit ab. Hierfür war wiederum Osman gänzlich ungeeignet – zwar konnte er nicht nur trefflich Deutsch sprechen, sondern auch niederschreiben, das Entziffern seines Gekrakels war jedoch lediglich ihm selbst vorbehalten, glich es doch eher einer endlosen gewundenen Schlange und somit mehr der arabischen Schrift als den klaren Lettern des Abendlandes.

In der Frühe des siebten Septembers sollte die ruhige Zeit für Robert und Osman jedoch ein jähes Ende finden. Wie immer in den letzten Tagen brachen sie mit den ersten Sonnenstrahlen auf zur Schreibstube ihres Dienstherrn, und wie immer krähten die Hähne ringsumher, als sie die Tür zu Leonhardts Reich öffneten, oder besser öffnen wollten, denn sie war entgegen sonstigen Gepflogenheiten verschlossen.

»Leonhardt, wir sind's, mach auf!«, rief Osman und klopfte gegen die Tür. Seltsam, dachte er, sonst war Leonhardt doch immer vor ihnen da.

Aus der Ferne sah Robert die Männer der Stadtwache herannahen, sie kamen direkt auf sie zu.

»Seid Ihr die beiden Gehilfen des Prospektors, Robert und Ottmar?«

»Osman Abdel Ibn Kakar, wenn's beliebt, gnädiger Herr!«

»Wie auch immer, Ihr kommt mit auf die Wachstube, wir haben Euch einige Fragen zu stellen über Euren *feinen* Herrn!«

Das hörte sich gar nicht gut an. Robert und Osman tauschten besorgte Blicke aus. Wo zum Teufel waren sie nun bloß wieder hineingeraten? Jeder von ihnen hatte fortwährend Fragen, doch die Männer der Stadtwache gaben keinen Ton von sich, nur so viel, dass der Hauptmann ihnen alles erklären werde.

»Hoffentlich ist der Mann ebenso klug und umsichtig wie von Stenweden«, raunte Robert seinem Freund zu.

Leider sollte sich das Gegenteil herausstellen.

»Ihm wird *was* vorgeworfen? Eine Mine gesalzen zu haben? Wie zum Teufel kann man eine Mine *salzen*?« Osman war außer sich. Einen Fisch salzen, einen Braten – wenn man es sich leisten konnte, gerne – aber eine Mine? Was für ein Blödsinn wurde ihnen hier aufgetischt?

»Nicht nur er steht hier zu Gericht, auch Ihr seid verdächtigt, also spielt Euch nicht so auf!« Hauptmann Dörrkamp war nicht gewillt, auf Osmans Frage einzugehen. Mindestens ebenso rund wie hoch wirkte er wie die Verhohnepipelung eines ranghohen Höflings – träge, faul und korrupt.

»Aber er will doch nur verstehen, was uns vorgeworfen wird – ebenso wie ich im Übrigen«, versuchte es Robert deutlich ruhiger.

»Wer bin ich, dass ich Euch Rede und Antwort zu stehen habe – das lasst Euch von meinen Leuten erzählen, ich hab Wichtigeres zu tun!« Und kaum gesagt, stampfte der Hauptmann von hinnen. Arrogant war er also auch noch.

Dumm, gefräßig und überheblich, eine gefährliche Mischung. Robert nahm sich vor, bei diesem Mann Vorsicht walten zu lassen.

In der Wachstube verblieben drei Soldaten. Kein Problem für Robert, dachte sich Osman und gab seinem Freund mit eindeutigen Gesten zu verstehen, was er gerade dachte, der jedoch schüttelte nur den Kopf.

Nein, noch war es nicht soweit. Erst einmal wollte er hören, was ihnen vorgeworfen wurde, dann könnte man weitersehen. Solange niemand von den Ereignissen in Hildesheim wusste und somit, was er fertigzubringen imstande war, so lange würden sie ihm nicht die Bewachung zur Seite stellen, die seiner fast schon unmenschlichen Kraft etwas entgegenzusetzen hatte.

»Nun sagt endlich, was das bedeutet – *eine Mine salzen.*«

»Seid Ihr so ahnungslos oder stellt Ihr Euch nur dumm? Ihr dient einem Prospektor, wer, wenn nicht Ihr, könntet es besser wissen?«

»Herrgott noch eins«, verlor selbst Robert allmählich seine Beherrschung, »kriegt man hier nun eine Auskunft oder nicht? Seit gerade einmal einer Woche arbeiten wir für den Mann, viel hat er uns in der Zeit bislang nicht beigebracht! Also spuckt's schon endlich aus!«

»Ich würde tun, was er sagt!«, ermunterte Osman die Wachen, die angesichts Roberts soeben schlagartig angeschwollener Halsmuskeln erschrocken einen Schritt zurückwichen.

»Salzen heißt, die Mine wertvoller erscheinen zu lassen, als sie eigentlich ist!«, erbarmte sich schließlich Alfred ihrer. Als der Leutnant in zwei noch ratlosere Gesichter schaute, fuhr er grinsend fort. »Minen stehen häufiger zum Verkauf an, sei es dem Alter des Besitzers oder seiner angeschlagenen Gesundheit geschuldet. Oft wird ein Prospektor beim Handel zu Rate gezogen, um einen reellen Preis der Mine zu ermitteln, auch weil der Verkäufer bisweilen mit üblen Tricks arbeitet, um seinen Gewinn zu steigern.«

Osman rutschte unruhig auf seinem Schemel hin und her. Hoffentlich kam dieser schlaksige Kerl bald auf den Punkt.

»Beim Salzen schlägt der Betrüger kleine Proben edler Metalle in die Stollenwand, ganz so, als ob die Grube voll damit steckt. So treibt er den Preis der Mine ins

Unermessliche. Ein übles Verbrechen, das hart bestraft wird, wenn's dem Verkäufer nachgewiesen werden kann, ein unverzeihliches jedoch bei einem betrügerischen Prospektor!« Das Lächeln war aus Alfreds Gesicht verschwunden, nun schaute er beiden fest in die Augen, ernst und prüfend. »Ein Prospektor genießt in der Zunft absolutes Vertrauen, seine Rechtschaffenheit ist unverzichtbar für die Geschäfte eines Minenbetriebs. Wenn ein Mann seines Ranges dieses Vertrauen missbraucht, so kennen die gnadenlosen Gesetze der Bergmänner nur eine Strafe – den Tod! Sollte sich der Verdacht bewahrheiten, und alles spricht dafür, dann wird dieser Betrug Eurem Dienstherrn den Kopf kosten, und auch Euch, wenn Ihr eingeweiht seid!«

Osman zuckte zusammen. Schon wieder drohte ihnen Bestrafung für eine Tat, die sie nicht begangen hatten. Konnte man in diesem vermaledeiten Land denn nicht einfach seiner Arbeit nachgehen und unbehelligt sein Leben leben?

Wieder suchte er Roberts Blick, noch war die Gelegenheit günstig.

Wenn nicht jetzt, wann dann?

Auch Robert grübelte. Die drei Hänflinge hätte er im Nu niedergestreckt, doch käme das einem Schuldeingeständnis gleich. Wieder einmal wären sie dann auf der Flucht, diesmal sogar ohne Geld und mit nur einem Pferd.

Doch sollte er darauf vertrauen, dass die Wahrheit ans Licht käme, vor allem wenn ein aufgeblasener Wicht wie Hauptmann Dörrkamp dafür zuständig war? So wie er sich ihnen gegenüber aufführte, hatte er sein Urteil bereits gefällt.

Und was geschähe mit Leonhardt? Durch ihre Flucht würden sie den Verdacht gegen ihn erhärten, schließlich waren sie seine Bediensteten.

Es war zum Heulen.

Und während Robert brütete und das Für und Wider gegeneinander abwog, flog die Tür auf und herein trat eine Person, die ihm mit einem Schlag die Entscheidung abnahm.

Leonhardt fröstelte. Die Luft war kalt und feucht. Ein aufgeregtes Quieken bedeutete ihm, nicht allein zu sein und er schlug die Augen auf.

Ein rot glühendes, winziges Augenpaar starrte zu ihm herauf.

Leonhardt sah an sich herunter. Er hing an der Kerkerwand, einige Fuß über dem Boden, an den Armen nach oben gebunden. Lederne Riemen schnitten in seine Handgelenke, gottlob nahm ihm das Taubheitsgefühl in den Armen den größten Schmerz. Ketten klirrten, als er sich bewegen wollte.

»Mein Gott, was haben sie nur mit mir angestellt?« Er versuchte, sein Gefängnis näher in Augenschein zu nehmen. Der Anblick konnte nicht beängstigender sein. Er befand sich in einer Kerkerzelle, fensterlos und ohne Beleuchtung, nur ganz wenig Licht drang durch die Ritzen einer grob zurechtgezimmerten Eichentür. Langsam aber stetig gewöhnten sich seine Augen an die Dunkelheit. Anfangs irritiert wegen der ungewöhnlichen Größe des Verlieses, immerhin war er ganz allein hier drinnen, nahm er bald eine Vielzahl von Foltergeräten wahr. Er erkannte eine Streckbank und eine neunschwänzige Katze, einen offenen Ofen mit Holzkohlescheiten und einige Eisen darin, die meisten Gerätschaften jedoch waren ihm gänzlich unbekannt.

Ein erneutes Quieken ließ ihn aufschrecken. Er schaute nach unten zur Ratte, seiner rotäugigen Mitbewohnerin. Schneeweiß wie sie war, hätte man meinen können, dass sie nie das Tageslicht zu sehen bekommen hatte.

Sie leckte eine dunkelrote Flüssigkeit vom Boden auf. Erst jetzt erkannte Leonhardt, dass es sich um eine Blutlache handelte, die sich unter ihm angesammelt hatte.

Sein Puls beschleunigte, schlug ihm mit Macht bis zum Hals. Wieder schaute er an sich hinab, konnte aber keine Wunde entdecken. Dann erst spürte er über das unerträgliche Reißen in seinen Schultern hinweg den ziehenden Schmerz an seinen Füßen.

Ängstlich drückte er seine Beine so weit es ihm möglich war von der Wand ab, was würde er wohl zu sehen bekommen? Er erwartete das Schlimmste und war fast überrascht, als er seine Füße zu sehen bekam.

»Sie haben sie mir drangelassen, Gott sei Dank!« Dann sah er den matt glänzenden Schimmer an jedem seiner Zehen, entsann sich wieder des Schmerzes beim Ziehen der Nägel und ihm wurde übel. Auch weil ihm plötzlich bewusst wurde, dass dies erst der Anfang war. Sein Martyrium ging weiter, zumindest hatten sie ihm das gesagt.

Zum Teufel, warum glaubte man ihm nicht, dass er nichts verbrochen hatte. Die Folter war entsetzlich, daran konnte er sich noch entsinnen, der Rest verlor sich im Nebel. Vielleicht hatte er bereits alles gestanden, was man ihm zur Last legte, nur um sich weitere Schmerzen zu ersparen. Dann jedoch wäre es unweigerlich um ihn geschehen. Und das ausgerechnet jetzt, da die Frau seiner Träume in sein Leben getreten war.

»Zum Teufel mit euch, ihr Himmelhunde!«

Leonhardt spürte, wie feine Härchen seine Zehen berührten, dann hörte er winzige Krallen auf dem Zellenboden aufschlagen.

Das Aas versuchte, seine Füße zu erreichen, offenbar durch das Blut auf den Geschmack gekommen. Viel hatte eben nicht mehr gefehlt.

Leonhardt starrte die Ratte an wie das Kaninchen die Schlange. Die Augen des Nagers glühten roter als die Flammen des Fegefeuers. Und wieder setzte der kleine Teufel zum Sprung an. Würde er es schaffen, sich in seinen Fuß zu verbeißen?

Und während die Ratte erneut zum Sprung ansetzte, schrie Leonhardt, so laut und verzweifelt, wie er noch nie zuvor in seinem Leben geschrien hatte.

Alte Bekannte

»Ihr kennt Euch?«

»Flüchtig – besonders, was sie betrifft!«

Alfred guckte irritiert, er wusste beim besten Willen nicht, was er von Roberts letzter Äußerung halten sollte. Das Mädchen tat so, als habe es nichts gehört.

»Und wenn ich schon meinen Mann nicht mit nach

Hause nehmen kann, wie schaut's dann mit seinen Angestellten aus?«

»Das haben wir nicht zu entscheiden!«

Geziert strich sich die Rothaarige die Locken aus dem Haar, dann fragte sie in die Runde, wer hier das Sagen habe.

»Hauptmann Dörrkamp, er sitzt gleich nebenan.« Ein kurzes Nicken und schon setzte sie sich in Bewegung. »Aber Ihr könnt nicht einfach hinein …«, versuchte Alfred, sie aufzuhalten, genauso gut hätte er in den Wind schreien können.

»Bei Gott, die nächsten Wochen haben wir Stalldienst!« Die Männer der Stadtwache waren entsetzt. Doch nichts geschah, kein Geschrei und Gepolter war von nebenan zu hören – sollte sie den Hauptmann etwa kurzerhand gemeuchelt haben? Zuzutrauen war es ihr, so burschikos wie sie daherkam.

»Das ist das Weib des Prospektors?« Robert verstand die Welt nicht mehr. Vor gerade einmal einem Monat, damals im Krugschenk, wirkte sie noch alles andere als gebunden.

»Wenn sie's so sagt, wird's wohl so sein! Doch lang ist sie's bestimmt noch nicht, vor Kurzem erst bin ich mit Leonhardt durch die Straßen gezogen, da hat er keinem Weiberrock widerstehen können«, sagte Helmuth und machte obszöne Gesten. »Und plötzlich«, fuhr er fort und wirkte fast ein wenig traurig dabei, »gerade mal einen Monat mag's her sein, hatte er keinen Spaß mehr an andren Frauen, nur noch an der einen. Scheint, als habe sie ihm den Zahn gezogen, was für ein Jammer!« Helmuth verstummte und alle anderen begannen zu lauschen.

Was zum Teufel ging nur vor sich, fragte sich Alfred,

dort, im Allerheiligsten des Allerheiligsten. Sollte er nach dem Rechten schauen? Doch was, wenn er seinen Hauptmann in einer heiklen Situation anträfe?

»Herr Hauptmann, alles in Ordnung mit Euch?«, fragte er schließlich durch die geschlossene Tür hindurch.

»Natürlich, was soll sein?« Die Tür flog auf und der Hauptmann kam heraus, die Rothaarige neben sich. Sie überragte ihn fast um einen Kopf. Alfred schaute verlegen auf seine Füße, er war rot angelaufen.

»Ihr seid vorläufig frei!«, wandte sich Dörrkamp nun an Robert und Osman. »Doch bleibt bis auf Weiteres in der Stadt. Solltet ihr ein Stadttor passieren wollen, werfe ich Euch eigenhändig in den Kerker. Jungfer Adara bürgt mit ihrem guten Namen und nicht zuletzt mit einem Batzen Geld für Euch, also dankt es ihr nicht mit einer heimtückischen Flucht.«

Robert erhob sich und Dörrkamp zuckte unwillkürlich zusammen. Offenbar hatte er ihn noch nicht aufrecht stehend gesehen.

Versuch du mal, mich eigenhändig in den Kerker zu werfen, dachte Robert, sagte aber nichts. Er nickte brav dem Hauptmann und seinen Männern zu und ging zur Tür, Osman und die Rothaarige folgten ihm.

»Du bürgst also mit deinem guten Namen!«, stellte Robert fest und gab sich Mühe, dabei möglichst gehässig zu klingen.

»Undankbarer Depp!«

»Fragt sich nur, was du dem Hauptmann noch geboten hast, außer deinem guten Namen und einem Batzen

Geld, der vermutlich eh der unsere ist. Offensichtlich bist du bei allem, was du anstellst, immer mit Leib und Seele dabei. Lang genug warst du ja nebenan, um dem Einfaltspinsel die Nüsse zu kraulen!«

Die auf dem Fuße folgende Ohrfeige trug nicht dazu bei, Roberts Gemüt zu beruhigen. Nicht nur seine Wange war nun knallrot, der ganze Kopf glühte förmlich. Mit zitternden Fingern rieb er sich sein Kinn, augenscheinlich kurz davor zurückzuschlagen.

Osman ging dazwischen. Nicht der Frau zuliebe, auch er hegte alles andere als freundschaftliche Gefühle ihr gegenüber, sondern einzig und allein aus Berechnung. Sie war der einzige Mensch in dieser Stadt, der zu ihnen hielt – warum wusste allerdings allein Allah.

»Reiz ihn nicht noch mehr, Anna oder Adara oder wie auch immer du sonst heißen magst! Mein Freund ist nicht gut auf dich zu sprechen, und ich kann's ihm nicht mal übel nehmen. Welchem Umstand verdanken wir eigentlich deinen Beistand?«

»Dem Umstand, dass Ihr beiden ehrlich seid, sollte ich mich nicht völlig in Euch täuschen!«

»Das sagt die Richtige! Weißt du überhaupt, was das Wort bedeutet?« Robert war im Gegensatz zu Osman nicht bereit, ihren Zwist, wenn auch nur vorübergehend, beizulegen.

»Nun mal halblang, lieber Freund! Wer hat denn versucht, eine unschuldige, wehrlose Frau betrunken zu machen, um dann über sie herzufallen?«

Robert blieb die Luft weg. Wie konnte sie nur mit einer derartigen Selbstverständlichkeit die Wahrheit verdrehen? »Von unschuldig und wehrlos kann bei dir ja wohl kaum die Rede sein!«

»Und wusstest du das bereits, bevor du mir den Weingeist zu trinken gabst?«, erwiderte sie und stemmte ihre Arme in die Hüften.

»Jedenfalls hatte ich nicht vor, dich betrunken zu machen!«

»Du streitest es also nicht ab, dass du über mich herfallen wolltest!«

Robert schwirrte der Kopf. Sie war ihm über, egal, was er sagte, sie drehte es zu seinem Nachteil.

Osman musste grinsen, so ratlos hatte er seinen bestimmt nicht auf den Mund gefallenen Freund noch nie erlebt. »Wohin gehen wir eigentlich?«, fragte er eher beiläufig.

»Na, wohin wohl, zu Leonhardts und meinem Heim natürlich!«, erwiderte sie unwirsch.

Konnte man dieser Frau nicht eine unschuldige Frage stellen, ohne dass sie einem gleich über den Mund fuhr? Nun war auch Osman verärgert. Schweigend gingen sie die letzte halbe Meile jeder für sich und in sich versunken, entweder einen tiefen Groll hegend auf einen der anderen oder auf die Umstände, die sie wieder zusammenführte, bis sie schließlich Leonhardts Heim erreichten.

Und wieder setzten sich Robert und Osman an den Tisch, um den sie bereits einige Tage zuvor gesessen hatten, seinerzeit mit Leonhardt. Beide schauten sie gespannt auf dessen Frau, war sie ihnen doch einige Erklärungen schuldig.

Sie schenkte allen dreien Wasser ein, Wein oder Rum von ihr hätte Robert ohnehin nicht angerührt und Osman schon gar nicht. Trotzdem roch Robert an seinem Becher, was sie mit einem missfälligen Blick quittierte.

»Warum so misstrauisch, Robert, immerhin hast du mir deine Freiheit zu verdanken!«

»Gar nichts habe ich dir zu verdanken, elende Diebin. Ohne dich wären Osman und ich bereits lange in Cölln und hätten nicht den letzten Monat in einem Stollen schuften müssen. Gib uns gefälligst das gestohlene Geld zurück, damit wir endlich unsrer Wege ziehen können!«

»Ihr dürft die Stadt nicht verlassen!«

»Lass das mal unsere Sorge sein. Bevor die fette Wanze von Hauptmann überhaupt mitbekommt, dass wir durchs Stadttor sind, werden wir schon über alle Berge sein.«

»Ich hab das Geld nicht mehr!«

»Himmel Arsch!« Roberts Schemel flog zur Seite, als er mit einem Satz auf den Beinen war. Dumpf krachte sein Schädel gegen den Deckenbalken, was seinen Zorn jedoch nicht im Geringsten zu kühlen vermochte. Mit geballten Fäusten stand er drohend über ihr, und zum ersten Mal wirkte selbst sie verunsichert – wer sollte es ihr auch verdenken bei diesem vor Wut schnaubenden Goliath.

Wieder war es an Osman, sich schützend vor die Frau zu stellen, auch wenn er ihr in dem Moment am liebsten selbst den Kopf abgerissen hätte. »Robert, setz dich!«, sagte er in einem Ton, der keinen Widerspruch duldete. »Und von dir will ich nun rundheraus und ohne Umschweife wissen, was mit unserem Geld geschehen ist und warum du ausgerechnet uns um Hilfe bittest. Und überlege dir gut, was du sagst, sonst halte ich dich eigenhändig fest, während er dir das Innere nach außen stülpt – glaub mir, er kann das!« Osmans Hände zitterten, als er seinen Zeigefinger erhob, offenbar hatte er sich nur noch mit Mühe unter Kontrolle, von dem brodelnden Vulkan neben ihm ganz zu schweigen.

Anton öffnete die Augen, als die Tür zuschlug. Blut verklebte ihm die Lider.

Verdammt noch eins, was hatten sie nur mit ihm angestellt?

Jeder Knochen tat ihm weh. Gefoltert hatten sie ihn, er wurde verprügelt, gequält und gepiesackt bis aufs Blut, doch eines taten sie nicht – Fragen stellen. Nichts wollten sie von ihm wissen, doch war das nicht üblich bei einem Prozess wie diesem?

Leonhardt, zum Teufel mit ihm, warum nur dieser Betrug, was bezweckte er damit? Er jedenfalls hatte dem jungen Prospektor nicht den Auftrag dazu erteilt. Niemals hätte er das getan, schließlich war er ein Ehrenmann, durch und durch.

Anton schaute zur Tür. Es fiel erheblich mehr Licht zwischen ihr und dem Sturz ein als bislang, offensichtlich hatte man vergessen, sie zu verschließen. Mühselig richtete er sich auf, zusätzlich zu den sechzig Lebensjahren und der Gicht erschwert durch die Behandlung, die ihm hier zuteil wurde.

Tatsächlich, die Tür war unverschlossen.

Vorsichtig öffnete er sie, bis er mit seinem ganzen Körper durchschlüpfen konnte, dann drückte er die Tür wieder langsam zurück ins Schloss und schob den Riegel ins Futter, so, wie es sich eigentlich gehörte. Nichts sollte darauf hinweisen, dass seine Zelle nunmehr leer war. Fackeln beleuchteten den Gang zu den Kerkerzellen, weit und breit war niemand zu sehen.

Nur schnell raus hier, hin zu seinem Haus. Den Beutel mit dem Gold unter den Dielen hervorgekramt und nichts wie auf und davon. Zum ersten Mal, seit seine Viktoria von ihm gegangen war, betrauerte er nicht ihren

Tod, so musste er sich nun auch nur um sich selbst kümmern.

Lauwarme Luft schlug ihm ins Gesicht, als er die Pforte ins Freie öffnete. Der Mond schien hell genug, um sich trotz schwindenden Augenlichts in der Nacht zurechtzufinden.

Ein Katzensprung war es bis zu seinem Haus, und nicht viel weiter zum Stadttor. Sie würden ihn sicherlich in der Nacht hinauslassen, immerhin war er ein ehrenwerter Bürger, stets gewesen.

Plötzlich traf ihn ein heißer Schmerz am Hals und zerrte an ihm mit irrwitziger Gewalt. Etwas schien zu zerreißen, dann schlug sein Kopf auf dem Boden auf.

Sein Körper, unnatürlich weit weg, war das letzte, was er in seinem Leben zu sehen bekam, die letzten Gedanken galten seinem Weib Viktoria.

Adara

»VORAB WILL ICH EUCH meinen richtigen Namen verraten. Ich heiße nicht Anna, sondern Adara!«

»Das ist ein arabischer Name«, stellte Osman fest. »Hast du etwa arabische Wurzeln? Du siehst gar nicht danach aus, mit deiner blassen Haut und dem roten Haar – nun, jedenfalls passt der Name zu dir!«

»Danke, Osman.« Adara wirkte sichtlich geschmeichelt. »Leider habe ich meinen Vater nie zu Gesicht bekommen, doch ein Araber war er gewiss nicht. Viele Worte verlor meine Mutter nicht über ihn, aber er muss ein sehr gebildeter Mann gewesen sein. Adara, meinte er, bedeutet in der griechischen und der arabischen Sprache so viel wie schön oder Schönheit, so kam ich zu meinem Namen!«

»Und was ist mit dem Geld?«, fuhr Robert ungeduldig dazwischen. Ihm war es einerlei, wessen Bastard sie war, nur aufs Geld kam es ihm jetzt an.

»Wo soll's schon sein? Der größte Teil liegt beim Hauptmann zur sicheren Verwahrung, bis eure Unschuld bewiesen ist, abzüglich einer fürstlichen Belohnung für sein Entgegenkommen freilich!«

»Aber Leonhardt hat Geld genug, immerhin gehört ihm ein Drittel der Mine seines Oheims«, war Robert nach wie vor nicht bereit nachzugeben.

»Doch nur Leonhardt persönlich steht Theodor in der Pflicht. Solange sein Neffe im Kerker ist, gibt er keinen Pfennig her. Und mir schon gar nicht, er mag mich nicht!«

»Offenbar verfügt er über mehr Menschenkenntnis als seines Bruders Sohn!«

Adara verzog die Lippen zu einem Schmollmund und sah damit sogar noch entzückender aus, als sie Robert in Erinnerung hatte. Plötzlich wollte er sie nur noch in den Arm nehmen, sie halten und ihren heißen Leib an seinem spüren. Mit einem Mal wusste er, dass er ihr wider besseres Wissen und jeglicher Vernunft weiterhin verfallen war. Er verfluchte ihre Eltern, denen sie ihre Schönheit verdankte und ebenso jede ihrer Gesten, die sie anmutiger und verletzlicher und damit begehrenswerter für ihn machte, als sie es ohnedies war. Und er verfluchte vor allem sich selbst und sein schwaches Gemüt – ein Gemüt, das ihn so oft in ärgste Schwierigkeiten gebracht hatte und das in seiner Verletzlichkeit in einem so krassen Gegensatz zu seiner Statur stand. Er spürte, wie er bei ihrem Anblick innerlich verkrampfte, wie ihm gleichzeitig heiß und kalt wurde, wie er sie einerseits, rasend vor Wut, heftig schlagen und sie anderseits, in tiefster Zuneigung, zärtlich umarmen wollte.

Es war nie das gestohlene Geld, das ihn unermüdlich antrieb weiterzusuchen, es war einzig und allein Adara, die er wiedersehen musste. Umso schmerzlicher wog dann auch die Erkenntnis, da es sich bei ihr um das Weib jenes Mannes handelte, der ihn als seinen Freund betrachtete, es immer gut mit ihm und Osman meinte und sie beide stets gut behandelt hatte. »Was für ein elendiges Dilemma!«

Beide wandten sich ihm zu, offenbar hatte er den letzten Satz laut ausgesprochen.

»Weiß Gott, ein fürchterliches Dilemma!«, pflichtete ihm Adara bei. »Der Grubenbesitzer kann bei einem Betrug wie dem Salzen einer Mine noch mit dem Leben davonkommen, bei einem Prospektor jedoch machen sie kurzen Prozess, so steht er mit dem Leben für seine Aufrichtigkeit ein. Leonhardt wusste das, nie hätte er sich zu solch einer Torheit hinreißen lassen, warum auch? Sein Anteil an der Mine genügte, uns beide zu ernähren, und seine Dienste als Prospektor begannen einträglich zu werden. Was soll ich nur machen ohne ihn?« Adara fing an zu schluchzen.

»Das soll nicht unsre Sorge sein – komm, Robert, wir haben hier nichts mehr verloren!«, unternahm Osman den zwecklosen Versuch, Schlimmeres zu verhindern. Er ahnte schon, was nun folgen sollte.

»Wenn ihr mir nicht helfen wollt, so tut's zumindest

Leonhardt zuliebe. In höchsten Tönen schwärmte er von euch und nicht nur einmal wähnte er sich eurer Freundschaft sicher.«

Robert und Osman schauten sich ratlos an. Konnten sie den jungen Prospektor, der ihnen zu einem Freund geworden war, einfach im Stich lassen? Und selbst wenn sie sich unnachgiebig zeigten, was sollten sie schon anfangen in dieser Stadt, die sie nicht verlassen durften, solange der Vorwurf der Mittäterschaft nicht widerlegt wäre? Wer würde sie von der Schuld reinwaschen? Der Hauptmann bestimmt nicht!

Geschichte wiederholt sich, wieder waren sie in einer Stadt gefangen, doch diesmal wurden sie zumindest nicht gejagt – noch nicht.

Robert fand als erster seine Sprache wieder, hatte er immerhin einen weiteren, nicht zu unterschätzenden Ansporn, ihr zur Seite zu stehen. »Selbst wenn wir dir helfen wollen, weiß ich nicht so recht, wie wir's anfangen sollen. Wir kennen niemanden in dieser Stadt und haben keinerlei Befugnisse, ganz im Gegenteil, wir werden ja selbst verdächtigt.«

»Leonhardt hat mir berichtet, was ihr in Hildesheim zuwege gebracht habt. Wer sonst, wenn nicht ihr, könnte seine Unschuld beweisen? Der Hauptmann gewiss nicht, er ist nur ein verfressener Tölpel, der allein seiner Geburt als einziger Filius des Vogtes seine Stellung verdankt.« Ihre Stimme wurde brüchig. Mit Tränen in den Augen flehte sie die beiden an: »Versucht es doch zumindest, ich allein kann gar nichts ausrichten. Es soll auch euer Schaden nicht sein. Wie ihr wisst, hat Leonhardt Geld. Er gibt euch eures wieder und noch einen ordentlichen Batzen obendrauf. Na los, schlagt schon ein!«

»Keine Lügen mehr?«, übersah Robert geflissentlich die dargereichte Hand und starrte Adara stattdessen in ihre himmelblauen Augen.

»Keine Lügen mehr!«

»Und wir kriegen unser Geld wieder und den gleichen Teil obendrauf?«, fragte Osman.

»Und den doppelten Teil obendrauf, das sollte Leonhardt sein Leben wert sein.«

Robert und Osman zögerten.

»Nun schlagt schon endlich ein«, forderte sie Adara ungeduldig auf.

»Dann lasst uns das Unmögliche versuchen«, meinte Robert.

»Allah sei mit uns!«, komplettierte Osman den Bund und legte seine Hand auf die der beiden anderen.

Der Tisch brach beinahe in der Mitte ob der darauf drapierten Köstlichkeiten. In einer Schale dampfte ein derbes Linsengericht, in einer anderen delikat angerichtete, hiesige Gartenfrüchte. Eine Hammelkeule glänzte im eigenen Sud, außerdem gab es genügend Schwarzbrot, um den Magen zu beruhigen, wenn das Essen doch allzu fettig sein sollte.

»Wo sollen wir nur beginnen?«, fragte Robert laut schmatzend. »Können wir wohl mit Leonhardt einige Worte wechseln?«

»Ganz gewiss nicht, ich selbst hab's schon beim Hauptmann versucht, doch hier ließ er sich nicht erweichen. Bei dem Verbrechen, das ihm angelastet wird, ist jeglicher Kontakt strikt untersagt – auf ihm lastet der Blutbann!«

»Hab's mir schon gedacht«, sinnierte Robert. »Und was ist mit seinem angeblichen Komplizen, dem Mann also, dem die gesalzene Grube gehört? Sein Verbrechen wiegt ja offenbar nicht so stark. Zu ihm sollten wir doch vorgelassen werden.«

»Aber freilich, das wäre eine Möglichkeit«, erwiderte Adara begeistert. »Der alte Anton sollte uns einiges zu erzählen haben!«

»Ihr könnt Anton nicht sprechen.«

»Zum Teufel, warum nicht! Auf ihn lastet kein Blutbann, also müsst Ihr mich auch zu ihm vorlassen«, fluchte Adara, ganz und gar nicht damenhaft.

Alfred wirkte verlegen, er konnte dem aufgebrachten Rotschopf nicht geradeheraus ins Gesicht schauen. »Daran liegt's auch nicht, vielmehr könnt Ihr nicht mit Anton reden, weil Anton nicht mit Euch reden kann.«

»Was erzählt Ihr da für einen hanebüchenen Unfug, drückt Euch gefälligst klarer aus!«

Robert legte seine Hand besänftigend auf Adaras Schulter – schließlich war keinem damit gedient, dass auch sie noch in Haft geriet.

»Anton ist tot, auf der Flucht aus dem Kerker geköpft von einem Wachsoldaten.«

»Was?« Adara konnte nicht glauben, was Alfred gerade gesagt hatte.

»Auf der Flucht geköpft? Reden wir jetzt vom gleichen alten Mann?« Sie rang nach Worten. »Wie kann's angehen, dass ein Greis, der an Harmlosigkeit kaum zu überbieten ist, aus dem Kerker flieht – und warum zum

Teufel wird er auf der Flucht geköpft? Warum nicht gleich gevierteilt?«

Robert und Osman schauten sich an, es geschahen schon seltsame Dinge hier in dieser Stadt.

»Ich kann Euch nicht sagen, was genau geschehen ist. Vielleicht trug er ja eine Waffe bei sich. Ich weiß nur, dass Anton tot ist, enthauptet von der Klinge eines Wachsoldaten.«

»Können wir stattdessen mit Leonhardt sprechen?«, wagte Adara einen weiteren Versuch und blickte dabei so unschuldig wie ein Rehkitz.

»Erzählt keinen Unsinn, Ihr wisst sehr wohl, dass das nicht geht«, erwiderte Alfred hilflos mit den Schultern zuckend.

Zornig funkelte Adara die Männer der Stadtwache reihum an, dann machte sie wortlos auf dem Absatz kehrt und verließ die Wachstube, Robert und Osman folgten ihr auf dem Fuß.

Adara hatte einen hochroten Kopf und ihre Lippen zitterten, sie bebte vor Wut. Angesichts ihres erregten Zustands wollte sie weder Robert noch Osman ansprechen, und so wechselten sie kein Wort miteinander, bis sie Leonhardts Amtsstube in der Glockengießerstraße erreicht hatten. Inzwischen war die Mittagszeit angebrochen.

»Und jetzt, was nun?«

»Du machst mir Spaß«, erwiderte Adara ohne jeden Humor, »ich denke, ihr seid so helle – Leonhardt schwärmte immerzu von eurem scharfen Verstand –, sagt mir, was wir nun machen sollen!«

Robert legte die Stirn in Falten. »Was ist mit dem Käufer, vielleicht können wir mit ihm sprechen?«

»Über den Käufer wollte der Hauptmann kein Wort

verlieren. Aber was sollte uns dessen Name auch weiterhelfen, schließlich könnte er uns nur sagen, dass Leonhardt versucht hat, ihn zu verprellen.«

»Vielleicht sollten wir anders herangehen«, meldete sich Osman zu Wort. »Lasst uns ein paar Gedanken darüber machen, wer einen Nutzen aus der jetzigen Lage zieht.«

Adaras Miene hellte auf. »Aber natürlich, das sollte uns zum Täter führen.«

»Da fällt mir zuvorderst Leonhardts Oheim ein, sicher will er die Mine ganz für sich allein. Oder was meinst du, Adara?«, fragte Robert gespannt.

»Sicher, Theodor ist zu erheblichen Zahlungen an Leonhardt verpflichtet, doch er ist alt und hat niemanden sonst, was soll er mit dem ganzen Geld?«

»Was für eine Frage, Geld hat man nie genug – und sagte er nicht, kaum dass Leonhardt im Kerker einsaß, er werde keinen Groschen an dich zahlen, solange sein Neffe zu Gericht sitzt?«

»Ganz recht, da hat er keinen Moment gezögert«, erwiderte Adara nachdenklich. »Also halten wir uns eben an Leonhardts Oheim.«

»Ganz so einfach würde ich's mir nicht machen«, wandte Osman ein, zögerte dann, bevor er weitersprach, ganz so, als sei es ihm unangenehm, seine Überlegungen laut zu äußern. »Wir haben die Möglichkeit außer Acht gelassen, dass Leonhardt tatsächlich betrügen wollte. Wieso bist du dir eigentlich so sicher, dass er es nicht getan hat? Und überlege gut, bevor du antwortest, unser aller Leben hängt davon ab.«

»Wieso sollte er solch eine Dummheit begehen? Wir beide haben mehr als genug zum Leben«, erwiderte Adara aufgebracht.

»Geld hat man nie genug, eben gerade sprachen wir noch darüber.«

»Er ist über alle Maßen ehrlich.«

»Dann passt ihr beiden ja prächtig zusammen!«, bemerkte Robert verschnupft. Im Gegensatz zu Osman war er noch nicht bereit, Adara zu vergeben.

»Und er ist zu klug, um solch einen Betrug zu begehen, gerade in seiner Position«, ignorierte sie Roberts letzte Äußerung.

Osman nickte. »Du hast recht. Er müsste schon arg dreist oder ganz besonders dumm sein. Weder das eine noch das andere will in meinen Augen auf Leonhardt zutreffen.« Osman war fürs Erste zufriedengestellt.

»Also läuft's einzig auf Theodor hinaus«, schloss Robert. »Und wie wollen wir es bei ihm anstellen? Ein Verdacht allein wird dem Hauptmann nicht genügen. Ich habe so meine Zweifel, dass er unseren Vermutungen überhaupt nachgehen wird. Für ihn scheint der Schuldige bereits gefunden.«

»Wir selbst müssen ihm die Beweise liefern. Du wirst dem Oheim deines Mannes auf den Zahn fühlen, Adara«, bestimmte Osman.

»Aber er mag mich nicht.«

»Mag er eher Knaben?«

Adara wirkte irritiert. »Wie kommst du denn darauf? Nein, bestimmt nicht!«

»Wenn's so ist, wird er dich mögen«, wurde Adara von Osman angestrahlt. Und auch Robert musste grinsen, wo sein Freund recht hatte, da hatte er recht.

Theodor

THEODOR WAR WIE VOM SCHLAG GERÜHRT. Da hatte dieses unverschämte Frauenzimmer doch tatsächlich die Dreistigkeit, bei ihm persönlich vorstellig zu werden. Wusste sie nicht, dass er sie abgrundtief verabscheute? Vom ersten Tage, da sie mit Leonhardt liiert war, ahnte er, dass es ihr einzig auf dessen Geld ankam, und jetzt stand sie einfach so vor seiner Türe – vermutlich, um ihn anzubetteln.

»Ich hab dir weder etwas zu sagen, geschweige denn zu geben. Verschwinde, bevor ich dich vom Hof werfen lasse«, zeigte er keinerlei Wiedersehensfreude.

»Aber lieber Oheim, hört mich nur kurz an, schließlich geht's nicht um mich oder Leonhardt allein.«

»Was soll das heißen? Wessen Schicksal kann noch betroffen sein?« Theodor wirkte verwirrt.

Adara sagte kein Wort, sondern streichelte nur ihren Bauch.

»Heilige Barbara! Aber woher weißt du das so rasch, du kennst Leonhardt doch erst seit einem Monat?«

»Eine Frau weiß das eben«, kam kurz und knapp Adaras Antwort und der alte Mann glaubte ihr aufs Wort.

»Na, dann komm erst einmal herein, Kind.« Theodor öffnete die Tür zu seinem Anwesen. Zwei herbeieilenden Stallburschen winkte er ab, ihre Hilfe wurde nun nicht mehr benötigt.

Robert und Osman waren indes in Leonhardts Heim geblieben. Was sollten sie auch schon ausrichten? Zum alten Theodor konnten sie Adara keinesfalls begleiten – nie würde er mit ihr warm werden, wenn sie dabei wären. So also oblag es ihnen einzig, untätig vor sich hin zu grübeln.

»Es gibt noch jemanden, der ein Interesse daran hätte, wenn Leonhardt im Kerker schmort«, unterbrach Osman die Stille, und wieder kam seine Stimme zaghafter daher, als man es eigentlich von ihm gewohnt war.

»Adara – aber natürlich!«, sponn Robert Osmans Gedanken weiter. »Ein Drittel der Mine gehört ihr praktisch schon, und nun ist sie bei Theodor, um sich den restlichen Teil zu schnappen!«

»Immer mit der Ruhe, Robert, es ist nur ein vager Verdacht – kein Grund sich so aufzuregen.«

»Aber wenn sie gerade dabei ist, dem alten Mann das Lebenslicht auszupusten?«

»Wie denn, etwa mit ihren bloßen Händen?«

»Nein, aber mit Gift! Entsinnst du dich nicht, dass sie eine kleine Dose eingesteckt hat?«

»Aber natürlich«, erinnerte sich Osman, »und ich Esel dachte, es wäre ein Mitbringsel.« Beide schauten sich unschlüssig an. »Und was jetzt?«, fragte Osman schließlich.

»Na, schnell hinterher, bevor noch ein Unglück geschieht!«

Keine zwei Glockenschläge später verließen sie hastig Leonhardts Haus, denn über eines waren sich beide im Klaren: Sollte Theodor etwas zustoßen, müssten wieder einmal sie, die Fremden ohne Vergangenheit, als Schuldige herhalten.

So groß und herrschaftlich Theodors Anwesen von außen wirkte, so schmuddelig und verlebt war es von innen. Jeder Winkel ließ deutlich die ordnende Hand einer Frau vermissen. Es schien, als sei mit dem Tode von Theodors Weib Maria die Zeit stehen geblieben.

Im Ofen schwelte ein Feuer, obwohl es noch warm war an jenem Septembertag. Alte Leute brauchen's ein bisschen wärmer, dachte sich Adara und betrachtete ihr Gegenüber.

Theodor als alt zu bezeichnen, schmeichelte ihm noch – greisenhaft wirkte er, gebrechlich und gramgebeugt. Hatte ihm das Schicksal seines Neffen den Kummer so deutlich ins Gesicht geschrieben oder war es nur der leidende Blick, der manch altem Menschen ebenso beharrlich anhaftete wie dem jungen ein freches Lächeln.

»Setz dich, Mädchen! Ich hol uns einen Krug Wein, auf dass das Kind ebenso rosige Wangen bekommen wird wie seine Mutter.«

Theodor stellte zwei Pokale auf den Tisch, einer verdreckter als der andere, dann schwankte er in die Küche. Offenbar war es nicht der erste Wein des Tages, den er sich einzuschenken gedachte. Zurück kam er mit einer schweren Karaffe, ihr entströmte ein süßlich duftendes Aroma. Seine Hände zitterten, als er den nahezu klaren Rebsaft einschenkte, mit den Resten des Rotweins in Adaras Pokal vermengte er sich zu einer rosigen Mixtur.

»Nun sag schon, wie kann ich dir behilflich sein?«

»Es geht um Leonhardt, wie du es dir sicherlich schon gedacht hast. Ich bin hier, um …« Adara stockte, als draußen plötzlich Krawall zu hören war. Menschen riefen durcheinander, Pferde schnaubten und Gänse gackerten aufgeregt. Sie und Theodor hörten deutlich, wie etwas zu

Bruch ging. Bei Theodor dauerte es zwar etwas länger, bis er den Lärm bemerkte, dann jedoch sprang er erstaunlich behände auf und humpelte zum Fenster, Adara den Rücken zugewandt, seinen Pokal hatte er krachend auf dem Tisch direkt neben den ihren abgestellt.

Nun ist der Augenblick gekommen, dachte sie sich und begann, die mitgebrachte Dose zu öffnen.

Theodor traute seinen Augen nicht.

Mitten auf dem Hof wütete ein Berserker. All seine Knechte und Bedienstete umringten den Riesen und droschen auf ihn ein, doch er schien die Schläge nicht wahrzunehmen, unbeirrt hielt er weiter auf das Gutshaus zu. Mit Schrecken sah Theodor mindestens ein halbes Dutzend seiner Männer wie leblos am Boden liegen, dann fiel sein Blick auf einen dunkelhäutigen Kerl, der sich tunlichst zurückhielt aus diesem Gemetzel. Wie viele mochten wohl noch gekommen sein, um sich seiner Habe zu bemächtigen? Denn nichts anderes als ein Überfall spielte sich hier vor seinen Augen ab, davon war Theodor in diesem Moment überzeugt. Der Blick des Riesen ging an ihm vorbei ins Haus hinein und plötzlich schien er es noch eiliger zu haben. Völlig unvermittelt stieß er einen markerschütternden Schrei aus, bevor er mit zwei, drei Schritten zur Tür stürzte und sie mit lautem Gepolter aufstieß.

Mit einem Mal war Theodor nicht mehr um seine Habe bange, sondern ums eigene Leben und das von Adara.

Am Hohen Weg, ganz in der Nähe der Königsbrücke und schräg gegenüber des Hospitals des Deutschritterordens, sollte Theodors Haus liegen – ein großes Anwesen mit einem goldenen Wetterhahn auf dem Dach, so hatte es Leonhardt einst beschrieben. Es waren nur wenige hundert Schritte bis zu Theodors Heim.

In was für Scherereien bin ich da nur wieder reingeraten? Wieder einmal verfluchte Robert sein Schicksal, während er durch die Gassen rannte, als sei der leibhaftige Teufel hinter ihm her. Ein jeder, der seinen Weg kreuzte, sprang hastig zur Seite, wer wollte schon mit einem wild gewordenen Bullen zusammenstoßen.

Eben noch ein Stück voraus sah er die Abzucht schmutziggrau in ihrem Bett träge dahinfließen, da hatte er auch schon die Königsbrücke überquert und machte nun zur Linken hinter einer hohen Mauer das Dach eines stolzen Gehöfts aus, dessen Giebel gekrönt wurde von einem Wetterhahn – wie ein goldener Stern funkelte er im Sonnenlicht. Das Tor war nur angelehnt, also verschwendete er keine Zeit mit Klopfen, sondern drückte es mit Schwung auf. Vor ihm lag ein weitläufiger Innenhof. Theodor musste ein sehr vermögender Mann sein, denn bis zum Eingang des Hauses waren es gut und gern noch fünfzig Schritte. Schon kamen die ersten Knechte angelaufen und versperrten ihm den Weg. Sollte er ihnen zurufen, dass er ihrem Herrn das Leben retten wollte? Nein, nie hätten sie ihm geglaubt, seine Körpergröße allein genügte, um bei den schlichteren Gemütern Argwohn hervorzurufen, erst recht so, wie er gerade angerannt kam.

Die ersten beiden Angreifer bekamen nur seine Schultern zu spüren, doch das reichte ihnen schon, für sie war der Kampf beendet, bevor er richtig begann.

Robert schaute sich um. Eben stolperte Osman durchs Tor, schmerzverzerrt hielt er sich die Seite. Von ihm war keine Hilfe zu erwarten.

Wie immer.

Solange Robert seinen Laufschritt beibehalten konnte, war von Theodors Bediensteten keine Gefahr zu erwarten, sie stoben davon wie das Korn beim Dreschen. Auf halbem Weg jedoch wurde auch er gestoppt von der Masse ringsumher. Da stand er nun und prügelte auf die armen Kerle ein, die doch völlig unschuldig waren an der ganzen Misere. Und wo war Osman abgeblieben? Wieso lief er nicht ins Haus und rettete Theodor vor Adaras feigem Anschlag? Zuerst blieb Osman Roberts Blicken verborgen, doch dann sah er ihn, weitab vom Getümmel. Er drängte sich in eine Ecke zwischen Gesindehaus und Stall, auf dass er bloß nicht verwickelt werde in die Prügelei. Zumindest war dies Roberts erster Eindruck, bei näherer Betrachtung musste er seinem Freund jedoch eingestehen, dass ihm gar nichts anderes übrig blieb, befanden sich doch zwischen ihm und dem Haus einige gestandene Mannsbilder, die den schmächtigen Kerl sofort in der Luft zerrissen hätten.

So also musste wieder einmal er seinen Kopf hinhalten, wie so häufig, wenn Worte allein nichts auszurichten vermochten.

Am Fenster stand Theodor und starrte mit offenem Mund zu ihm herüber, doch nicht der alte Mann jagte Robert einen gehörigen Schrecken ein und trieb ihn zu allergrößter Eile, sondern Adara, die hinter Theodors Rücken die mitgebrachte Dose öffnete und darin herumnestelte, direkt vor sich auf dem Tisch stehend zwei Trinkpokale.

Einer Eingebung folgend füllte Robert seine Lungen bis zum Bersten mit Luft und stieß daraufhin einen Schrei aus, der vermutlich bis zum fernen Bocksberg zu hören war. Sein Plan ging auf. Die Männer um ihn herum wichen für einen Moment erschrocken zurück, weit und lange genug, um sich wieder, einer Ramme gleich, in Bewegung setzen zu können. Einige lange Schritte noch, dann war er an der Tür angelangt. Ohne sich überhaupt mit dem Versuch abzugeben, sie auf herkömmliche Weise zu öffnen, warf er sich mit Schwung dagegen. Holzsplitter stoben auf, als die Pforte mit lautem Krachen nach innen aufflog.

Robert starrte in zwei Augenpaare, die Gefühle widersprüchlichster Art erkennen ließen. Theodors verhießen nichts anderes als Angst, ja fast schon nackte Panik, während Adaras Blick als zornig zu bezeichnen der Sache nicht gerecht geworden wäre, weil in der Wortwahl noch viel zu harmlos. Sie kochte regelrecht vor Wut und schien drauf und dran, Robert jeden Moment an die Kehle zu springen.

Kein Wunder, dachte er sich, hatte er doch im letzten Moment ihren feigen Mordplan vereitelt. Da fiel die Dose aus Adaras Hand und nichts anderes als eine fein gearbeitete Kette glitt daraus hervor.

Nur eine Kette, kein Pulver, also auch kein Gift.

Es war einer dieser Momente, in denen sich Robert gewünscht hätte, der Boden möge sich unter seinen Füßen auftun, um ihn auf immer zu verschlucken.

Osman hetzte herein, gerade als die Dose auf den Tisch polterte und den Blick freigab auf das, was darin aufbewahrt wurde. Sofort war ihm klar, dass sie Adara zu

Unrecht verdächtigt hatten. Wollten sie ihre Mitstreiterin jetzt nicht bloßstellen und für immer der Möglichkeit berauben, Theodor auf den Zahn zu fühlen, musste nun rasch eine plausible Erklärung her für Roberts Aufstand. Und es dauerte tatsächlich nur einen Wimpernschlag, bis Osmans findiger Geist eine List ersann, die ihm noch viele Jahre später Tränen in die Augen trieb, freilich keine Tränen der Trauer. Natürlich ging's wieder einmal auf Roberts Kosten.

»Herrje Robert, was hast du nur wieder angerichtet – kann man dich Kindskopf denn keinen Moment allein lassen?«, schalt Osman seinen bedröppelt dreinschauenden Freund.

»Ja, zum Teufel, was fällt Euch ein?«, fasste Theodor neuen Mut, nun, da sich das Monstrum offenbar wieder beruhigt hatte.

Robert wollte gerade versuchen, sich zu erklären, da fiel ihm Osman ins Wort. »Vergebene Müh, lieber Herr, er kann Euch leider nicht antworten. Seit dem armen Kerl beim letzten Sturm ein Melkschemel an den Bregen geknallt ist, ist's nicht nur das Sprechen, was bei ihm nicht mehr recht klappen will. Ihr versteht sicher, Herr?« Osman ließ durch seinen kreisenden Zeigefinger an seiner Schläfe keinen Zweifel offen. »Aber verstehen kannst du uns noch, nicht wahr, Robert?«, schloss Osman auffallend langsam.

Während Robert zuerst nickte und dann mit bedauernder Miene seinen Mund weit öffnete, mit dem Zeigefinger hinein wies und schließlich verneinend Hand und Kopf schüttelte, musste sich Adara mächtig zusammenreißen, um nicht laut loszuprusten. Auch Osman fiel es nicht leicht, bei dieser Komödie ernst zu bleiben, nur Robert hatte damit keinerlei Probleme, kein Wunder, wurde er doch gerade zum Deppen gemacht, und er spielte auch noch brav mit.

»Darf ich mich zuvorderst vorstellen – Osman Abdel Ibn Kakar, kurz Osman für Euch. Dieser arme, verwirrte Geist hier ist mein guter Freund Robert. Seit einigen Wochen dienen wir Eurem Neffen als Hand und Hirn bei seinen Geschäften.«

»Er ist das Hirn«, rief Adara von hinten und musste sich sofort den Mund zuhalten, um nicht schallend loszulachen.

Theodor hatte ihr weiterhin seinen Rücken zugewandt, sodass ihm ihre verräterische Geste verborgen blieb. Er schaute sich Robert näher an, sah den halb geöffneten Mund und die dümmlich dreinblickenden Augen. Überflüssig zu erwähnen, dass es sich bei diesem bedauernswerten Tölpel nicht um das Hirn der beiden handeln konnte. »Ich hörte bereits von Euch beiden. Leonhardt erzählte, was Ihr für wertvolle Arbeit für ihn leistet, wobei mir der …«, nun flüsterte Theodor in Osman Ohr, »… erbarmungswürdige Zustand Eures Freundes noch nicht bekannt war. Doch all dies«, nun wieder lauter, »erklärt noch lange nicht sein unerhörtes Verhalten. Wie nur kommt er darauf, mit Gewalt in mein Haus einzudringen, dabei die Hälfte der Knechte zu verbimsen und meine Tür zu demolieren, ganz zu schweigen von dem, was wohl sonst noch zu Bruch gegangen ist?« Die letzten Worte schrie Theodor den beiden Eindringlingen förmlich entgegen. Er war aufgebracht, wer mochte es ihm auch verdenken angesichts der schief in ihrer Angel hängenden Eingangspforte und einem guten Dutzend verprügelter Bediensteter. Gottlob standen inzwischen wieder alle, wenn auch einige von ihnen arg mitgenommen aussahen. Eine Handvoll war derweil im Haus angekommen und wartete darauf einzugreifen, sollte ihnen ihr Herr Zeichen geben. Theodor jedoch senkte beschwichtigend die Hände und schickte seine Angestellten wieder an ihre Arbeit. Traurig darüber war keiner von ihnen.

»Ihr müsst verstehen, lieber Herr«, hob Osman an, während Robert mit seinem gesenkten Kopf aussah wie das personifizierte schlechte Gewissen, »dass dieser arme Tropf in Leonhardt den Vater sah, den er als Findelkind nie gehabt hatte. Dass er nun im Kerker schmachtet, verwirrte den ohnedies tumben Geist vollends. Als darüber hinaus Adara wie vom Erdboden verschwand, war Robert nicht mehr zu halten. Selbst ich bin machtlos, wenn ihn etwas aufbringt, was zum Glück nur selten geschieht.«

»Aber dennoch, es geschieht, wie man deutlich sehen konnte. Meint ihr nicht, dass er in den Kerker oder zumindest in Ketten gehört, zu seinem aber vor allen Dingen zum Schutze anderer?«

»Wohlgemerkt, diese Raserei ist eigentlich nicht seine Art, trotz seiner enormen Kraft hat er einen sanftmütigen und liebenswerten Charakter, nie würde es ihm einfallen, jemandem Gewalt anzutun. Und obwohl ich ihn noch niemals derart in Rage erlebt habe, ist nichts geschehen, was sich nicht wieder gutmachen ließe – alle Bediensteten sind wohlauf und die Pforte lässt sich wieder richten.«

»Nun gut«, gab sich Theodor beruhigt, »wenn seine Wut begründet war in der Sorge um Leonhardt und Adara, so kann ich freilich nichts Böses dran entdecken, also sei's drum!« Er hinkte zu Robert und tätschelte ihm die Wange, wie man es bei einem Kind macht, mit dem

Unterschied, dass sich der gebeugte alte Mann enorm strecken musste, um mit seiner Hand überhaupt so weit nach oben zu reichen. »Sei gewiss, dass ich weder Adara noch Leonhardt etwas Böses will, lass uns also zukünftig Freunde sein. Und untersteh dich, mir noch einmal derart wütend einen Besuch abzustatten, ich weiß nicht, ob das mein armes, altes Herz ein zweites Mal mitmacht.« Plötzlich stockte Theodor. »Woher wusste Robert denn, dass Adara bei mir saß, wo sie doch eigentlich spurlos verschwunden war?«

Ja, woher eigentlich, dachte sich auch Robert und blickte zu Osman, neugierig, ob ihm diesmal wieder etwas einfiel.

»Das weiß nur der Himmel, Herr!«, kam die Antwort sofort und ohne Zögern. »Sollte ich es jemals in Erfahrung bringen, so seid Ihr der erste, der's zu hören kriegt. Ich sah ihn nur davonrennen, als sei der Teufel hinter ihm her. Da nahm ich meine Beine in die Hand und folgte ihm.«

»Schade, dass er es uns nicht sagen kann«, meinte Theodor.

Gott sei Dank!, dachte sich Robert.

Noch bis zur Abenddämmerung saßen sie alle gemütlich beieinander in Theodors guter Stube. Und während der Zimmermann grummelnd die Pforte zu Theodors Heim instand setzte, nicht ohne dem nun ganz und gar friedlich dasitzenden Riesen in einem fort böse Blicke zuzuwerfen, wurden ihnen Köstlichkeiten dargereicht, wie sie Robert und Osman seit ihrer Flucht aus Alexandria nicht mehr untergekommen waren. Der alte Mann wusste offenbar gut zu leben, obgleich man das seiner hageren Gestalt nicht ansehen konnte.

Robert hatte sich inzwischen mit seiner Gimpelrolle abgefunden. Gleichmütig ließ er es geschehen, dass die anderen über ihn redeten, als sei er nicht anwesend, und hörte Osman und Adara eine Lüge nach der anderen über ihn erzählen. Er versuchte sogar noch, möglichst einfältig in die Runde zu lächeln, was ihm offensichtlich vortrefflich gelang, wenn er den mitleidigen Blick Theodors richtig deutete.

Der alte Mann war nun bestens gelaunt. Die letzten Vorbehalte hatte er schließlich fahren gelassen, als Adara ihm das Erbstück seiner Maria an Leonhardt, ein Medaillon, zur Aufbewahrung übergab. Ganz allein als Frau im Hause Leonhardts fühle sie sich nicht in der Lage, derartige Kostbarkeiten sicher zu verwahren. Frank und frei gab Theodor daraufhin zu, Adara bis zum heutigen Tage nicht über den Weg getraut zu haben, vielmehr hatte er bislang gedacht, sie habe es nur auf Leonhardts Anteil an der Mine abgesehen. Als er die Frau seines Neffen beschämt um Vergebung bat, hatte nicht nur er eine Träne im Auge. Er versprach Adara jedwede Unterstützung, sei es, um Leonhardt aus dem Kerker zu bekommen, als auch hinsichtlich ihrer angekündigten Niederkunft. Da ihm sein Weib leider keine Nachkommen geschenkt habe und er nunmehr ohne Erben dastehe, werde er seine Angelegenheiten zu ihren Gunsten regeln. Und das bereits am morgigen Tage, da er fühle, dass der Herr ihn in allernächster Zeit zu sich berufen werde.

Es war schon lange dunkel, als sie auseinandergingen,

und ein jeder meinte, zumindest einen neuen Freund gefunden zu haben.

Was jedoch Leonhardts Schicksal betraf, waren sie ratloser denn je. Dieser alte, warmherzige Mann kam nicht als Halunke in Betracht, das stand für jeden eindeutig fest.

Die Glocken schlugen schon zur Nachtmesse, als sie allesamt schweigend Leonhardts Haus erreichten.

»Und wie soll's jetzt weitergehen?«, beendete Robert die bedrückende Stille.

»Oh, er kann ja doch reden!«

Robert und Osman schauten sich verständnislos an, anscheinend hatte Adara den Ernst der Lage nicht erfasst.

»Wir stehen mit leeren Händen da, und du machst Witze. Roberts Frage war durchaus berechtigt. Also, wie soll's nun weitergehen, oder bist du schon zufrieden, jetzt, da Theodor dir den Unterhalt versprach?« Osmans Miene klarte auf, gerade so, als sei ihm eben ein Licht aufgegangen. »Aber natürlich, du hast ja, was du wolltest, ob nun dein Mann im Kerker verrottet und wir bald obendrein, das ist dir doch gleich!«

»Was für ein elendiger Unfug!«, zischte sie verärgert. »Natürlich ist es mir nicht Einerlei, was mit Leonhardt geschieht, und selbst um euch beiden tät's mir leid, obwohl ihr's nicht verdient!« Zornig fuchtelte sie mit dem Zeigefinger ihrer rechten Hand vor Osmans Nase herum, während sie die linke fest in ihre Hüfte stemmte, dann hielt sie kurz inne. Eine Frage, die sie bei der Aufregung fast vergessen hatte, wartete darauf, endlich beantwortet zu werden. »Was hatte eigentlich dieser Aufstand bei Theodor zu bedeuten?« Und direkt an Robert gewandt. »Sag mir, warum kamst du hereingejagt, als sei der Leibhaftige hinter dir her?«

Osman hob an, für seinen Freund zu antworten, doch Adara fuhr ihm sofort ins Wort. »Untersteh dich, für ihn zu antworten, bei dir kommt eh nur eine Lügengeschichte heraus!«

»Das sagt die Richtige!«

»Herrgott, Robert, nun glaub mir doch endlich, es tat mir damals leid, und erst recht jetzt, da ich dich besser kenne, aber es blieb mir keine Wahl, ich wusste mir nicht anders zu helfen. Lass uns alte Rechnungen begleichen, wenn die Zeit dazu kommt, jetzt jedenfalls ist dafür nicht der rechte Augenblick.« Vergebung erbittend rang sie ihre Hände.

»Ich hab dir nicht getraut, dachte, du würdest Theodor vergiften wollen, um die Mine ganz für dich allein zu haben«, kam kurz und knapp Roberts Antwort.

»Du dachtest tatsächlich, ich könnte aus lauter Habgier einen Menschen töten?« Adara meinte, sich verhört zu haben.

»Nun tu nicht so überrascht! Du hast mir das Pferd und zudem unser gesamtes Geld gestohlen, das kommt fast aufs Gleiche raus!«

Keiner sagte ein Wort, so sah sich Osman genötigt fortzufahren. »Als ich sah, dass in der Dose kein Gift, sondern nur eine Kette war, habe ich rasch Robert zum Deppen erklärt. Nur so war sein Ausbruch zu erklären!«

»Ihr habt tatsächlich geglaubt, ich würde ihn töten?« Ohne ein weiteres Wort ging Adara nach oben ins Schlafgemach und ließ die beiden stehen.

Freitag, der achte September

Die Galgenfrist

Leonhardt wollte laut aufschreien, als er von der Wand gehoben wurde, doch sein Hals war staubtrocken und so wurde nur ein leises Röcheln draus. Seine Arme, an denen er eine ihm ewig erscheinende Weile von der Kerkermauer hing, baumelten wie zwei Säcke ohne jedwedes Gefühl an ihm herab. Totes Fleisch, dachte Leonhardt ohne Bedauern, hatte er doch ohnehin schon mit seinem Leben abgeschlossen.

Plötzlich schoss Blut durch seine Arme, nur schien es voller Dornen, die wie toll von innen in seine Haut stachen. Dieser Schmerz, so unangenehm er auch war, weckte seine Lebensgeister und so öffnete er blinzelnd die Augen.

Eine Handvoll Männer stand um ihn herum, zwei von ihnen wuschen das Blut von seinem Körper und reinigten die Wunden, die ihm zugefügt wurden, ein anderer zog ihm seine Stiefel über die blutigen Füße, die meisten jedoch schauten nur belustigt dem Treiben zu. Schließlich hakten zwei der Kräftigsten von ihnen Leonhardt unter, schleiften ihn aus dem modrigen Kellergewölbe hinaus ins Freie und warfen ihn unsanft in einen vergitterten Karren.

Leonhardt lag auf dem Rücken, bestenfalls eine handbreit Stroh zwischen sich und dem harten, unebenen Karrenboden. Sämtliche Glieder taten ihm weh, ganz zu schweigen von seinen Füßen mit den ausgerissenen Nägeln, und dennoch, angesichts der Morgendämmerung, die leuchtend rot den neuen Tag willkommen hieß, durchlief ihn ein Schauer der Seligkeit. Auf einmal schöpfte er angesichts der Erhabenheit von Gottes Werk wieder Hoffnung, dass sich alles doch noch zum Guten fügen werde.

Schwerfällig holperte das Gefährt über grobe Pflastersteine, die Hufe der Pferde hallten hohl zwischen den eng aneinanderstehenden Holzhäusern. Bislang war in der Stadt kein Mensch unterwegs. Leonhardt war es nur recht, so bekam niemand zu sehen, wie er, einem wilden Tier gleich, in einem vergitterten Karren durch die Gassen gezogen wurde, wenigstens diese Schande blieb ihm erspart.

Doch wohin ging die Reise?

Soweit er wusste, gab es in Goslar nur einen Kerker, warum hätte man ihn auch von dem einen in einen anderen bringen sollen? Der weitere Weg führte sie direkt zum Ortskern, also ging's auch nicht in eine andere Stadt. Leonhardt konnte sich keinen Reim aus der nächtlichen Prozession machen, bis sich einige hundert Schritte voraus die Häuserreihen lichteten, um Raum zu geben für einen großen freien Platz. Im Zwielicht erkannte er die Konturen des Rathauses und plötzlich fröstelte es ihn, obwohl es trotz der frühen Morgenstunde bereits recht warm war, bedeutend wärmer als im Kerker allemal.

Es war der Schatten des Galgens, der sich bedrohlich gegen den blutroten Himmel abzeichnete, und jäh erschien ihm die Morgendämmerung alles andere als beruhigend. Heute war also der Tag der Hinrichtung gekommen, und er wusste noch nicht einmal, warum er eigentlich hängen sollte.

»Halt, Moment, ihr könnt nicht so einfach …«, rief Alfred Adara hinterher, sie scherte sich allerdings nicht im Geringsten darum. »Dann geht eben hinein, ist eh egal!«, hörte sie ihn resigniert murmeln, bevor sie die Tür zu Hauptmann Dörrkamps Dienstzimmer hinter sich zuzog.

Es war früh am Morgen, und ebenso wie es draußen dämmerte, so dämmerte der Hauptmann in den neuen Tag hinein, mit offenen Augen zwar, aber dennoch anteilslos saß er auf seinem Stuhl und starrte vor sich hin.

Im ersten Moment erschrak Adara, hätte doch ein Toter nicht lebloser aussehen können, als sie allerdings sein leises Schnarchen hörte, musste sie schmunzeln.

»Herr Hauptmann, geht's Euch gut?«

Keine Reaktion. Sie versuchte es ein zweites Mal, erheblich lauter nun, Dörrkamp wollte jedoch immer noch nicht ins Hier und Jetzt zurückkehren. Angesichts dieses Trauerspiels ließ Adara endgültig sämtliche Hoffnungen fahren, dass dieser Mann die Anschuldigungen, die man gegen ihren Leonhardt erhob, ins rechte Licht rücken würde. Verärgert stupste sie ihn an und er fuhr erschrocken zusammen.

»Adara, was macht Ihr denn hier?«, fragte Dörrkamp erstaunt, nachdem er sich halbwegs gesammelt hatte.

»Ich brauche Eure Hilfe, Herr Hauptmann«, kam Adara schnell aufs Wesentliche. »Nach wie vor will ich nicht glauben, dass Leonhardt einen derartigen Unsinn verzapft hat, doch wie soll ich seine Unschuld beweisen, wenn niemand, der an seinem angeblichen Verbrechen beteiligt war, mir Rede und Antwort stehen kann, er selbst eingeschlossen? Lasst mich bitte mit ihm sprechen, nur ganz kurz – gebt mir die Möglichkeit, meinen Gatten zu sehen, ich bitt Euch!« Und um ihrer Verzweiflung Nachdruck zu verleihen, ließ sie die eine oder andere Träne kullern.

Dörrkamp indes war unsicher, ob er nicht immer noch schlief, denn kurz zuvor träumte er von Adara und nun stand sie vor ihm. »Gern würde ich Euch Euren Wunsch erfüllen, doch der Blutbann, der auf ihm liegt, verbietet, wie Ihr sehr wohl wisst, jeglichen Kontakt mit Personen außerhalb des Klerus oder der vollziehenden Gewalt. Aber vielleicht kann ich Euch anderweitig zu Diensten sein?« Er stand auf und drückte seinen Rücken durch, wodurch er ihr zumindest bis ans Kinn reichte, seinen Bauch zog er überdies so gut es ging ein. Eine stramme soldatische Erscheinung, meinte Dörrkamp von sich selbst, ein gockelhafter, eingebildeter Gnom, fand Adara.

»Ach, Herr Hauptmann, seid doch so gut und lasst mich kurz zum Leonhardt. Im Grunde sind's auch nicht Worte, die ich mit ihm zu wechseln habe«, gurrte sie und drückte Dörrkamp ganz sanft zurück auf seinen Stuhl, »wenn Ihr versteht, was ich meine.«

Vornübergebeugt stand sie vor dem Hauptmann und stützte sich mit ihren Ellenbogen auf seinem Tisch ab, ihre Bluse war so nachlässig geknüpft, dass er zwischen ihren Brüsten den Bauchnabel zu erkennen glaubte. Ihm verschlug's nicht nur den Atem, auch seine Stimme versagte ihm anfangs den Dienst.

»Und … und warum sollte ich Euch gerade *dabei* behilflich sein?«

»Sagt man nicht, der Appetit kommt mit dem Essen? Ich bin ein großes Mädchen und habe immer viel Hunger – Leonhardt wird ihn in der Kürze nicht stillen können.«

Nun war Dörrkamp nicht mehr zu halten, ungeniert starrte er ihren Busen an, der ihm förmlich aus der Bluse entgegenzuspringen schien. »Hier haben wir alle Zeit der Welt, lass mich deinen Hunger stillen, bei mir reicht's auch noch zur Nachspeise«, sagte er und leckte sich unbewusst über seine trockenen Lippen.

»Lasst mich erst zu meinem Mann, dann können wir sehen«, erwiderte Adara siegessicher. Jetzt hatte sie ihn an der Angel, seine Gier würde ihn zu Wachs in ihren Händen machen – nahm sie zumindest an. Leider fiel seine Antwort ganz und gar nicht in ihrem Sinne aus.

Klatsch – und gleich noch einmal, diesmal sogar noch lauter.

Robert zuckte zusammen bei jedem Ton. Lieber Herrgott, lass das keine Maulschellen gewesen sein.

Ein Stuhl fiel um, dann flog die Tür auf. Adara stürzte heraus, dicht gefolgt vom Hauptmann, dessen linke Wange deutlich mehr Farbe hatte als die rechte, fast ein Kunststück in Anbetracht seines ohnehin schon knallroten Kopfes.

»Ihr Lump, wie konntet Ihr nur, Herr Hauptmann?«

Dörrkamps Gesichtsfarbe wechselte nun ins Violette, sein Kopf schien ihm fast zu platzen vor Scham. Diese Schande, von einer Frau derart brüsk zurechtgewiesen zu werden, und das auch noch in Gegenwart seiner Männer. Hiervon, so meinte er seinerzeit, würden er und sein Ruf sich nie wieder erholen.

»Aber Adara, was habt Ihr denn? Was hab ich Euch

denn angetan?«, wagte er einen letzten, armseligen Versuch, größeren Schaden von sich abzuwenden.

»Ihr wisst genau, was ich meine, oder soll ich noch deutlicher werden?«

Das musste sie nicht. Hocherhobenen Hauptes verließ Adara die Wachstube, Robert und Osman in ihrem Gefolge. Zurück blieb ein Hauptmann, dem Übles schwante, was seinen Leumund betraf. Zumindest, was die nächsten Wochen anbelangte, lag er damit richtig, dafür sorgten bereits seine Soldaten, wenn auch freilich nur hinter vorgehaltener Hand.

»Und was hatte das nun wieder zu bedeuten, edle Jungfer? Seit wann bist du so zimperlich? Mit dem Hauptmann hast du's dir auf ewig verscherzt. Wie sollen wir jetzt noch mit Leonhardt sprechen?«

»Ganz einfach, mein Großer! Wir gehen ihn besuchen!«

Robert zog irritiert die Brauen hoch. »Ihn im Kerker besuchen? Wie soll das gehen? Du weißt sehr wohl, dass im Kerker keine Besuche möglich sind, schon gar nicht, wenn ein Blutbann vorliegt.«

»Wer redet denn vom Kerker? Am Pranger steht er derweil. Armer Leonhardt, hoffentlich übersteht er die Schande«, schloss sie betrübt.

Noch war die Sonne nicht vollständig über den Petersberg gekrochen, da standen die drei bereits im weiten Rund des Goslarer Marktplatzes und starrten hinüber zu Leonhardt, der am anderen Ende wie leblos am Pranger hing. Das Kinn war ihm kraftlos aufs Brustbein gesunken, seine ganze Erscheinung ein Bild des Jammers, fast schien es, als würde er sich zu Tode schämen.

»Hör auf zu winken, törichtes Weib«, zischte Osman. »So zusammengesunken, wie er da am Pfahl baumelt, kann er dich gewiss nicht sehen. Du machst nur die Wachen auf uns aufmerksam. Lass uns näher rangehen, vielleicht findet sich ein Weg, trotz der Soldaten mit ihm zu sprechen.«

Die Glocken der Marktkirche schlugen zur Laudes, doch nur wenige Goslarer gingen derart früh am Tage hinein zum Morgengebet. Vielmehr schauten sie zum Rathaus hinüber, dort, wo nahe eines der Pfeiler der junge Prospektor am Pranger hing, ringsherum ein gutes Dutzend Soldaten der Stadtwache. Die meisten Bürger kannten Leonhardt, aber nur wenige wussten bislang vom unglaublichen Verbrechen, das ihm vorgeworfen wurde, umso größer daher ihre Neugier.

Die letzten drei, die in diesem Moment an ihm glauben wollten, waren derweil, die Marktkirche im Rücken, an der Westflanke des Rathauses angelangt. Zwischen den Reihen der Soldaten hindurch suchten sie Blickkontakt mit Leonhardt, er jedoch starrte nach wie vor schamhaft zu Boden. Wer hätte es ihm auch verdenken können, schließlich gab es keine größere Schande, als an den Pranger gestellt zu werden.

Osman war zum Verzweifeln zumute. Gerade mal zehn Schritte entfernt, war Leonhardt dennoch unerreichbar. An ein Gespräch mit ihm war angesichts des undurchdringlichen Ringes von Wachsoldaten um ihn herum nicht im Traum zu denken. Er überlegte fieberhaft, wie er das Unmögliche dennoch möglich machen konnte, da erklangen, aus weiter Ferne, die Fanfarenklänge des Herolds.

Der Marktplatz füllte sich zusehends, denn wenn es etwas zu verkünden galt, fand es seit jeher hier statt, direkt vor dem Rathaus. Das war allseits bekannt unter den Bürgern Goslars, und da es immer wieder ein ganz besonderes Ereignis darstellte, wenn der Herold mit viel Aufhebens Neuigkeiten ausrief, sprang ein jeder, der die Fanfare hörte, aus seinem Bett oder ließ die Arbeit ruhen und rannte zum Marktplatz. Und selbst diejenigen, die bereits so früh am Morgen den Weg in die Kirche gefunden hatten, traten nun wieder hinaus ins Tageslicht.

Die vielen Menschen machen es auch nicht leichter, haderte Osman. Er schaute die Front des Rathauses entlang. Dem ebenerdigen Geschoss vorgelagert war eine Reihe Pfeilerarkaden, dahinter befand sich ein etwa zehn Fuß breiter Gang. Auf der Marktseite hin begrenzt durch besagte Pfeiler und auf der anderen durch eine Reihe massiver Holztore, die den Weg ins Innere des Rathauses freigegeben hätten, wenn sie denn geöffnet gewesen wären. Heute blieben sie geschlossen, und so musste das Marktgeschehen draußen stattfinden.

Osman trat mit einem langen Schritt hinein in den Schatten des Ganges. Die Soldaten standen allesamt im Halbkreis vor dem Rathaus, so also hoffte Osman, hinter den Wachleuten unbemerkt dicht genug an Leonhardt heranzugelangen, um einige Worte mit ihm wechseln zu können, immerhin stand der Pranger unmittelbar an einem Pfeiler. Möglichst dicht an den Holztoren schlich er voran, auf dass er weitestgehend im Schatten blieb und nach fünf Schritten hatte er tatsächlich den Ring der Soldaten passiert, ohne von ihnen gesehen zu werden. Weitere fünf Schritte voraus sah er Leonhardt, noch immer den Blick starr nach unten gerichtet. Osman verharrte, unsichtbar für die Soldaten, dicht an die hintere Wand gepresst, und das Herz schlug ihm bis zum Hals. Er fixierte seinen Brotgeber und betete zum Propheten, dass er endlich seinen Kopf heben und ihn sehen möge, schließlich trat er sogar einen Schritt vor und fuchtelte mit seinen Armen, doch Leonhardt machte weiterhin keinerlei Anstalten aufzublicken.

Verdammter, sturer Bock. Muss ich dir denn eigenhändig den Kopf heben, damit du mich endlich siehst?, entfuhr es beinahe Osman.

Die Fanfarenklänge dröhnten durch den Gang, als der Zug des Herolds, mit weiteren Soldaten und Schaulustigen im Schlepptau, um die Ostflanke des Rathauses bog und sich kurz darauf vor Leonhardt aufstellte. Osman fluchte leise in sich hinein und schalt sich einen Ochsen, jetzt standen sogar noch mehr Soldaten um den Pranger herum. Und dennoch, es half nichts, er musste nach vorn ins Tageslicht treten, wollte er sein Vorhaben in die Tat umsetzen.

»Was für ein eitler Geck!«, flüsterte Adara Robert ins Ohr.

»Aber Geld muss er haben – schau nur, sein Überwurf ist purpurn«, staunte Robert. Weiß Gott, nur selten hatte er purpurne Kleider zu sehen bekommen. Wenn er sich recht besann, kam ihm nur der Cöllner Bischof in den Sinn, der so gewandet war. Und nun kam ein Herold mit einem Umhang daher, dessen Färbung bereits ein Vermögen gekostet haben musste. »Du musst wissen, dass purpurner Farbstoff aus Seeschnecken gewonnen wird und ausgesprochen selten …«

Weiter kam er nicht, denn Adara stieß ihm kräftig ihren Ellenbogen in die Rippen. »Gib Ruhe, Theodor ist auch hier!«

Robert folgte Adaras Finger. Dicht am Marktbrunnen stand der alte Mann. Der Schatten des Goslarer Wappentieres, ein Adler mit ausgebreiteten Flügeln auf den Schalen des Brunnens thronend, fiel auf Theodors Gesicht. Mit versteinerter Miene starrte er zu seinem Neffen hinüber. Offenbar setzte ihm das unwürdige Spektakel übel zu, denn er musste sich von zwei seiner Männer stützen lassen. Ein Grund mehr, den armen Leonhardt zu rehabilitieren, dachte Robert traurig angesichts Theodors Elend.

»Bürger und Bürgerinnen Goslars!«

Augenblicklich verstummte die Menge, alle wollten erfahren, was der junge und dennoch schon geachtete Prospektor verbrochen haben mochte.

»Hört die Proklamation im Auftrag des Vogtes, niedergeschrieben am siebten Idus des Monats September im Jahre des Herrn 1234!« Bedeutungsvoll rollte der Herold ein Pergament aus. »Angeklagt und eindeutig der Schuld überführt wurde Leonhardt zu Steuben, Prospektor der Stadt Goslar, sein Amt in niederträchtigster und betrügerischer Weise zu seinem eigenen Nutzen missbraucht zu haben!«

Das Volk brauste auf. Empörtes Stimmengewirr und übelste Schmährufe wurden laut, sodass der Herold kurz innehalten musste.

»Wo ist eigentlich Osman?«, fragte Adara und suchte

die unmittelbare Umgebung von Leonhardt ab, natürlich, ohne fündig zu werden.

Robert, der seinen Freund dabei beobachtet hatte, wie er rückwärts im Schatten des Ganges verschwunden war, deutete mit einem knappen Nicken die Richtung an und Adara zögerte nicht lange, ihm zu folgen. Es dauerte eine Weile, bis sich ihre Augen vom hellen Tageslicht an die Dunkelheit gewöhnt hatten, dann entdeckte sie ihn bei seinen vergeblichen Versuchen, Leonhardt auf sich aufmerksam zu machen. Weiter nach vorn schien er sich nicht wagen zu wollen, kein Wunder in Anbetracht der vielen Soldaten. Vorsichtig trat sie wieder aus dem Gang hinaus ins Freie, sorgsam darauf bedacht, dass nicht einer der Wachmänner durch ihr plötzliches Auftauchen auf Osman aufmerksam werden würde.

»So hört nun die gerechte Strafe, auf dass sie eine Warnung sei für alle anderen, besonders freilich demjenigen, der seinem Amt als Prospektor folgen wird!«

Das Volk verstummte in gespannter Erwartung dessen, was der Herold ferner verlauten würde. Leonhardt hingegen ließ alles teilnahmslos über sich ergehen. Wie versteinert verharrte er am Pranger, der eigentlich nur ein oberschenkeldickes, acht Fuß hohes Rundholz mit Metallbeschlägen und Ketten war, kerzengerade in die Höhe ragend.

»Der Verurteilte wird von nun an bis zum morgigen Sonnenuntergang am Pranger allen Bürgern der Schande bloßgestellt, bis der Henker ihn richten werde, wenn die Nacht zum Sonntag beginnt. Dort wird er eine ganze Woche lang neben seinem Spießgesellen Anton Bergmann hängen, dessen Fluchtversuch aus dem Kerker die Schuld der beiden de facto bewiesen hat!«

Adara blieb das Herz stehen. Natürlich hatte sie solch eine Strafe befürchtet, doch musste es so bald sein?

Die Meute indes jubelte. Obwohl jeder mit einem Todesurteil gerechnet hatte, brannte dennoch vielfach Freude auf in Erwartung des morgigen Spektakels.

»Henker, walte deines Amtes!«, rief der Herold mit Verve zum Galgen hinüber, und tausend Augenpaare richteten sich daraufhin auf jenen Ort zwischen dem Rathaus und der Marktkirche, der immer wieder gut war für den einen oder anderen wohligen Schauer. Der Henker ließ sich nicht lange bitten und zog an einem Seil. Zuerst hoben sich die Beine des armen Anton vom Boden des Galgenpodestes, dann, nach und nach, folgte der Rest des alten Mannes. Es war ein schauriges Bild, wie die Leiche, an den Füßen am Seil angebunden, Stück für Stück vom Henker nach oben gezogen wurde. Einige starrten ehrfürchtig zum alten Anton, der, allseits beliebt und geachtet in Goslar, nun zur Schau gestellt wurde wie ein gemeiner Dieb. Die überwiegende Mehrheit jedoch johlte vergnügt, einige lachten gar laut und gehässig. Aber selbst den Schadenfrohesten verschlug es für einen Moment den Atem, als schließlich den Schultern nur ein blutiger Stumpf folgte und bald darauf eine kopflose Leiche träge im Wind schaukelte.

Einige Frauen kreischten angesichts des makaberen Bildes, Kinder fingen an zu weinen oder lachten, je nachdem, wie sie geraten waren, und selbst Leonhardt hob nun seinen Kopf, um zu sehen, was denn die blutgeile Meute derart in Unruhe zu versetzen mochte. Sofort fiel sein Blick auf Robert, der zwischen ihm und dem Galgen stand und alle um eine gute Kopfhöhe überragte. Dann sah er Adara und das Herz wollte ihm zerspringen angesichts der Unmöglichkeit, seine Liebste je wieder in den Armen halten zu können. Deutlich stach sie aus der Menge heraus, und das nicht nur wegen ihres leuchtend roten Haares, denn im Gegensatz zu den anderen hatte sie dem grausigen Geschehen den Rücken zugekehrt. Sofort fanden sich ihre Blicke. Er sah ihr tief in die Augen, versuchte, seinen Blick tapfer und zuversichtlich wirken zu lassen, was ihm jedoch kläglich misslang, nur zu deutlich konnte Adara darin seine Angst lesen. Vergeblich kämpfte sie gegen die Tränen an, die Lage war aussichtslos.

Aber nein, noch lebte er, kein Grund also, sämtliche Hoffnungen fahren zu lassen. Und da Osman nicht fern war, bestand zumindest eine vage Chance, diese vermeintlich ausweglose Situation doch noch zu einem guten Ende zu führen. Mit einem knappen Nicken gab sie Leonhardt zu verstehen, wohin er seine Aufmerksamkeit zu richten habe. Irritiert schaute er in den dunklen Gang hinein.

»Osman!«, entfuhr es ihm, ebenso überrascht wie laut. Laut genug, um von den Soldaten gehört zu werden.

Osman meinte, er höre nicht recht.

Erst machte Leonhardt keinerlei Anstalten, auch nur mit dem Lid zu zucken, stattdessen hing er wie tot im Kettengeschirr des Prangers, doch plötzlich kam völlig unerwartet Leben in ihn und sofort posaunte er lauthals seinen Namen heraus.

»Ei, wen haben wir denn da?«

Diese Frage kam eindeutig nicht von Leonhardt. Osman drehte sich um und sah in die brutalen Augen eines waffenstarrenden Wachsoldaten.

»Du kommst mir bekannt vor, also red schon, wie heißt du und was hast du hier verloren?«

»Ich wollte ins Rathaus hinein, zum Marktstand der Rosie, Wurzeln kaufen für meinen Herrn. Doch die Tore sind fest verrammelt. Wird wohl heut nichts mit dem Markt, scheint's?«, erwiderte Osman und versuchte, dabei möglichst dümmlich zu wirken. Nebenbei schob er sacht die Lanze zur Seite, die auf seine Brust zielte.

»Scheint so, ganz recht«, meinte der Soldat abwesend. Offenbar rätselte er noch, woher er Osman kannte.

»Dann geh ich halt wieder. Morgen ist auch noch ein Tag«, wagte Osman einen kläglichen Versuch, sich davonzustehlen.

»Du bleibst hier, Bürschchen! Bist du so dämlich oder willst du mich nur für dumm verkaufen, siehst du nicht, was heute los ist? Wie kannst du denken, dass Markttag wäre bei solch einem Auflauf?« Unschlüssig musterte der Wachmann sein Gegenüber. »Sag mir, wie man dich ruft, sonst mach ich dir ein feines Löchlein in dein Wams – und komm ins Licht, dass ich dich sehen kann!«

Osman trat zögerlich einen Schritt nach vorn. Die Mühe, sich einen Namen auszudenken, machte er sich erst gar nicht. Zweimal hatte ihn der Soldat bereits in der Wachstube zu Gesicht bekommen. Spätestens wenn er im vollen Licht stünde, würde ihn der Lanzenträger gewiss wiedererkennen, immerhin waren Orientalen nur selten diesseits des Mittelmeers anzutreffen.

»Ja, da hol mich doch … – du bist doch der Gehilfe des Prospektors! Und du willst für deinen Herrn Wurzeln holen? Erwartest du ihn denn so rasch zurück oder willst du sie auf sein Grab pflanzen?«

Die Lanze drückte hart gegen Osmans Brustbein. Jetzt

wurde es brenzlig, und von Robert war weit und breit nichts zu sehen. Wo steckte er nur wieder, wenn man ihn brauchte?

Adara erlebte die Augenblicke zuvor wie in einem Albtraum. Sie wusste zwar, was geschehen würde, doch war sie wie gelähmt, unfähig, das Kommende abzuwenden. Sie sah Leonhardt, wie er in den Gang hineinschaute und sich unmittelbar daraufhin seine Lippen bewegten, offenbar etwas rufend. Und ihr blieb auch nicht verborgen, dass einer der Soldaten seinem Blick folgte und kurz darauf im dunklen Gang hinter den Säulen verschwand.

Osman war verloren, wenn nicht gleich etwas geschah, und urplötzlich hatte sie eine Idee.

»Nein Robert, du darfst unsern Herrn nicht befreien!«, rief sie ihrem verdutzten Begleiter entgegen, laut genug, dass es auch jeder hören konnte.

Robert sagte nichts, wohl wissend, dass nun auch Theodor vom Brunnen aus zu ihnen herüberstarrte. Ein ratloser Blick reichte aus, um seine Frage zu formulieren.

»Nein, halt ein, mach es nicht noch schlimmer!«, schrie Adara und umklammerte Robert, gerade so, als wolle sie ihn festhalten, obwohl er keinerlei Anstalten machte, sich zu bewegen. Schließlich gab sie ihm einen kräftigen Stoß in Leonhardts Richtung und endlich verstand auch er. Er sah ihr ein letztes Mal in die Augen, ihr Blick verhieß Mitgefühl, dann setzte er sich in Bewegung und die Schaulustigen zwischen ihm und den Wachleuten wichen ängstlich zurück.

Das Durcheinander war perfekt.

Frauen schrien entsetzt auf und sprangen zur Seite, und sogar die Männer zeigten keinen Eifer, sich dem tumb grunzenden Koloss entgegenzustellen.

»Helft mir und haltet ihn auf, sonst gibt's ein Unglück!«, schrie Adara in den Gang hinein. Als daraus ein unschlüssig erscheinender Wachmann ans Tageslicht trat, bestätigte sich, was Robert bereits geahnt hatte – Osman war in Schwierigkeiten und er, Robert, musste es wieder einmal richten.

»Schaff Verwirrung«, raunte ihm Adara zu, und genau das hatte er nun vor. Er vergaß die blauen Flecken, die er von der gestrigen Prügelei auf Theodors Hof zurückbehalten hatte und bereitete sich darauf vor, das zu tun, was er am besten konnte – gegen eine schier erdrückende Übermacht zu kämpfen.

Warum nur immer ich?, haderte Robert einmal mehr mit seinem Schicksal.

Warum immer ich?, meinte auch Osman. Wieder einmal, wie erst wenige Monate zuvor in Hildesheim, spürte er die Lanzenspitze eines Stadtsoldaten auf seiner Brust.

»Also, was ist, Saulump, was hast du hier verloren?«

Osman antwortete nicht, was hätte er auch sagen sollen? Für Wortwechsel war noch genügend Zeit, später auf der Wachstube. Resigniert hob er die Arme als Zeichen seiner Unterwerfung, da brandete plötzlich Unruhe auf. Frauen schrien, Kinder weinten und Männer fluchten, doch nicht nur das, zwischen all dem Gebrülle und Gezeter hörte er auch noch eine ihm wohlbekannte Stimme, die grunzte und brummte ohne Sinn und Verstand.

Robert spielte also die Rolle weiter, die ihm in Theodors Heim aufgezwungen wurde. Ein guter Gedanke in der jetzigen Situation. Wirkte er bereits beunruhigend einzig wegen seiner kolossalen Gestalt, so vermochte er als dumpf dahergrunzender Hohlkopf zweifellos Angst und Schrecken zu verbreiten.

Doch half es ihm selbst weiter?

Sein waffenstarrendes Gegenüber schien der Krawall jedenfalls nicht zu kümmern. Und auch als eine Frauenstimme, eindeutig Adaras, verzweifelt um Hilfe bat, ließ der Wächter nicht von ihm ab. Erst als seine Kameraden ihn herbeiriefen, wurde er unschlüssig. Unsicher starrte er durch die Pfeiler hindurch zum Marktplatz, was zum Teufel dort gerade vor sich gehe. Der Ruf seines Leutnants schließlich trieb ihn nach draußen.

»Rühr dich nicht vom Platz, sonst ergeht's dir übel!«, befahl er und verschwand fürs Erste.

»Freilich bleib ich hier und warte auf dich, du Dämlack«, flüsterte Osman wenig beeindruckt. Nun galt es, keine Zeit mehr zu verschwenden. Rasch stand er am Pfeiler, der dem Pranger am nächsten lag, zwar immer noch im Zwielicht des Ganges, aber dennoch in Leonhardts Hörweite.

Leonhardt indes konnte sich keinen Reim auf Roberts eigentümliches Verhalten machen. Warum zum Teufel gebärdete er sich plötzlich wie ein wild gewordener Schafskopf? Selbst sein riesenhafter Freund, ob nun bei

Verstand oder nicht, würde gewiss scheitern, sollte er es tatsächlich mit sämtlichen Wachsoldaten zugleich aufnehmen wollen. Ebenso unerklärlich war ihm Osmans Verhalten. Warum seine rechte Hand auf dem Plan erschien, war ihm ein weiteres Rätsel.

Gebannt und sich selbst einen verdammten Narren scheltend, dass er dermaßen lautstark Osman beim Namen gerufen hatte, verfolgte er die bedrohliche Szene mit dem Wachmann und atmete schließlich erleichtert auf, als der Soldat sich davonmachte.

Doch was sollte folgen? Sein Freund konnte unmöglich versuchen, ihn vor aller Augen vom Pranger zu befreien …

Kaum war der Wachmann verschwunden, sprang der Alexandriner nach vorn, heraus aus der schützenden Finsternis des Ganges. Nun war er nur noch zwei, drei Schritte vom Pranger entfernt und drückte sich fest an die der Sonne abgewandten Seite des nächststehenden Pfeilers.

»Leonhardt, rasch, sag mir, wer dir das angetan hat!«, flüsterte er.

Der Prospektor öffnete seinen Mund, versuchte zu antworten, doch seine Zunge, schwer wie Blei, wollte ihm nicht gehorchen.

»Leonhardt, verdammt, gib Laut, ich kann hier nicht ewig bleiben!«

»Adaras Galan!«, waren die einzigen Worte, die Leonhardt zustande brachte, bevor ihm die staubtrockene Zunge wieder am Gaumen festklebte.

Osman hatte genug gehört. Er warf Leonhardt einen letzten, aufmunternden Blick zu, dann verschwand er wieder in der Dunkelheit des Ganges. Für einen Augenblick schaute er an den Pfeilern vorbei hinaus auf den Marktplatz und erschauderte. Robert stand dort, ihm gegenüber eine beängstigende Übermacht. Wachsoldaten, alle bis an die Zähne bewaffnet und kampfbereit. Robert war zwar bärenstark, aber ganz sicher nicht unverwundbar, dennoch schien er gewillt, es auf eine Konfrontation ankommen zu lassen. Zum ersten Mal hatte Osman Angst um seinen Freund.

Auch Robert war nicht wohl zumute bei den gut zwei Dutzend Lanzen, die allesamt auf seinen Körper gerichtet waren. Bisher war es nicht zum offenen Kampf gekommen, doch er schien unvermeidlich. Osman brauchte Zeit, um mit Leonhardt zu sprechen, und diese Zeit war Robert bereit, seinem Freund zu verschaffen. Erneut gab er ein kehliges Knurren von sich, und wieder schraken die Soldaten zurück. Keiner von ihnen hatte bislang den Mumm, auf den tumben Koloss loszugehen.

Leonhardt bewegte seine Lippen, ganz deutlich für Robert zu erkennen. Gottlob hatten ihm sämtliche Soldaten den Rücken zugewandt, sodass ihnen diese Geste verborgen geblieben war.

Robert verharrte unschlüssig. Hatte er Osman genügend Zeit verschafft? Sollte er seine Drohgebärden fortsetzen oder lieber klein beigeben?

Einige Momente haderte er, da kam Adara von hinten angerannt und zog ihn weg von der Meute.

»Osman ist in Sicherheit, schnell weg hier!«, raunte sie ihm zu, bevor sie sich gestenreich bei den Soldaten für Roberts ungebührliches Verhalten entschuldigte.

Einige Augenblicke später, während die Soldaten noch rätselten, was sie mit dem Raufbold anfangen sollten, war er gemeinsam mit Adara in der Menge verschwunden, Osman folgte ihnen.

Junker Gottfried

»Himmel Arsch! Wie viel Kerlen hast du eigentlich noch den Kopf verdreht?«

»Jeder macht das, was er am besten kann! Bei Osman ist's das Köpfchen, bei dir sind's die Muskeln, und ich bin gut in Liebesdingen.«

»Aber hast du denn gar kein Schamgefühl?«

Wieder einmal stemmte sie ihre Hände in die Hüfte, um ihren Worten Nachdruck zu verleihen, und wieder einmal war Robert sofort verzaubert von dieser Geste. »Andern die Nase zu brechen oder die Zähne auszuschlagen, ist in deinen Augen also weniger verwerflich?«

»Jedenfalls tut's nicht so lange weh!«

Adara machte ein Gesicht, als habe sie nicht richtig gehört. Sie schaute zu Osman, der allerdings so klug war und sich aus dem Gezanke heraushielt.

»Oh, ein Feingeist, ein Poet gar. Wer hätte das vermutet unter dieser rauen Schale!«

»Ach, rutsch mir doch den Buckel runter!« Robert verzog säuerlich die Mundwinkel. Jetzt machte sich das Weibsbild auch noch über ihn lustig. Am liebsten hätte er sie spüren lassen, was er nach ihrem Dafürhalten am besten konnte.

»Hört schon auf mit den kleinlichen Vorwürfen«, wagte Osman, wieder etwas zu sagen. »Auch ihr habt gehört, was Leonhardt blüht, wenn wir nicht bis morgen Abend seine Unschuld beweisen können. Schon bald, und es ist Mittag, und bislang wissen wir noch nicht einmal, wer Adaras Galan wohl sein mag.«

»Die Liste wird lang sein – wer weiß, ob die Zeit noch reicht«, murmelte Robert.

»Da kommt eigentlich nur Junker Gottfried infrage«, erwiderte Adara unbeeindruckt. »Er stellt mir nach, seitdem er mich das erste Mal gesehen hat. Bei der Morgenmesse im Dom war's, wenn ich mich recht entsinn.«

»Ein Edler also – wird schwer, an ihn heranzukommen!«

»Kein Edler, Osman! Gottfried ist von bürgerlicher Herkunft, sein Vater betreibt die meisten Verhüttungsöfen Goslars. Dennoch rufen ihn alle Junker, weil er unbedingt Ritter werden will, obwohl's von der Geburt her nicht angemessen ist. Er verbringt den ganzen lieben langen Tag mit Ritterspielen in der Hoffnung, ein Fürst lässt ihn eines Tages doch noch die Ehre zuteil werden.«

»Und von solch einem armseligen Tropf lässt du dir den Hof machen?«

»Glaub mir, ich habe ihn nie dazu ermutigt! Doch was soll ich machen, er hängt an mir wie eine Klette. Offenbar will er's nicht wahrhaben, dass ich nicht interessiert bin.«

»Offenbar steht der Kerl mit der Wirklichkeit auf dem Kriegsfuß!«

Adara zuckte mit den Schultern.

»Und wer soll ihm auf den Zahn fühlen?«

Adara wehrte sofort ab. »Ich ganz sicher nicht, denn mir wird er bestimmt nicht verraten, dass er Leonhardt in den Kerker gebracht hat. Robert wäre gewiss besser geeignet. Gottfried spielt sich gern als starker Krieger auf, zudem braucht er ab und an Gegner für seine Waffenübungen.«

Robert nickte. Wieder einmal war er es, der den Kopf hinhalten musste, wenn es handfest zur Sache ging. »Dann will ich halt dem Narren die Wahrheit entlocken, notfalls mit Gewalt, wo ich doch am besten dafür geeignet bin!«, bot er sich an, ironisch überspitzt und dennoch überzeugt, dass tatsächlich nur ihm diese Aufgabe auf dem Leib geschneidert war.

»Aber unterschätz ihn nicht«, mahnte Adara, »er lebt zwar in seiner eigenen Welt, dennoch ist er nicht ungefährlich. Sein Vater hat Geld wie der Bauer das Heu. Und wenn er auch keine echten Freunde haben mag, so kann er sich welche nach Belieben kaufen. Sie gehorchen ihm aufs Wort, egal, was für einen Unsinn er von ihnen verlangt.«

»Gut zu wissen«, meinte Robert, »doch wie werde ich mit ihm warm, und das in so kurzer Zeit?«

»Gib dich einfach als Knappe eines in der Schlacht gefallenen Ritters aus, dann wird er dich mit Freuden in seinem Tross aufnehmen«, musste Adara nicht lang überlegen. »So, und jetzt mach endlich, bald ist Mittag, und wir sind noch keinen Deut weiter!«

»Und denk dran, Robert, nach wie vor stehen auch wir im Verdacht, Leonhardt geholfen zu haben, erst recht nach unserem Verhalten am Marktplatz. Sieh zu, dass du die Wahrheit aus ihm rausbekommst!«, mahnte Osman.

»Freilich, nichts leichter als das. Ich soll ihn also nur dazu bringen, einem Fremden zu verraten, wie er Leonhardt ein Verbrechen unterschob! Und das, wo doch Verleumdung übelste Bestrafung nach sich zieht!«

»Der Weingeist wird da helfen. Er löst die Zunge, und ich weiß, dass Gottfried ihm ausgesprochen zugetan ist, so wie jeder Ritter, der was auf sich hält!«

Das mag ja sein, dachte sich Robert, allerdings wusste er von sich nur zu gut, dass besagter Weingeist auch bei ihm rasch seine Wirkung zeigte.

Doch was half's schon, er musste Gottfried die Wahrheit entlocken. Und gnade ihnen allen Gott, wenn der selbsternannte Ritter nicht die Schuld am ganzen Elend trug, denn für einen weiteren Versuch fehlte ihnen nunmehr schlichtweg die Zeit.

Die Hütten lagen abseits der Stadt, ungefähr eine Meile in südwestlicher Richtung, da der Wind zumeist aus östlicher Richtung wehte und die Verhüttungsdämpfe nicht über Goslar ziehen sollten. Inmitten der vielen, überdachten Schmelzöfen lag das Anwesen ihres Betreibers Ullrich Brennecke und seiner Familie, umgeben von einer hohen, massiven Mauer. Auch das Haus war von Grund auf aus behauenen Steinen errichtet. Der Mann musste sehr vermögend sein, steinreich sozusagen, denn nur wenige konnten sich leisten, so zu bauen.

Robert klopfte ans einzige Tor der Befestigung, und eine winzig kleine Klappe wurde geöffnet. Da für gewöhnliche Menschen bemessen, musste sich Robert krumm machen, um hindurchsehen zu können.

»Was willst du?«, wurde er angeherrscht, und der Tonfall der Frage war ebenso feindselig und abweisend wie die Mauer rings ums Haus.

»Ich höre auf den Namen Robert, Herr! War Knappe und langjähriger Gefolgsmann des im Rheinland allseits bekannten und geehrten Ritters Kunibert von Dormagen. Bin auf der Suche nach einem neuen Herrn, nachdem der meine vom Fieber dahingerafft wurde.«

»Du bist ein richtiger Knappe?« Der Mann auf der anderen Seite der Klappe wirkte überrascht. »Wie kommst du ausgerechnet hierher?«

»Man sagte mir, wenn die Dienste eines Knappen in Goslar überhaupt gefragt würden, dann wäre hier der rechte Ort dafür! Ich hoffe freilich, nicht einem üblen Schabernack aufgesessen zu sein?«

»Nein, nein, du bist hier schon recht, ganz gewiss – der junge Herr wird begeistert sein«, beeilte sich der Mann durch die Klappe zu sagen, dann hörte Robert bereits, wie der Riegel zurückgeschoben wurde. »Komm nur herein, ich bringe dich gleich zu Junker Gottfried, und stoße dir nicht den Kopf an, das Portal ist nicht für deinen Schlag gebaut.«

Robert ging durchs Tor, den Kopf eingezogen wie ihm geheißen, und fand jenseits eine ganz andere Welt vor. Bestimmt hundert Schritte weiter hinten lag das Anwesen der Brenneckes. Bis auf die enormen Ausmaße stellte es keine Besonderheit dar, vielmehr irritierte Robert, was zwischen ihm und dem Haus gelegen war.

»Ein Turnierplatz, ihr habt einen Turnierplatz vor der Tür?« Robert schüttelte ungläubig seinen Kopf.

»Ja, hat man dir denn nichts Näheres erzählt?«

»Nein, nur, dass ich hier richtig wäre.« Robert stockte und schaute bewundernd auf die prächtige Anlage, die vor ihm lag. »Himmel Arsch, solch eine fabelhafte Arena sieht man sonst nur zu Hofe!« In Wirklichkeit hatte er noch nie eine zu Gesicht bekommen.

»Nun, unser Herr, und vor allem sein Sohn Gottfried, hegen eine besondere Leidenschaft für Ritterangelegenheiten. Einmal im Jahr kommen Rittersleut von allüberall her und messen ihre Kräfte – gegen eine fürstliche Belohnung für den Sieger, versteht sich. Die restliche Zeit übt sich unser junger Herr hier in den verschiedenen Disziplinen.«

»Du nanntest ihn Junker. Ist das denn ein Haus edlen Geblüts?«

»Nenn ihn einfach Junker, mehr musst du nicht wissen!«, antwortete der Bedienstete brüsk. Offenbar hatte Robert ein Thema aufgeworfen, das zwischen diesen Mauern besser unausgesprochen blieb. »Aber schau, da kommt er schon!«

Ein Riese hielt auf sie zu, annähernd so groß wie Robert und ebenfalls von kräftiger Statur. Er war vollständig eingerüstet, es quietschte und schepperte bei jedem seiner Schritte. Schließlich stand er ihnen gegenüber.

Bestenfalls drei handbreit mochten ihm zu Roberts Größe fehlen. Seine schwarzen Haare waren dicht und voll, wild fielen sie ihm hinunter bis weit über die Schultern hinaus. Weniger voll war sein Bart – obwohl bestimmt lange nicht mehr kupiert, wollte er offenbar nur spärlich wachsen. So wie bei einem Heranwachsenden, dabei war Gottfried nach dem Wenigen, was Adara über ihn zu berichten wusste, schon gute dreißig Jahre alt. Doch nicht allein der Bart strafte sein eigentliches Alter Lügen, der Ausdruck in seinem Gesicht erschien unreif, vielleicht auch nur dümmlich, Vorsicht war bei ihm jedenfalls allemal geboten.

Aug in Aug musterte Gottfried den Fremden und wirkte verunsichert. Offenbar hatte er noch nie einen Mann angetroffen, der größer war als er selbst.

»Herr, darf ich Euch bekannt machen mit Robert …«

»Und, wen kümmert's?«, zeigte er sich wenig interessiert.

»… Knappe des Ritters Kunibert von Dormagen!«

Mit einem Mal wich die Feindseligkeit aus Gottfrieds Antlitz und er strahlte übers ganze Gesicht. »Ein Knappe, schau an! Heinrich, wieso hast du mir das nicht gleich gesagt?«

Heinrich senkte zerknirscht seinen Kopf.

»Dein Herr muss ein großer Ritter gewesen sein, wenn er einen Riesen wie dich satt machen konnte!«

»Aber ja doch, Ritter Kunibert war ein großartiger Recke, allseits bekannt in Euren Kreisen. Ihr müsst ihn kennen!«

»Sicher, Ritter Kunibert«, tat Gottfried so, als erinnere er sich – an einen Mann wohlgemerkt, den Robert eben erst erfunden hatte. »Freilich ist er mir bekannt, ein brillanter Kämpfer, sein Mut und seine Kraft sind legendär. Doch wo ist er abgeblieben, warum hast du ihn nicht mitgebracht?«

Robert sah, wie sich Gottfrieds Wangen röteten, lügen war jedenfalls sein Ding nicht. Das sollte ihm die Aufgabe leichter machen. »Das Fieber tat, was keiner seiner Gegner zuvor vollbringen konnte. Es hat meinen Herrn niedergemacht«, erwiderte Robert traurig.

»Was für ein Verlust«, meinte Gottfried und senkte seinen Kopf. »Und was führt dich zu mir? Etwa Nachricht von Kunibert?«, brach schließlich Gottfried das Schweigen.

»Nein, Herr, nur die Hoffnung eines waffen- und kampferprobten Knappen auf standesgemäße Arbeit. Seitdem mir mein Herr genommen wurde, habe ich nur noch mindere Arbeiten verrichtet. Ich will endlich wieder einem Ritter dienen. Herr, lasst mich Euer Knappe sein!«

Gottfried fühlte sich geschmeichelt, vom Knappen des berühmten Kunibert von Dormagen seine Dienste angeboten zu bekommen. Dennoch ging ihm der Riese die Sache etwas zu forsch an.

»Leiste mir fürs Erste Gesellschaft zu Tisch, dann werden wir sehen!«

Robert musste lange überlegen, wann er so reichlich gegessen hatte. Kein Wunder, dachte er sich, dass Gottfried so hoch aufgeschossen war, ebenso wie bei sich selbst schien das üppige Essen sein Wachstum beschleunigt zu haben. Obwohl, dann hätte auch Osman ein Riese sein müssen, und nicht, wie tatsächlich, kaum größer als ein Zwerg.

»Du hast einige Zeit nichts zu Beißen bekommen, scheint's? Habe selten jemanden so zulangen sehen«, meinte Gottfried laut schmatzend und ließ einen satten Furz fahren. Die Köchin, gerade einen weiteren Teller mit gebratenem Kaninchen auf den Tisch stellend, grinste zufrieden.

»Kein Wunder, Eure Köchin ist eine wahre Künstlerin. Wer könnte da schon widerstehen?«, entgegnete Robert und beeilte sich, einen lauten Rülpser hinterherzuschicken, wodurch ihr Lächeln noch breiter geriet.

»Ja, weiß Gott, unsre Mathilde ist eine Meisterin ihres Fachs, da macht ihr kein Wirt in Goslar etwas vor! Doch erzähl weiter, wie es dir mit Kunibert in Jerusalem erging.«

Die Glocken des Doms schlugen zur Non, zur nachmittäglichen Messe, und ermahnten Robert, nun endlich selbst etwas in Erfahrung zu bringen. Bislang hatte er nur eine Lügengeschichte nach der nächsten über den frei erfundenen Ritter Kunibert und seine Abenteuer zum Besten gegeben.

»Freilich, später gern! Doch sagt, lieber Herr, heut Morgen auf dem Marktplatz gab's ein reichliches Spektakel, ein armer Teufel hing dort am Pranger. Wisst Ihr Näheres drüber?« Robert begann, das Thema in gewünschte Bahnen zu lenken, insgeheim hoffend, dass Gottfried nicht dort war oder ihn zumindest nicht erkannt hatte, als er sich mit den Stadtwachen anlegte.

»Freilich weiß ich's, ist sogar ein guter Bekannter, und ich hab's verpasst! Wenn der Herold mit Fanfaren durch die Stadt zieht, bekommen wir hier draußen leider nichts zu hören. Allerdings konnte die Küchenmagd berichten, sie war zum Markt, Gewürze holen.« Unvermittelt musste Gottfried grinsen, offenbar belustigt vom Folgenden. »Den Prospektor Leonhardt zu Steuben haben sie an den Pranger gebunden, anscheinend hat der Lump aufs Übelste sein Amt missbraucht.«

Robert musterte sein Gegenüber. Gottfrieds blassblaue Augen schauten in die Ferne, offenbar schweiften seine Gedanken ab. Aus seinem Mienenspiel meinte Robert Triumph und eine äußerst gehässige Form von

Genugtuung ablesen zu können. »Ihr kennt den Mann, doch scheint Ihr nicht viel für ihn übrig zu haben«, wagte Robert einen Vorstoß, um mehr von Gottfried zu erfahren.

»Nicht für ihn, aber umso mehr für sein Weib!« Gottfried unternahm nicht einmal den Versuch, sein Interesse an Adara für sich zu behalten.

Benahm sich so ein Verleumder?

Eigentlich nicht, möglicherweise fühlte er sich allerdings auch zu sicher und unantastbar in seiner Position, um Vorsicht walten zu lassen.

Wenn dem so war, erwog Robert weiter, sollte es ihm umso leichter fallen, Gottfried ein Geständnis zu entlocken, und wenn's nur dessen Drang zur Prahlerei geschuldet war.

»Was für eine günstige Fügung für Euch, dass dem Prospektor nun der Prozess gemacht wird«, schlussfolgerte Robert provozierend.

Gottfrieds Gesicht versteinerte sich. »Bursche, was erlaubst du dir? Wie sollte das Unglück eines anderen mein Glück sein? Ich bin durchaus in der Lage, mein Schicksal selbst in die Hand zu nehmen.«

Mach nur weiter, dachte sich Robert, erzähl mir, wie du die verzwickte Lage zu deinen Gunsten drehtest. Doch Gottfried verstummte, offensichtlich war er vorsichtiger, als es anfangs den Anschein machte.

Eine Magd betrat den Speiseraum, um die Teller abzuräumen. Obwohl sie ihre Augen auf den Boden gerichtet hatte, fiel ihr Blick schließlich doch auf Robert. Sie stockte, und als er seinen Mund öffnete, um etwas zu sagen, ließ sie eine Schüssel fallen.

Die Magd vom Marktplatz, dachte Robert.

Gottfried hingegen bemerkte nicht ihre Verunsicherung, er sah nur das Geschirr mit der darin befindlichen Suppe zu Bruch gehen. Mit drei langen Schritten baute er sich vor ihr auf und schlug ihr dermaßen kräftig ins Gesicht, dass sie mit Schwung gegen einen Stapel Brennholz krachte und wie tot daran herabrutschte. Bewusstlos blieb sie zwischen den Holzscheiten liegen.

»Schafft mir das ungeschickte Weib aus den Augen!«, befahl Gottfried und flüsterte seinem Knappen, dem allgegenwärtig anwesenden Heinrich, noch rasch etwas zu. Bis auf Peitschenhiebe konnte Robert zwar nichts verstehen, allerdings genügte es, um das Bild, das er sich von Gottfried gemacht hatte, zu bestätigen. Der verwöhnte Bursche war jähzornig, brutal und selbstgefällig, beste Voraussetzungen für einen Ritter. Dass er nicht sonderlich hell im Kopf war, wie Robert bei den Gesprächen zu Tisch feststellen konnte, war freilich kein Hindernis, waren doch die wenigen Ritter, die in den Gasthöfen auf ihrer langen Reise ihren Weg kreuzten, in der Regel nichts anderes als rücksichtslose Raufbolde, am besten, man hielt sich fern von ihnen.

Gottfried rieb sich die Knöchel und grinste. Wenn der Schlag dem riesenhaften Kerl Schmerzen bereitet hatte, mochte Robert gar nicht daran denken, wie es der armen Magd wohl ergangen sein mochte. Zu zweit packten sie sie unter den Achseln und schleiften sie hinaus, noch immer rührte sie sich nicht.

Für gewöhnlich hätte Gottfrieds Brutalität Robert die Galle hochgetrieben, diesmal allerdings kam ihm der Zwischenfall nicht ungelegen, flog sein Schwindel nunmehr nicht so rasch auf. Wer weiß, dachte er sich, vielleicht würde sie ihr Wissen um seine wundersame Wandlung vom hirnlosen Haudrauf zum redegewandten Abenteurer ganz für sich behalten, sei es aus Rache oder Angst vor weiteren Schlägen. Angesichts des leblosen Bündels, das die beiden Knechte hinaustrugen, war es auch nicht ausgeschlossen, dass sie nie wieder den Mund öffnete.

»Weiber, nur zu einem zu gebrauchen!«, ließ Gottfried verlauten, bevor er ein dreckiges Lachen hinterherschickte.

Robert grinste zurück und hoffte, es möge nicht allzu gequält aussehen. Selten zuvor hatte er eine derartige Lust, einem Menschen Schmerzen zuzufügen, stellvertretend für die Magd, aber auch im Namen von Leonhardt, dem Gottfried dermaßen übel mitgespielt hatte. Dass er an dessen Elend die Schuld trug, stand für Robert nunmehr eindeutig fest. Er wollte den brutalen Kerl leiden sehen, doch dachte er dabei nicht an eine plumpe Prügelei, vielmehr sollte er im Kerker schmoren, jetzt mehr denn je zuvor.

»Hast du an der Seite deines Herrn gekämpft?«, riss ihn Gottfried aus seinen Gedanken.

»Ja freilich, ich war immer bei ihm, auch im Schlachtgetümmel!«

»Zu Fuß mit Lanze und Speer, wie das Landvolk?«

»Nein, zu Pferd, mit Schwert und Streitaxt«, log Robert, was das Zeug hielt, unsicher, was diese Fragerei zu bedeuten hatte.

Gottfried strahlte plötzlich übers ganze Gesicht und Robert schwante nichts Gutes. »Dann lass uns einige Waffengänge gehen! Ein Bursche wie du ist ein geeigneter Gegner für mich, nicht so dürre, kleine Männchen wie sonst!«

Robert wirkte unschlüssig.

»Danach will ich entscheiden, ob du für mich als Knappe infrage kommst«, setzte Gottfried daher nach, um Robert eine Zustimmung abzuringen.

»Freilich, Herr, liebend gern!«, log Robert, während er Gottfried eingehend musterte. Wenn er auch nicht viel im Kopf zu haben schien, kräftig war er allemal und im Gegensatz zu ihm geübt im Umgang mit der Waffe. Doch nicht nur um sein körperliches Wohlergehen machte sich Robert Sorgen, sondern auch, dass sein Schwindel vermutlich rasch auffliegen würde. Bisher hatte er nie ein Schwert in der Hand gehalten, er, der eben noch leichtsinnigerweise lauthals prahlte, gemeinsam mit Kunibert mehrere Schlachten bestritten zu haben.

»Himmel Arsch, willst du mich umbringen!«

Konrad, der Waffenschmied, zuckte erschrocken zusammen.

»Der Helm passt nicht, wenn ich's dir doch sage!«

»Aber wenn er sogar dem Herrn langt«, erwiderte Konrad unsicher, dennoch zog er ihn wieder von Roberts Kopf. »Ach herrje, da is' ja 'ne Beule drin.«

»Und du Himmelhund wolltest ihn mir mit aller Gewalt aufsetzen!«, beschwerte sich Robert. »Beinah hättest du mir den Schädel eingedellt!«

Konrad entfernte sich rasch und holte einen Schmiedehammer – nur weg von diesem Kerl, dachte er sich. Bei Männern, denen er gerade einmal bis ans Schulterblatt reichte, war Vorsicht angebracht, das hatte er bereits bei seinem Herrn zu spüren bekommen.

Während Konrad den Helm so gut es ging mit dem Hammer auszubeulen versuchte, wagte Robert einige Gehversuche in seiner Rüstung. Elendig schwer war sie, kaum vorstellbar, dass sie die Ritter im Ernstfall viele Tage lang nicht ablegten. Und heiß war es darin, obwohl der heutige Septembertag eigentlich recht lau daherkam. Robert musste an die vielen Kreuzzügler aus dem Abendland denken, die in der Rüstung durchs Heilige Land reisten und in glühender Hitze Krieg gegen die Einheimischen führten. Kein Wunder, dass einige von ihnen einfach vom Pferd fielen und für immer liegen blieben.

Robert ging zum Schmied und schaute ihm beim Hämmern zu. Die Delle im Helm war mindestens zwei Zoll tief.

»Ist das die Rüstung deines Herrn?«, fragte er ein wenig besorgt eingedenk der Kampfspuren.

»Freilich, hast du sonst schon einmal einen derartigen Riesen gesehen?«

Robert blickte provozierend langsam an sich herunter.

»Schon gut, außer dir, mein ich.«

»Nein, nur Zwerge wie dich!«

»Siehst du.«

Robert begutachtete seinen Harnisch. Er war übersät mit Vertiefungen und Kratzern, einige davon begannen bereits zu rosten. »Diese Beulen in der Rüstung. Stammen sie aus einer Schlacht?«

Konrad musste kurz auflachen, doch schnell hatte er sich wieder gefangen. Er gab Zeichen, dass sich Robert zu ihm hinabbeugen möge. »Sag bloß nicht, dass du's von mir hast«, flüsterte er ihm ins Ohr, »aber unser Herr war bislang einer Schlacht ferner als 'ne Jungfrau der Niederkunft. Wenn er was anderes behauptet, ist's schlichtweg gelogen!«

»Und woher stammen dann diese Dellen?«

»Von den Waffenübungen selbstverständlich, und dem einen oder anderen Turnier.« Konrad tat so, als habe er noch nie eine dümmere Frage gehört, während Robert bereits bedauerte, Gottfrieds Wunsch auf einen Kampf zugestimmt zu haben. Zwar duellierten sie sich nicht auf Leben und Tod, doch ging es anscheinend bei den Übungen alles andere als sachte zu.

»Welche Waffengänge stehen wohl an?«, fragte Robert und wunderte sich über den leicht zittrigen Unterton in seiner Stimme.

»Was weiß ich? Schwertkampf, Lanzenduell, ein Gefecht mit Morgenstern oder Axt – wie's dem Herrn beliebt!«

»Die Waffen sind selbstredend aus Holz?«, fragte Robert, noch mit einem Funken Hoffnung.

Wieder lachte Konrad, diesmal jedoch lang anhaltend und gehässig. »Wie soll das gehen, eine Axt aus Holz? Ein Schlag, und sie wäre entzwei. Nein, natürlich sind sie aus Metall, selbstredend nur mit stumpfer Klinge!«

Mit stumpfer Klinge, dachte sich Robert. Wie beruhigend, dann wäre der Arm also nicht sofort ab, sondern vorerst nur gebrochen, bevor der Wundbrand schlussendlich dafür sorgte, dass er ihn doch verlöre. Erstmals betrachtete er seine Rüstung mit Wohlwollen.

Konrad drückte ihm einen Schild in die Hand. Schwer war er, erstaunlich schwer für seine, wie es Robert in diesem Moment vorkam, winzige Größe.

»Hast du keinen größeren für mich?«

»Sei kein Narr! Wie würdest du mit einem größeren Schild kämpfen wollen? So, jetzt raus mit dir, der Herr wird nicht ewig auf dich warten wollen!«

Und tatsächlich, auf dem Kampfplatz vor dem Anwesen verharrte bereits Gottfried. Um ihn herum standen vier Knechte, voll bepackt mit Waffen, eine Furcht einflößender als die andere.

»Was ist mit dir, mein Großer, hast du etwa Angst?«, fragte Konrad. »Herrgott, ich habe schon Ritter, zwei Köpfe kleiner als du, mit Freude in die Arena laufen sehen, und du scheißt dir gleich in die Büx!«

Diese Ritter hatten auch schon einmal ein Schwert in der Hand gehalten, dachte sich Robert und verfluchte erneut seine Großmäuligkeit. Es sollte nicht das letzte Mal am heutigen Tage gewesen sein.

Leonhardt starrte in den Himmel, so musste er wenigstens nicht das gehässige Volk um sich herum ertragen. Nach wie vor standen etliche Schaulustige direkt hinter dem Riegel der Stadtwache und verspotteten ihn, den Prospektor, dem sie noch einige Tage zuvor ihren Respekt gezollt hatten. Die Sonne hatte den Zenit bereits lange überschritten, bald würde die Nacht anbrechen, seine letzte.

Ein großer, schwarzer Vogel zog seine Kreise am azurblauen Himmel. Leonhardt hatte Vögel immer um ihre Freiheit beneidet, heute natürlich mehr denn je. Die Kreise der Krähe, oder war es ein Rabe, wurden immer enger, ganz sachte strebte das Tier der Erde entgegen. Er fixierte den Vogel, hatte nur Augen für ihn, und einen Moment lang war das ganze Elend vergessen.

Dann tauchte im Hintergrund der Galgen auf. Der Vogel ließ sich am Boden direkt unter dem armen Anton nieder, oder besser unter dem, was von ihm übrig geblieben war.

»Flieg weg, Vogel«, flüsterte Leonhardt, »genieße deine Freiheit und nimm mich mit auf deine Reise!«

Das Tier hüpfte nur ein kleines Stück und krallte sich an Antons Rumpf fest. Es schlug seinen Schnabel in den Stumpf, dort, wo einst der Kopf des alten Mannes fest auf seinen Schultern gesessen hatte. Wieder und wieder hakte der Vogel hinein, zerrte und zupfte, bis er schließlich etwas daraus hervorzog, zu groß für einen Wurm und zu klein für eine Schlange, wenn auch die Gestalt beidem entsprach. Dunkelrot, ja nahezu schwarz glänzte es in der Sonne.

Leonhardt würgte, doch nichts wollte hinaus. Sein Magen war leer, lange schon. Er hörte Kinder kichern und lachen, offenbar genossen einige von ihnen dieses grausige Schauspiel.

Wenn nicht Adara, Robert und Osman ein Wunder vollbringen, werde bald ich dort hängen, zur Belustigung des Pöbels, dachte Leonhardt verbittert. Und während mir die Vögel die Augen aushacken, wird sich das grausame Volk daran ergötzen und wiehern und glucksen vor Schadenfreude. Verdammtes Pack!

Doch was sollten die drei schon vollbringen?

Er wusste ja selbst nicht, was geschehen war.

»Dem Herausgeforderten obliegt die Wahl der Waffen!«, wandte sich der Knappe gestelzt an Gottfried.

Ich wusste gar nicht, dass ich den Kindskopf herausgefordert habe, wunderte sich Robert, schwieg aber. Ihm waren sämtliche Waffen zuwider, so wäre ihm nur die Wahl zwischen Pest und Cholera geblieben.

»Das Schwert!«

Dann halt das Schwert. Robert nahm die ihm dargereichte Waffe in die Rechte und schaute daran herunter. Die Klinge war zwar stumpf, dennoch wirkte das Schwert alles andere als harmlos, viel zu groß und schwer war es nach seinem Geschmack. Ein Schlag damit auf eine ungeschützte Stelle und die Knochen, welche auch immer, wären zerschmettert.

»Das Duell wird beendet durch Kampfunfähigkeit oder Aufgabe. Sollte einer von Euch seiner Waffe verlustig gehen, so darf er sich eine neue beschaffen, so lange hat der andere Ruhe zu geben. Die Art, wie Ihr die Klingen führt, sollte den Gesetzen der Untadeligkeit des Ritterstandes entsprechen. Gibt es noch Fragen?« Der Knappe schaute beiden Kontrahenten durch die Sehschlitze ihrer Helme direkt in die Augen.

»Nein«, sagte Gottfried.

»Nein«, erwiderte auch Robert, während er überlegte, wann er wohl aufgeben konnte, ohne sein Gesicht und vor allem Gottfrieds Zugänglichkeit zu verlieren.

»Wohlan, geschätzte Kämpfer, möge der Herr mit Euch sein!«

Roberts Herz schlug ihm wie ein Trommelwirbel bis zum Hals. Er wich einen Schritt nach rechts aus, damit die Sonne, direkt hinter Gottfried befindlich, ihn nicht weiter blenden möge, woraufhin sein Gegenüber einen Schritt nach links ging, sodass alles beim Alten blieb.

Du verdammter Lumpenhund weißt genau, wie's geht, dachte Robert.

Und während er erneut versuchte, sich so zu stellen, dass er nicht weiterhin geblendet wurde, kam bereits der erste Schlag wie aus dem Nichts auf ihn zugeschossen.

Keinen Augenblick zu früh konnte er den Schild hochreißen. Laut scheppernd krachte das Schwert mit einer Wucht dagegen, die ihn beinahe von den Beinen gerissen hätte.

»Himmel … wollt Ihr mich töten?«

»So ein großer, kräftiger Bursche wie du wird doch noch den ein oder andren sanften Streich mit dem Einhandschwert parieren können. Also stell dich gefälligst nicht so mädchenhaft an, Knappe!« Kaum gesagt, schlug Gottfried ein weiteres Mal auf Robert ein und wieder konnte dieser nur im letzten Moment seinen Schild entgegensetzen. Robert schwankte bedenklich. Verdammt, das kann nicht lange gut gehen, schwante ihm.

Osman und Adara saßen derweil im Gasthof ›Zum Silberfinder‹, nach dem Vorfall auf dem Marktplatz war ihnen Leonhardts Heim zu unsicher geworden. Ihren trüben Gedanken nachhängend hatten sie sich im hintersten Winkel verkrochen, schließlich wollten sie nicht weiter auffallen.

Die Tür öffnete sich und Alfred, der Leutnant der Stadtwache, trat ein.

Osman zuckte zusammen und versuchte sich noch kleiner zu machen, als er ohnehin schon war. »Wir sollten sehen, dass wir Land gewinnen«, raunte er Adara zu und nickte zur Tür. Doch Alfred hatte sie bereits gesehen. Sich verstohlen im Gasthof umschauend ging er zu ihnen und setzte sich an ihren Tisch.

»Man sucht Euch, alle drei!«

Adara und Osman sahen sich erstaunt an, sie hatten

mit allem gerechnet, jedoch ganz sicher nicht mit einer Warnung.

»Wie kommt's, dass Ihr uns davon berichtet, Herr Leutnant?«, fragte Adara daher.

»Das Ganze stinkt zum Himmel, daran liegt's! Zwei unbescholtene Bürger Goslars werden plötzlich zu Verbrechern? Ich will's nicht glauben! Leonhardt kenn ich zwar kaum, doch glaub ich nicht, dass er's nötig hat, und dann der alte Anton ...« Alfred schaute betrübt zu Boden, schüttelte seinen Kopf. »Warum, frag ich Euch, hätte er beim Verkauf seiner Mine betrügen sollen? Geld hat er genug gehabt und keine Erben, weder Kind noch Frau, für die nach seinem Tode gesorgt werden musste.«

»Woher wisst Ihr das alles, kanntet Ihr ihn?«, fragte Adara voller Hoffnung, dass Alfred zur Aufklärung beitragen könne.

»Sehr gut sogar! Er war ein wertgeschätzter Freund meines Vaters und ein guter Mensch obendrein. Wenn jemand in Not war, hat er geholfen, auch bei seinen Arbeitern war er nicht knauserig. Dieser Mann hatte es nicht nötig zu betrügen, und selbst wenn, er hätt's nicht getan, so sicher, wie das Amen dem Gebet folgt!«

»Aber wer sonst hat einen Vorteil davon?«

»Der Posten eines Prospektors ist heiß begehrt – steht denn schon ein Nachfolger parat?«

»Daran hab ich auch schon gedacht, aber nein, weit und breit ist niemand in Sicht, der Leonhardt in seinem Amt beerben könnte«, beantwortete Adara Alfreds Frage.

»Wisst Ihr denn, wer der Käufer der Mine ist?«, erwachte endlich Osman aus seiner Lethargie.

»Nein, leider nicht! Der Hauptmann lässt's sich auch

nicht entlocken, ich hab's schon versucht.« Wieder verpuffte eine Hoffnung Adaras.

Der Wirt kam an ihren Tisch und stellte, ohne gefragt zu haben, einen großen Humpen Bier vor Alfred ab. Anscheinend war der Leutnant häufiger im Silberfinder zu Gast, deutete Osman diese wortlose Übereinkunft durchaus richtig. »Wie habt Ihr uns eigentlich gefunden?«, fragte er in die bedrückende Stille hinein.

Alfred schüttelte seinen Kopf. »Nein, Ihr irrt, wenn Ihr meint, ich hätte Euch gesucht. Das war reiner Zufall!«

»Gut, so müssen wir wenigstens nicht mit weiteren Soldaten rechnen.« Osman zermarterte sich das Hirn. Der Leutnant wollte ihnen helfen, so viel war sicher, und wenn auch nur, um das Ansehen des alten Anton wiederherzustellen. Doch was half es ihnen schon? Er wusste ebenso wenig wie sie. So blieb ihnen nur die Hoffnung, dass Robert bei Gottfried erfolgreich sein würde. Aber selbst wenn er Robert gegenüber seine Schuld eingestände, wären sie ihrem Ziel kaum näher.

Sie bräuchten schlüssige Beweise für seine Schuld, damit er überhaupt vor Gericht gestellt würde. »Ist Euch eigentlich Gottfried, der Sohn des Hüttenmeisters, besser bekannt?«

»Ach herrje, Gottfried, der selbsternannte Junker – was wollt Ihr denn von dem Einfaltspinsel?«, fragte Alfred irritiert.

Osman schaute zu Adara, die Höflichkeit gebot ihm Zurückhaltung. Sollte sie doch berichten, weshalb sie ihn im Auge hatten.

»Er stellt mir schon seit Längerem nach«, sagte sie schließlich, leicht errötend.

»Und Ihr meint tatsächlich …?« Alfred runzelte die

Stirn. »Nun, rücksichtslos genug wäre er ja, und das Geld, um als Käufer einer Mine aufzutreten, hätte er auch. Freilich, möglich wär's schon! Doch wie wollt Ihr's aus ihm rausbekommen? Ach, hätt der dämliche Paul nur nicht Anton erschlagen, dann könnten wir ihn nach dem Käufer seiner Mine fragen.«

»Ihr wisst, wer Anton erschlagen hat?« Osman horchte auf.

»Aber natürlich. Seitdem rühmt sich Paul ständig seiner Tat. Einem alten, unbewaffneten Mann den Kopf abzuschlagen – was für ein feiger Hund!«

»Wisst Ihr, wo wir ihn finden können?«

»Wenn er nicht gerade wieder wie gestern im Hurenhaus ist und mit dem Geld um sich schmeißt …«

»Was macht er?« Osman konnte sein Glück kaum fassen.

»Er schmeißt mit Geld um sich!« Alfred schaute, als sei er gerade aus einem langen Schlaf erwacht. »Ihr meint nicht etwa …?«

»Sagt mir nicht, dass der Posten eines Kerkerwächters einträglich ist! Oder hat er etwa kürzlich geerbt?«

»Nicht, dass ich wüsste – ja, Herrschaftszeiten, sollte es tatsächlich möglich sein?«

»Und wie es möglich ist, Herr Leutnant! Der Name des Minenkäufers ist der Schlüssel zum Rätsel. Leonhardt wird ihn nicht preisgeben können, weil wir nicht nahe genug an ihn herankommen. Auch Anton kannte seinen Namen. Da nicht der Blutbann auf ihn lastete, hätte man ihn über kurz oder lang befragen können, also musste er mundtot gemacht werden. So starb er durch Pauls Schwert, und seitdem schwimmt der plötzlich im Geld. Nun ergibt endlich alles einen Sinn!«

Adaras Augen waren mit jedem Wort Osmans immer größer geworden. »Dann lass uns rasch Paul finden, bevor auch er noch das Zeitliche segnet.«

»Wie recht du doch hast, meine Schöne! Also, Alfred, wo finden wir Paul, wenn er mal nicht im Hurenhaus ist?«

»Weil er unbeweibt ist, muss er immer des Nachts im Kerker wachen. Den Tag verbringt er meist schlafend in einer Hütte im Bergdorf nahe der Kaiserpfalz, vielleicht hundert Schritte südlich der St.-Ulrich-Kapelle. Wo genau die Hütte steht, kann ich Euch nicht sagen, aber die Leut' dort werden's schon wissen.«

»Könnt Ihr uns noch mehr über ihn verraten, Herr Leutnant?«

»Nun, viel ist's nicht, aber das Wenige will ich Euch gern erzählen: Er müsste gute dreißig Jahr alt sein und hat weder Weib noch Kind, was bei dem groben, dümmlichen Klotz nicht weiter verwundert – wer wacht auch schon freiwillig im Kerker …«

»Weiter!«, hakte Osman ungeduldig nach, »verratet uns etwas über seine Freunde, seine Laster und Fehler!«

Alfred lachte kurz auf. »Der und Freunde? Beleibe nicht! Er ist ein verstockter Bursche, von dem bekommt Ihr freiwillig nichts heraus.«

»Und wie sieht's mit seinen Schwächen aus?«

Alfred dachte angestrengt nach. Er meinte, dass da etwas wäre, allerdings wollte es ihm gerade partout nicht in den Sinn kommen. Plötzlich leuchteten seine Augen auf. »Aber freilich, jetzt fällt's mir wieder ein. Der Paul hat eine Höllenangst vor Spuk und Zauberei. Kein Aberglaube ist ihm fremd!«

»Seid herzlich bedankt, Alfred, Ihr habt uns sehr geholfen!« Schon war Osman aufgesprungen, doch dann fiel ihm noch etwas ein. »Wollt Ihr uns helfen, Leonhardts Unschuld zu beweisen?«

»Freilich, wenn Ihr nichts Unrechtes von mir wollt!«

»Gewiss nicht! Bleibt Ihr noch eine Weile hier?«

»Heute so lange, bis mich der Wirt hinauswirft, und das wird noch 'ne Weile dauern!«

»Gut, dann haltet Euch bereit! Ich werde Adara schicken!« Osman warf noch einige Münzen auf den Tisch, danach nahm er Adara an die Hand und weg waren sie.

Wir wissen, wo er wohnt.

Wir wissen, dass er kein Weib hat.

Und wir wissen, dass er abergläubisch ist.

Osman war beruhigt. Das sollte genügen!

Und so rannte er, Adara im Schlepptau, nach Süden auf die Kaiserpfalz zu. Er war voller Zuversicht, denn endlich hatte er so etwas wie einen Plan.

Das musste ein Blitz gewesen sein. Robert taumelte, sein Blick ging nach oben. Schwarze Punkte tanzten dort wie irr auf tiefblauem Grund.

Plötzlich versperrte ihm ein Ungetüm aus blitzendem Metall die Sicht und verdunkelte den Himmel. Das Monstrum holte weit aus, dann raste ein Schwert auf ihn zu. Im letzten Moment stieß Robert seinen Schild nach vorn – diesmal landete der Schlag nicht auf seinem Helm.

»Gibst du auf, Knappe aus tausend Schlachten?«

»Und was geschieht mit mir? Stellt Ihr mich ein?«

Gottfried lachte, durch den Helm klang es blechern und alles andere als fröhlich. »Zum Teufel werd ich dich jagen. Einen Hasenfuß kann ich nicht brauchen als Knappen!«

»Dann lass uns noch ein Tänzchen wagen!« Tatsächlich hätte er liebend aufgegeben, aber zugleich wäre damit die Chance dahin gewesen, aus Gottfrieds Mund etwas zu erfahren. Und, verdammt noch eins, im Moment wünschte er sich nichts sehnlicher, als diesen überheblichen, brutalen Gernegroß in Ketten zu sehen.

Robert sprang zur Seite, so behände es ihm die schwere Rüstung erlaubte. Nun stand die Sonne nicht mehr in Gottfrieds Rücken. Bislang vollauf damit beschäftigt, seines Gegners Schläge mit dem Schild abzuwehren, hatte Robert nicht einmal zugeschlagen, schließlich half ihm sein Gegner bewusstlos oder gar tot herzlich wenig. Allerdings war ihm auch nicht damit gedient, erschlagen im Staub zu liegen. So fasste er sich ein Herz und schwang sein Schwert das erste Mal auf den Panzer seines Gegenübers. Viel zu zaghaft geschlagen, konnte Gottfried mühelos mit seinem Schwert parieren. Die Erschütterung beim Aufeinanderprallen der schweren Waffen überraschte Robert in seiner Heftigkeit, beinahe hätte er das Schwert fallengelassen.

Und dabei habe ich noch nicht einmal fest zugeschlagen … Wie nur, dachte sich Robert, konnte Gottfried die ganze Zeit auf ihn einprügeln, ohne sich die Hand zu prellen? Es musste dabei einen Trick geben, vielleicht war auch nur das Heft seines Schwertes besser umwickelt. Das würde gut zu Gottfried passen, offenbar war ihm kaum ein Trick fremd.

»Du schlägst ja zu wie ein Mädchen. Ein Wunder, dass du auch nur eine Schlacht überlebt hast!«

»Aber ich bitt Euch, soll ich etwa meinen zukünftigen Dienstherrn verbimsen?«

»Oho, nicht schlecht pariert, großer Mann!«, erwiderte Gottfried, kein bisschen außer Atem. »Doch lass dir gesagt sein, wenn du meiner Rüstung nicht wenigstens eine kleine Delle besorgst, wird's nichts mit deiner Anstellung!«

Kaum zu Ende gesprochen, schlug der Junker erneut zu, und wieder schaffte es Robert gerade noch rechtzeitig, seinen Schild hochzureißen. Inzwischen war er in der Mitte beinahe schon im rechten Winkel abgeknickt.

So hat es keinen Zweck, ich muss ihn überraschen, sonst bin ich bald erledigt, dachte Robert, schleuderte Gottfried kurzerhand seinen verbeulten Schild entgegen und nahm das Schwert in beide Hände. Erstmalig wirkte Gottfried überrascht, und als der Schlag auf ihn niederging, war es diesmal sein Schild, der in der Mitte einknickte. Gottfried wankte und Robert konnte sein Glück kaum fassen. »Wollt Ihr Nachschlag?«

»Rede nicht, Kerl, kämpfe lieber!«, schnaufte Gottfried.

»Wie Ihr wünscht, Herr!«

Robert holte erneut aus, doch diesmal hielt ihm Gottfried sein Schwert entgegen. Die Erschütterung war gewaltig. Hätte Robert sein Schwert nicht beidhändig gehalten, wäre es ihm in hohem Bogen aus der Faust geflogen. Gottfried war wieder obenauf, nun, da sich Roberts Arme wie taub anfühlten.

»Du willst also ohne Schild kämpfen, kannst du haben!« Auch Gottfried hielt sein Schwert nun beidhändig. Er schlug einige Finten in die Luft, bevor er wieder auf seinen Gegner eindrosch.

Zweimal konnte Robert noch abwehren, der dritte Schlag jedoch erwischte ihn an genau der Stelle des Helmes, an der auch bereits der erste Treffer gelandet war. Ein Stück Metall verbog sich derart, dass es sich in seine Schläfe bohrte. Blut spritzte und lief ihm in die Augen. Robert warf sein Schwert weit von sich.

»Haltet ein, Herr Junker – ich geb auf!«

Gottfried schien nichts gehört zu haben, oder wollte er nichts hören? Weiterhin hielt er auf Robert zu, das Schwert bedrohlich erhoben.

»Junker Gottfried, ich bitt Euch, Euer Gegner hat seine Waffe fortgeworfen. Er gibt auf! Lasst auch Ihr nun das Schwert ruhen!«, sprang der Knappe dazwischen.

»Du hast mich angelogen, verdammter Himmelhund! Das Schwert scheint dir ebenso fremd wie die Wahrheit!«, brauste Gottfried auf. »Sprich, bevor ich dich aufspieße!«

»Das Schwert ist mir nicht fremd, bloß ein Ritter als Gegner! Unsere Gegner kämpften mit kurzen Krummschwertern und Spießen, nicht zu vergleichen mit dem Langschwert, das Ihr führt. Auch war meines, mit Verlaub, bedeutend besser am Heft gewickelt. Mit dem, was Ihr mir die Güte hattet zu geben, habe ich bei jedem Hieb das Gefühl, mit einem Klöppel auf eine Glocke zu schlagen, mein Arm ist schon ganz taub.« Robert schüttelte demonstrativ seine Hände aus, das leidende Gesicht freilich war durchs Visier nicht zu erkennen.

»Zugegeben«, fügte er kleinlaut an, »habe ich schon viele Jahre nicht mehr gekämpft, vielmehr zog mein Herr von Turnier zu Turnier, um den Unterhalt zu bestreiten.

Hier freilich war er der einzige, der Gelegenheit hatte, seine Klinge zu kreuzen!«

Gottfried wirkte, soweit Robert das durchs Visier sehen konnte, zwar nicht restlos überzeugt, allerdings zumindest fürs Erste zufriedengestellt.

»Na gut, komm schon, lass uns bei einem Humpen Met alles Weitere besprechen. Ich bin schon ganz gespannt, was …«

Robert hörte nicht mehr zu, vielmehr richtete er seine ganze Aufmerksamkeit auf jenes Unheil, das sich hinter Gottfrieds Rücken anbahnte. Die Küchenmagd, eben noch wie leblos aus dem Speisesaal getragen, war inzwischen wieder bei Bewusstsein und redete aufgeregt auf den Waffenschmied ein. Ein Blick in Roberts Richtung, dann ließ Konrad das Mädchen stehen und ging zum Knappen. Beide tuschelten, und wieder schauten sie zu ihm herüber. Als schließlich der Knappe die Knechte zu sich heranwinkte, wurden Roberts Knie weich. Er war eindeutig in Schwierigkeiten, doch diesmal hatte er es mit einem Gegner zu tun, der ihm deutlich überlegen war. Robert war gar nicht wohl in seiner Haut. Hatte ihm der Kerl doch bereits das Fürchten gelehrt, als es um nichts anderes als bestenfalls die Ehre ging.

Was nur sollte jetzt noch folgen?

Die Tür von Leonhardts Heim flog auf. Bevor sich Osman und Adara auf die Suche nach Paul machen konnten, mussten einige Dinge vorbereitet werden.

Adara schlüpfte in ihr feinstes Kleid. Osman bediente sich allerlei Chemikalien und Metallproben, auch eine

Schnur steckte er in den großen Leinensack, ebenso einen Mörser, Buchenspan und Feuersteine. Er war zufrieden mit dem, was er in der Kürze der Zeit auftreiben konnte.

»Herr Junker, darf ich Euch sprechen – unter vier Augen? Ihr verzeiht!« Mit einer bedauernden Geste zog der Knappe seinen Herrn beiseite.

Einige Schritte entfernt setzte der verdutzt dreinschauende Gottfried den Helm ab und sein Leibdiener flüsterte ihm, auf Zehenspitzen stehend, etwas ins Ohr. Kurz darauf warf Gottfried einen Blick zu Robert herüber, der eindeutiger nicht hätte sein können.

Ich bin erledigt!, hallte es in seinem Kopf. Inzwischen war es ihm egal, ob er hier etwas herausfinden würde, er wollte nur noch mit heiler Haut raus aus diesem Albtraum. Robert schaute sich um. Das Tor lag gute hundert Fuß weit entfernt. Mit der angelegten Rüstung war er dermaßen schwerfällig und unbeweglich, dass man ihn bis dahin zweifelsohne gestellt hätte, sollte er die Flucht wagen. Außerdem war besagtes Tor ohnehin versperrt.

Der Knappe kam zurück, allein. »Der Herr Junker wünscht einen weiteren Waffengang mit Euch!«

»Aber ich habe doch bereits aufgegeben. Seht her«, sagte Robert und zeigte auf seinen Hals, »ich blute wie ein Schwein, und mein Helm ist total verbeult!«

»Ihr bekommt einen neuen, und um Eure Wunde wird sich gekümmert. Kommt mit!«

»Aber Himmel Arsch, ich bin's leid, ich will nicht mehr kämpfen!«

»Vielleicht habe ich mich nicht deutlich genug ausgedrückt«, erwiderte der Knappe bestimmt und winkte die Knechte herbei. »Mein Herr wünscht diesen Kampf, und er ist es gewohnt, dass seinen Wünschen entsprochen wird! Also, wollt Ihr mir Euren Helm geben?«

»Aber freilich«, resignierte Robert, was blieb ihm auch anderes übrig. Er war verloren, so oder so. Ob er nun durch die Hände der Knechte oder des selbsternannten Ritters starb, sollte ihm gleich sein. Er zog am Helm und hätte beinahe laut losgebrüllt. Ein Scharnier des Visiers war derart verbeult, dass es ihm unmöglich war, den Helm abzusetzen. Jeder Versuch bewirkte, dass Teile des gebrochenen Eisens in seine Wunde schnitten.

»Ich sehe schon, so wird das nichts! Konrad muss Euch beim Ablegen behilflich sein, und der Bader wird sich um Eure Wunde kümmern. Rasch, der Herr wartet ungern!«

Sie machten sich auf zum Waffenschmied gleich neben den Stallungen, ein gutes Dutzend Knechte im Schlepptau.

Robert wurde angst und bange, als er durch die schmalen Schlitze seines Visiers Konrad mit schwerem Hebelwerkzeug auf sich zukommen sah. Hoffentlich, dachte er sich, würde er ihm nicht statt des Helms den Schädel öffnen. Doch seine Sorge war unberechtigt. Überaus geschickt hantierte der Waffenschmied mit seinem groben Werkzeug, und nur wenige Augenblicke später stand Robert wieder ohne Helm da.

»Du bist ja ein wahrer Meister deines Fachs, filigran im Umgang mit deinem Werkzeug wie ein Goldschmied. Wer hätte das gedacht!«

Konrad wusste nicht recht, ob er sich geschmeichelt

oder verspottet fühlen sollte, daher schwieg er und nickte nur.

Robert schaute sich in Konrads Werkstatt um. Sie hatte keine Fenster, nur eine Tür. Direkt davor standen die Knechte, nicht zu vergessen Gottfried, der etwa zwanzig Schritte entfernt auf ihn wartete. An eine Flucht war nicht zu denken, und so musste er sich allmählich mit dem Gedanken abfinden, sein letztes Gefecht gegen einen Möchtegernritter und ausgebildeten Totschläger zu führen.

Na, und wenn schon, versuchte er sich selbst Schneid einzureden, kräftemäßig bin ich ihm allemal überlegen, und wenn ich den Mut der Verzweiflung mit in die Waagschale werfe, muss er mich erst einmal bezwingen!

»Lass mich mal schauen, mein Junge«, sagte der Bader und begann bereits, an Roberts Gesicht herumzutupfen. Es brannte höllisch in der Wunde, obwohl der Lappen nur mit Wasser getränkt war. »Nun halt schon still!«, wurde Robert ermahnt. »Wer hätte gedacht, dass so ein Riesenkerl wie du so zimperlich ist!«

Du hast gut reden, dachte Robert und tat, wie ihm geheißen – er hielt still.

»Herrje, du hast nicht zum ersten Mal ordentlich eine aufs Ohr bekommen«, sagte der Bader angesichts Roberts gespaltenem rechten Ohrläppchen.

»Ja, vor einigen Wochen in Hildesheim. Hat's denn wieder was abbekommen?«

»Und ob, das kannst du allmählich abschreiben!«

Den Tod vor Augen war Robert der Zustand seines Ohres gleich, er zuckte nur mit den Schultern.

»So, das wäre versorgt! Kann ich sonst noch was für dich tun, Söhnchen?«

Robert schüttelte den Kopf. Nur ein Wunder konnte

ihn noch retten, vielleicht auch ein Gedankenblitz seines Freundes Osman, sollte er sich hier blicken lassen, ganz gewiss aber nicht der Bader. Konrad hatte derweil den Helm wieder ausgebeult und wollte ihn Robert aufsetzen, doch der wehrte ab. »Lass gut sein, gib mir nur einen neuen Schild!«

»Aber bedenk doch, was mit deinem Kopf geschehen wäre, wenn du den Helm nicht aufgehabt hättest!«

Freilich, musste Robert eingestehen, lag durchaus Wahrheit in des Waffenmeisters mahnenden Worten, dennoch hatte ihn der Helm in seiner Beweglichkeit und Sicht behindert und zudem das Gefühl vermittelt, darunter ersticken zu müssen.

»Vielleicht wär's gar nicht so weit gekommen, wenn ich den Schlag hätte kommen sehen. Und jetzt gib mir endlich den Schild und lass mich raus, deinem Herrn Mores lehren!«

Konrad schüttelte den Kopf. Robert meinte, aus dessen Zügen Mitleid herauslesen zu können, vielleicht war es aber auch nur die Enttäuschung darüber, dass jemand sein Rüstzeug verschmähte.

Als Robert ein zweites Mal seinem Gegner entgegentrat, zeigte sich die Sonne bereits in einem satten Rot, bald verschwände sie hinter dem Horizont. Wenigstens würde sie ihn dann nicht mehr blenden.

»Du hast deinen Helm vergessen, Bursche!«, herrschte ihn Gottfried an. Er gab Konrad Zeichen, doch der zuckte nur mit den Schultern.

»Ich werde ohne kämpfen, so wie ich's gewohnt bin von den *echten* Schlachten, die ich an der Seite meines Herrn die Freude hatte zu bestehen. Dieses ganze Zeugs behindert mich eher, als dass es mich schützt.«

Gottfried zuckte zusammen. Roberts Botschaft war durchaus angekommen, die Geringschätzung also, die er, der Bestreiter vieler Schlachten, dem Turnierkampf entgegenbrachte. »Wie du willst, großer Kämpfer! Wenn du willst, kannst du den restlichen Panzer auch noch ablegen.«

»Wenn Ihr's auf einen Ringkampf mit mir ankommen lasst!«

Gottfried lachte nur schallend.

»Wie könnt Ihr nur einem Ritter einen derart unstandesgemäßen Kampf andienen?«, fuhr der Knappe erbost dazwischen.

»Wo ist er denn, der Herr Ritter? Ich kann keinen sehen! Oder meint Ihr etwa den bürgerlichen Kindskopf, der sich als Ritter ausgibt, obwohl er nie einen echten Kampf bestritten hat? Der nie knöcheltief im Blut gewatet ist und dennoch so tut, als sei ihm kein Schlachtengetümmel fremd? Meint Ihr etwa den Tölpel, über den sich ganz Goslar hinter vorgehaltener Hand lustig macht?«

Nun lachte Gottfried nicht mehr. Vielmehr stürzte er auf Robert zu, und nur die geballte Kraft sämtlicher umherstehender Knechte konnte ihn zurückhalten.

Diese Schlacht, stellte Robert befriedigt fest, hatte er jedenfalls gewonnen. Was zwischen diesen Mauern unausgesprochen blieb, hatte er frank und frei in Worte gefasst und damit das Traumgespinst Gottfrieds, an das er vermutlich selbst schon geglaubt hatte, ins Lächerliche gezogen. Ebenso wie sein Ansehen in der Stadt, und er hatte dabei vermutlich nicht einmal übertrieben. Nun musste ihn die gekränkte Eitelkeit nur dazu verleiten, Roberts Ansinnen auf einen Faustkampf zuzustimmen.

»Konrad, hilf mir aus der verdammten Rüstung raus!«

Robert traute seinen Ohren nicht – sollte seine simpel gestrickte List tatsächlich gelingen?

Doch schon war der Knappe bei Gottfried und nahm ihn beiseite. Energisch redete er auf seinen Herrn ein, bis schließlich dessen erster Zorn verraucht und der Verstand zurückgekehrt war. Der Knappe bedeutete ihm, an Ort und Stelle zu verweilen, offenbar hatte er erkannt, dass sein Herr Roberts Provokationen nicht gewachsen war. Jetzt übernahm er die weitere Unterredung.

»Der Junker wünscht, zu Pferd die Lanze mit Euch zu kreuzen!«

»Ach schau an, eben wollt er noch wie ein Mann mit bloßer Faust gegen mich kämpfen!«, rief Robert so laut, dass es Gottfried unmöglich überhören konnte, obwohl er sich abgewandt hatte.

»Da müsst Ihr etwas gänzlich missverstanden haben!«, zischte der Knappe verärgert, bevor er wie gewohnt ungerührt und blasiert fortfuhr: »Nun geht zum Stall und lasst Euch von Konrad mit allem Nötigen versorgen, während die Arena bereitet wird.« Und um seinem Wunsch Nachdruck zu verleihen, winkte er rasch ein halbes Dutzend Knechte herbei, die Robert ohne viel Federlesens zum Stall drängten.

Kurz darauf saß er auf einem kräftigen Streitross. Im Gegensatz zu ihm war sogar dessen Kopf mit einem Panzer versehen, Fischschuppen nicht unähnlich.

Nun, reiten kann ich zumindest, versuchte sich Robert zu beruhigen. Angesichts dessen, was unweigerlich auf ihn zukam, nur ein schwacher Trost.

Er beobachtete die Knechte, die den Kampfplatz vorbereiteten. Einige schlugen starke Pfosten im Abstand von ungefähr zwanzig Fuß in den Boden ein. Diese Pfosten bildeten eine gerade Linie, miteinander verbunden wurden sie allesamt von einem starken Seil. So verlief schließlich mittig durch die Arena eine vier Fuß hohe und ungefähr hundert Fuß lange Trennung. Robert wünschte sich, die Knechte würden nie mit ihrer Arbeit fertig werden, doch den Gefallen taten sie ihm nicht, denn die ersten von ihnen verließen nach getanem Werk bereits wieder die Kampfbahn.

Am anderen Ende des ummauerten Hofes saß Gottfried kerzengerade auf seinem mächtigen Gaul, die Lanze steil in den Himmel gereckt. Robert hatte noch nie einem Turnier beigewohnt, daher musste er sich von Konrad erklären lassen, wie der Kampf vonstatten ging.

Ich bin tot, meinte Robert schließlich, nachdem ihm der Knappe das Prozedere erläutert hatte. Dennoch verzichtete er trotz Konrads dringendem Zuraten weiterhin auf einen Helm. Wenn er sich überhaupt eine minimale Chance ausrechnete, gegen diesen erfahrenen Kämpfer zu bestehen, so lag sie darin, mit den üblichen Regeln zu brechen. Er musste beweglicher und agiler sein als sein Gegner, wenn das auch bedingte, auf Schutz zu verzichten. Auf Gottfrieds Terrain jedenfalls, dessen war sich Robert sicher, konnte er ihm nicht das Wasser reichen.

Inzwischen waren sämtliche Knechte von der Kampfbahn verschwunden, nun also würde der Tanz beginnen. Die Spannung war greifbar, niemand sagte ein Wort, nicht nur Robert schien der Atem zu stocken.

Der Knappe stand ungefähr auf halbem Weg zwischen den beiden Kämpen, allerdings am äußersten Rand der Arena. Geziert holte er ein Tuch aus seinem Kragen, ließ es dreimal hoch über seinem Kopf kreisen, um es daraufhin mit Schwung nach unten zu schwenken.

Robert trieb die Fersen in die Flanken seines Gaules, so wie es Gottfried am anderen Ende der Kampfbahn bei seinem Pferd tat. Noch nie hatte Robert auf einem Ross gesessen, das derart rasch vom Stand in den Galopp kam. Rasend schnell näherte er sich Gottfried, die Lanze in der Rechten, seinen Schild und die Zügel in der Linken.

Offenbar kannte das Pferd seinen Weg, ganz ohne Zutun des Reiters blieb es rechts von der Trennung.

Robert brachte es gerade eben noch fertig, die Lanzenspitze auf Gottfrieds Brust zu richten, da schlug die seines Gegners bereits bei ihm ein. Mit einer Kraft und Gewalt, wie er sie noch nie zuvor erlebt hatte, donnerte sie auf seinen Schild. Doch nicht mittig, daher wurde bestenfalls der erste Schwung abgebremst. Mit der restlichen, immer noch gehörigen Wucht, krachte die Lanzenspitze auf Roberts Brustpanzer.

Was hatte er nicht schon alles einstecken müssen – in Hildesheim wäre er beinahe ertrunken, er wurde verprügelte von einem Gros Dominikanermönchen und eine Rinderherde wetzte die Hörner an ihm, doch kein Schlag hatte auch nur annähernd die Kraft, mit der diese Lanze auf seine Brust krachte.

Er hörte noch, wie etwas splitterte – Knochen? –, dann blieb ihm fürs Erste die Luft weg und ihm wurde schwarz vor Augen. Robert meinte zu schweben, als er aus dem Sattel gerissen wurde – fuhr er jetzt zum Himmel auf? –, doch schnell hatte ihn die raue Wirklichkeit wieder, als er mit Wucht rücklings auf dem Boden aufschlug – und ihm erneut die Luft wegblieb.

Wie vom Donner gerührt blieb er liegen. Was sollte

er auch anderes tun? Vermutlich war ohnehin kein einziger Knochen mehr heil, warum also noch versuchen aufzustehen?

Er starrte in den mit dunkelroten Schlieren durchzogenen Himmel und war zufrieden mit sich und der Welt. Es würde bald Nacht werden, und damit meinte er beileibe nicht den Tag, der sichtlich zur Neige ging. Ihm sollte es recht sein, Hauptsache, man ließ ihn in Ruhe sterben.

Ein Schatten schob sich zwischen ihm und dem Himmelreich. Es war Gottfried auf seinem Pferd. Er hatte sein Visier zurückgeschoben, sodass Robert sein hämisches Grinsen sehen konnte.

»Na Bürschchen, willst doch wohl nicht schlafen gehen, wenn die Sonne noch scheint, hoch mit dir!«

Robert dachte an seine gebrochenen Knochen. Sah Gottfried denn nicht, dass er am Ende war? Dann fiel sein Blick auf seine Lanze, die neben ihm im Staub lag – sie war in ihrer kompletten Länge zersplittert. Er ballte zuerst seine rechte, daraufhin die linke Hand zur Faust, dann schließlich hob er nacheinander beide Beine an. Alles gelang ihm ohne Probleme, er hatte sogar kaum Schmerzen dabei. Trotzdem, er verspürte keinerlei Drang aufzustehen. Wenn ihn Gottfried bisher nicht getötet hatte, würde er es ganz sicher jetzt tun. War er skrupellos genug, einem hilflos am Boden liegenden Mann den Garaus zu machen?

»Was hast du mit Adara zu schaffen? Sprich, du Gauner!« Gottfried wurde todernst.

Robert antwortete nicht. Was sollte er auch erwidern? Leugnen jedenfalls war zwecklos, immerhin hatte ihn die Küchenmagd gemeinsam mit Adara gesehen.

»Dann eben nicht, werd ich sie selbst fragen, wenn

ich mit dir fertig bin. Also, steh auf und stirb aufrecht wie ein Mann oder bleib liegen und ich töte dich gleich hier und jetzt – du hast die Wahl«, sagte Gottfried und drückte die Spitze seiner Lanze gegen Roberts Hals. »Mag von mir aus auch ganz Goslar über mich lachen, du und Adara jedenfalls werdet sicher keinen Spaß mehr an mir haben!«

Die Drohung Gottfrieds, Adara Leid zuzufügen, weckte Roberts Lebensgeister. Wenn schon nicht für sich selbst, so wollte er doch zumindest für sie sein Bestes geben, mochte der Kampf auch noch so aussichtslos erscheinen. »Und wenn ich gewinne, lasst Ihr mich dann gehen?«, fragte er und seine Stimme klang zuversichtlicher, als er es tatsächlich war.

»Freilich, wenn du gewinnst, schenk ich dir sogar noch den Gaul, auf dem du eben gesessen hast und die Rüstung, die du trägst!«

»Sag's so laut, dass es alle hören, vor allem der Knappe und das Knechtgesocks, das ständig um uns herumschwirrt!« Gottfried tat, wie ihm geheißen.

»Doch so weit wird's nicht kommen!«, raunte er knurrig. »Zuerst nehme ich mir dein Leben und dann Adara, jetzt, wo sie allein ist!«

»Man wird sehen!«, entgegnete Robert und schlug mit Schwung die Lanzenspitze zur Seite, die immer noch auf seine Gurgel drückte, dann sprang er, so behände es seine Rüstung zuließ, auf die Beine.

»Du bist tot, Bürschchen!«, rief ihm Gottfried zu und ritt im Galopp zurück ans andere Ende der Arena, dorthin, wo er bereits zu Beginn des Turniers gewartet hatte.

Robert indes rannte zur Abtrennung inmitten der

Kampfbahn. Noch einen Gang auf dem Pferd überleb ich nicht, aber vielleicht kann ich dir anders beikommen. Er hatte einen Plan, verrückt zwar, aber dennoch besser als nichts. Rasch riss er das Seil von einem der Pfosten aus der Trennlinie, dann zog und wackelte er am Rundholz, um es aus der Erde zu ziehen. Einige der Zuschauer schüttelten verblüfft den Kopf, andere begannen lauthals zu lachen, felsenfest davon überzeugt, dass der Fremde durch den Sturz den Verstand verloren hatte.

»Ja, ist der Kerl denn völlig närrisch geworden?« Auch Gottfried konnte sich aus Roberts seltsamen Tun keinen Reim machen. Wollte er den Pfosten etwa als Waffe verwenden?

Mit einer Holzkeule gegen einen Ritter in Rüstung mit Lanze und Schwert – was für eine absurde Vorstellung. Es war an der Zeit, dem unverschämten Lumpen endlich das Lebenslicht auszupusten. Er umfasste seine Lanze fest mit der Rechten, die Zügel nahm er in die Linke, dann stieß er seine spitzen Fersen in die Flanken des Pferdes. Den Schild ließ Gottfried zurück, er würde ihn nicht mehr brauchen.

»Himmel Arsch, nun komm endlich raus, Rabenaas!«

Robert sah aus den Augenwinkeln, dass Gottfried bereits auf ihn zuritt, und er hatte noch immer nicht den Pfosten aus dem Boden bekommen. Jetzt trat er dagegen, und endlich ließ ihn die Erde los. Da lag er nun, daneben war das Loch, vielleicht einen Fuß tief und weniger als einen halben im Durchmesser. Beides, Pfahl und Loch, brauchte er für seinen Plan, und ihm blieb ganz sicher nur ein einziger Versuch.

Gottfried hatte bereits das andere Ende der Trennung

passiert, als Robert endlich den Pfahl zu fassen bekam. Die Erde schien zu Beben, als das mächtige Schlachtross mit seinem hünenhaften Reiter auf ihn zupreschte. Er ermahnte sich, den Pfahl so lange wie möglich in der Hand zu halten.

Gottfried senkte die Lanze und richtete sie auf Roberts Brust, nur noch wenige Fuß und sie würde ihm das Herz durchbohren.

Jetzt, da er den heißen Atem des Gaules zu spüren glaubte, warf ihm Robert den Pfahl zwischen die Vorderbeine. Er hörte nicht das Brechen der Knochen, sah nicht, wie Gottfried aus dem Sattel zu stürzen drohte, er hatte nur Augen für die Lanze, die weiterhin beängstigend schnell auf ihn zuraste, allerdings fehlte ihr der sichere Halt am anderen Ende. Mit beiden Händen bekam Robert die Lanzenspitze zu fassen, er presste sie an seine rechte Taille und drückte sie auf den Boden hinab. Zwei, drei Fuß rutschte sie ihm mit einer irrwitzigen Geschwindigkeit durch die bloßen Hände und verbrannte seine Haut, Holzsplitter drangen in die Handballen und stachen wie tausend Nadeln, doch er ließ nicht los. Gottfried hielt sich immer noch auf dem Pferd, obwohl es vorn bereits eingeknickt war, während Robert die Lanze nun ganz auf den Boden drückte. Durch den Schwung zog sie eine tiefe Rinne in die Erde, bis die Spitze ins Loch rutschte, dort hinein, wo bis vor Kurzem noch der Pfahl gesteckt hatte.

Wollte oder konnte Gottfried die Lanze nicht loslassen, vielleicht war er auch einfach nur zu überrascht, jedenfalls hing er an ihr wie eine Klette, während sie senkrecht in den Himmel jagte. Erst jetzt ließ er sie los und flog, wie von einem Katapult geschleudert, in hohem Bogen durch die Luft. Nach einigen Fuß schlug er laut scheppernd auf dem Arenaboden auf, eine gewaltige Staubwolke emporwirbelnd.

Es war totenstill. Keiner sagte ein Wort.

Gottfried lag im knochentrockenen Boden und rührte sich nicht mehr. Einem leisen Kichern folgte unmittelbar das Klatschen einer Ohrfeige. Ein Küchenjunge rieb sich die Wange, ansonsten verharrten sämtliche Bediensstete wie gelähmt, selbst Robert. Er konnte nicht recht glauben, was eben geschehen war, obwohl er genau das geplant hatte.

Der Knappe war schließlich der erste, der sich von seinem Schock erholte. Er winkte den Bader und Konrad zu sich und gemeinsam mit einigen Knechten liefen sie zu Gottfried, der nach wie vor keinen Mucks von sich gab. Auch Robert setzte sich nun in Bewegung, wenn auch in eine gänzlich andere Richtung. Unterwegs zum Tor nahm er noch sein mühsam errungenes Pferd am Zügel, das unbeteiligt an der Begrenzungsmauer graste. Keiner versperrte ihm den Weg, offenbar galt Gottfrieds Wort, auch wenn er jetzt gerade unpässlich war.

Kurz bevor sich das Tor hinter ihm schloss, warf er einen letzten Blick zurück in den weitläufigen Innenhof des Anwesens. Deutlich konnte er erkennen, dass offenbar etwas Leben in Gottfried verblieben war, denn er zuckte mit seinen Armen, als der Waffenschmied versuchte, ihn aus seiner Rüstung zu befreien.

War das nun gut oder schlecht für ihn, überlegte Robert, doch er kam zu keinem eindeutigen Schluss. So, wie sich Gottfried aufgeführt hatte, war er beteiligt, wenn nicht gar federführend am Komplott gegen Leonhardt. Sein Interesse an Adara hat er auch deutlich bekundet.

Aber leider hatte er nichts gegen ihn in der Hand, um seine Vermutung, mehr war es ja nicht, zu beweisen.

Nun, immerhin besaß er jetzt Pferd und Rüstung, wenn auch letztere arg verbeult war.

Adara starrte gebannt zu Osman. Sie konnte sich keinen Reim daraus machen, warum er unablässig einen Erzklumpen über einen Eisenstab rieb.

»Das wird eine Kompassnadel«, antwortete er auf ihre unausgesprochene Frage, ohne dabei aufzusehen.

»Was für eine Nadel willst du aus diesem stumpfen Stab formen?«

»Hast du noch nie etwas von einem Kompass gehört?«

»Nein, keine Ahnung, was das sein soll«, antwortete sie kopfschüttelnd.

»Gut! Dann wird Paul der Zauber, der von diesem unscheinbaren Stück Eisen ausgehen kann, erst recht fremd sein.«

Adaras Blick wurde fordernder, jetzt musste sie unbedingt wissen, was Osman Geheimnisvolles fertigte.

»Dieser Stab hier«, sagte er und hob ihn bedeutungsvoll in die Luft, »wird, wenn ich mit meiner Arbeit fertig bin, immer in eine ganz bestimmte Richtung weisen, egal, wo ich stehe. Es sei denn, ich halte ihm einen Klumpen Eisen entgegen, dann wird er an ihm haften wie eine Klette.«

»Aber wie …?« Adara war sprachlos.

Endlich, freute sich Osman. »Wie und warum es funktioniert, kann ich dir leider nicht sagen, nur, *dass* es funktioniert. Ich habe mich selbst vor einigen Jahren davon überzeugen können.«

»Aber wie … wie kann uns das bei Paul helfen?«

Osman schnappte hörbar nach Luft. Ihm wurden die Arme schwer vom ständigen Aneinanderreiben der Eisenteile, zudem war er Adaras Fragerei überdrüssig. Letztlich allerdings fühlte er sich dann doch genötigt, ihr Rede und Antwort zu stehen, da sie ein ganz wesentliches Element in seinem Plan war. »Schau, Adara, du weißt, dass Paul sehr abergläubisch ist, nicht wahr?«

»Freilich, Alfred hat's uns eben erst berichtet.«

»Genau! Nun kannst du dir sicherlich vorstellen, dass er uns nicht freiwillig verraten wird, wer ihn beauftragt hat, dem armen Anton das Lebenslicht auszupusten …«

»Ganz gewiss wird er das nicht«, tappte Adara immer noch im Dunkeln.

»Und deshalb bereite ich nun allerlei Zaubereien vor, damit Angst und Ehrfurcht vor Überirdischem ihm die Zunge löst.«

»Und was habe ich dabei zu schaffen in deinem sauberen Plan?«

»Du, mein schönes Kind, bist der Lockvogel, der ihn in meine Fänge treibt. Allerdings muss er mir erst einmal zuhören. Und ich bezweifle stark, dass er das aus freien Stücken tut.«

Adara nickte bedächtig, allmählich erkannte sie ihre Rolle in dem Spiel. Kein Wunder, dass Osman sie bat, sich zu waschen und ein sauberes Kleid auszuwählen. Nun, dann würde sie wieder das tun, was sie am Besten konnte – Männer um ihren Finger wickeln.

Ein Stockwerk weiter unten flog die Eingangstür auf. Beide zuckten erschrocken zusammen, sie vermuteten die

Stadtwache auf der Jagd nach Osman. Schließlich hatte ihn der Soldat am Rathaus wiedererkannt, was lag also näher, als im Hause seines Lohnherrn nach ihm zu suchen. Osman sah sich um, konnte jedoch nirgends ein Versteck ausmachen. Aus dem Fenster springen kam auch nicht infrage, denn gewiss waren einige Soldaten vor dem Haus postiert.

Wie konnten sie nur so leichtsinnig sein? Osman schüttelte verärgert seinen Kopf und lauschte dem Scheppern metallischen Rüstzeugs, das aus der unteren Etage zu ihnen hoch drang.

»Adara, Osman, seid ihr hier?«

»Ja, hol mich doch …!« Osman konnte sein Glück kaum fassen. Schon war er an der Treppe und schaute neugierig hinunter, womit zum Teufel denn Robert einen derartigen Krach veranstaltete, und schreckte erneut zusammen, als er völlig unerwartet einen Ritter zu sehen bekam.

Einen sehr großen Ritter, allerdings ohne Helm.

»Robert, wie siehst du denn aus?«, fragte Osman erschrocken vom Anblick seines Freundes. Roberts rechte Wange war blutverschmiert und seine Rüstung sah aus, als sei eine Rinderherde darüber getrampelt. Offenbar hatte er eine Menge zu erzählen. Doch nicht hier – denn der Schock von eben, als Osman die Soldaten der Stadtwache im Hause wähnte, saß noch tief.

»Bemüh dich nicht«, sagte er zu Robert, der versuchte, in seiner schweren Rüstung die Stufen hochzusteigen, »wir kommen runter.« Kurz darauf verließen sie zu dritt Leonhardts Heim.

Auf dem Weg zu Pauls Schlafstätte, der Hütte im Bergdorf, erzählte ihnen Robert in aller gebührenden Kürze, was sich bei Gottfried zugetragen hatte und auch, wie er zu der Rüstung und dem Streitross kam. Er trug weiterhin die Panzerung – wer weiß, dachten sich alle drei, wozu sie noch gut sein konnte. Außerdem waren sie in Zeitnot, schließlich wollten sie Paul rechtzeitig vor Antritt seines Wachdienstes antreffen.

»Ich sage euch, er ist es gewesen, ganz sicher!«, schloss Robert.

»Und, was hilft's uns, solange wir es ihm nicht nachweisen können!«

»Ganz recht, Osman, deswegen wollen wir ja nun Paul auf den Zahn fühlen«, meinte Adara. »Allerdings bin ich mir wegen Gottfrieds Schuld nicht sicher.«

»Wie kannst du dir nicht sicher sein bei seinem Verhalten? Er wollte mich umbringen, nachdem er erfahren hatte, dass ich mit dir und Leonhardt bekannt bin.«

»Eben! Er reagiert seit jeher recht dünnhäutig, wenn's um mich oder Leonhardt geht. Außerdem hast du ihn vor versammelter Dienerschaft tödlich beleidigt. So etwas kann einen gewissenlosen Heißsporn, der er nun einmal ist, bis zum Äußersten reizen.«

»Wie auch immer«, lenkte Osman ein, »wenn Paul nur halb so abergläubisch ist, wie Alfred behauptet, wird er uns alles verraten, was wir wissen wollen.«

Inzwischen hatten sie die Kaiserpfalz passiert und gingen auf das Bergdorf zu. Ohne Umschweife hatten sie von einem Jungen erfahren, in welcher Hütte Paul lebte. Er hatte nicht gezögert zu antworten, vor Angst schlotternd, als ein leibhaftiger Ritter vor ihm stand.

Adara klopfte an, allein, schließlich wollten sie ihren letzten Trumpf nicht sofort verschrecken.

»Wer ist da?«, fragte eine dünne, eindeutig weibliche Stimme von drinnen.

»Eine Freundin von Paul. Öffnet, ich hab mit ihm zu sprechen!«

»Seit wann hat Paul Freunde? Na wartet, ich komme.«

Die Tür der schäbigen Holzhütte schwang auf. Drinnen stand eine Alte, sie schien keinen einzigen Zahn mehr im Mund zu haben. Obwohl sie aussah, als habe sie die sechzig schon lange hinter sich, mochte sie bestenfalls vierzig Jahre alt sein, wenn das Kind, das sie in ihre Hüfte gestemmt hielt, ihr eigenes war.

Ungläubig musterte sie Adara. »Du willst 'ne Freundin von Paul sein? Dass ich nicht lache. Bist eher ein Freudenmädchen, das auf die Zeche wartet, wie?«

Adara ersparte sich jeglichen Kommentar. »Kann ich ihn sprechen?«

»Er ist nicht da!«

»Und wo ist er?«, fragte Adara ungeduldig.

»Woher soll ich wissen, wo der verdammte Kerl steckt? Vermutlich wieder bei den Huren, so wie gestern – da hat er sich auch nicht blicken lassen!«

»Seid Ihr seine Gemahlin?«

»Du lieber Himmel, nein«, erwiderte die Alte und verzog angewidert ihr Gesicht ob der unglaublichen Unterstellung Adaras. »Ich bin seine Wirtin, seine und die von fünf andren Simpeln, die sich keine eigene Bleibe leisten können oder wollen.«

Adara nickte. Da sie aus der verstockten Frau so nichts herausbekam, versuchte sie es nun im umgänglicheren Ton. »Dass Ihr mich recht versteht, ich bin eine Freundin der Familie, nicht seine Geliebte. Mein lieber Vater stirbt und er will Paul noch einmal sehen, bevor ihn der Herr zu sich beruft, die Zeit drängt also. Ich muss ihn unbedingt sprechen, bevor er seinen Dienst im Kerker antritt.«

Die Alte schaute an Adara vorbei zur Tür hinaus. Die Sonne war derweil untergegangen und aus der Ferne läuteten gerade die Glocken zur Vesper. »Da seid Ihr etwas spät dran, meine Schöne! Sein Dienst beginnt bei Dämmerung und endet erst zur Laudes, wenn die Sonne wieder aufgeht.«

Adara biss sich auf die Lippen. Sollten sie tatsächlich die ganze Nacht untätig verstreichen lassen müssen?

»Eine letzte Frage«, wagte sie noch einen Versuch. »Wisst Ihr, ob er allein ist im Kerker, wenn er wacht?«

»Freilich, wenn Ihr die Gefangenen außer Acht lasst. Doch er wird Euch nicht einlassen, und schon gar nicht mit Euch weggehen und seine Pflicht vernachlässigen, das weiß ich ganz gewiss.«

»Habt Dank, gute Frau.« Adara wusste alles, was sie wissen musste.

Der Umriss des Kerkers hob sich im Mondlicht düster und bedrohlich von der restlichen Umgebung ab. Hundert Schritte entfernt bereitete Osman in einem leer stehenden Schuppen alles für seine geplante Täuschung vor, während Robert die Rüstung ablegte und sorgsam hinter einer Trennwand vor neugierigen Blicken versteckte. Adara kam herein, Alfred im Schlepptau. Osman atmete auf, der Leutnant hatte also Wort gehalten.

»Ihr wisst, weshalb Ihr hier seid?«, fragte Osman anstelle einer Begrüßung.

»Ich soll zuhören, um als Zeuge zu dienen, wenn Paul

den wahren Schuldigen preisgibt. Nur frag ich mich, wie Ihr die Wahrheit aus ihm herausbekommen wollt. Von sich aus wird der verstockte Kerl nichts sagen, und eine Folter werde ich nicht dulden!«

»Das lasst ruhig meine Sorge sein! Er wird singen wie ein Pirol, das garantier ich Euch«, entgegnete Osman und seine Stimme wirkte deutlich überzeugter, als er es tatsächlich war. »So, jetzt lasst uns gemeinsam hinter der Trennwand verschwinden, denn zu sehen darf er uns freilich nicht bekommen.«

Widerspruchslos tat Alfred wie ihm geheißen, gespannt darauf, was der geheimnisvolle Fremde wohl vorhabe. Robert und Adara indes beobachteten den einzigen Zugang zum Verließ, vielleicht würde Paul ihnen ja den Gefallen tun, zum Wasserabschlagen nach draußen zu kommen. Wahrscheinlich war es allerdings nicht, da die Soldaten während ihres Dienstes nicht den Kerker verlassen durften, schon gar nicht, wenn sie allein dort wachten. So also richteten sie sich darauf ein, bis zum Morgengrauen warten zu müssen.

Die Nacht war kühl und Adara drückte sich fest an Roberts Seite. Er bekam eine Gänsehaut, doch lag das gewiss nicht an der Kälte.

»Damals im Krugschenk«, begann er schließlich ganz sacht, und seine Lippen berührten fast ihr Ohr, »in jener Nacht oben in der Kammer, haben wir da eigentlich …?«

Sie starrte ihn aus großen Augen an, ganz so, als wüsste sie nicht, was er meinte. »Was?«

»Na, du weißt schon …«

Am liebsten hätte sie lauthals angefangen zu lachen, angesichts Roberts Unfähigkeit, die passenden Worte zu finden. Sie zwang sich jedoch, stattdessen eine zornige Miene aufzusetzen. »Kannst du dich etwa nicht mehr unsrer Liebesnacht entsinnen? Habe ich tatsächlich so wenig Eindruck bei dir hinterlassen?«

Robert spürte, wie ihm das Blut in den Kopf stieg, und im gleichen Moment hasste er sich dafür, doch nun war es zu spät. »Oh, da mach dir mal keine Gedanken, Eindruck hast du reichlich hinterlassen. Was die Nacht in der Kammer betrifft, da allerdings verlässt mich meine Erinnerung in dem Moment, da ich kraftlos aufs Bett niedersank. Das Letzte, woran ich mich entsinnen kann, ist der große Leberfleck auf deiner Brust.«

»Na bitte – meine Brüste hast du gesehen. Was also wird danach wohl noch geschehen sein, hm?«

»Ja, verdammt noch eins«, wurde Robert allmählich ungehalten, »das würde ich gern von dir wissen. Nicht, dass ich's nicht gern gewollt hätte, doch ich bezweifle, dass ich's noch konnte! Also, haben wir es nun getrieben oder nicht?«

»Du willst es wirklich wissen?«

»Ja, Himmel Arsch, ich will's wissen! Frag mich nicht warum, aber ich will es wissen!«

Adara nickte. Das Spielchen war vorbei, es war an der Zeit, Robert reinen Wein einzuschenken. »Es ist nichts geschehen. Kaum auf dem Bett, hast du bereits angefangen zu schnarchen. Nicht sehr schmeichelhaft für mich.«

Robert legte seinen Arm um ihre Schulter. »Was nicht ist, kann ja noch werden!«

»Hältst du mich etwa für eine Dirne? Mein Mann soll morgen am Galgen hängen!« Diesmal musste sich Adara nicht anstrengen, zornig zu schauen. »Beobachte du nur aufmerksam den Eingang zum Kerker, ich werde derweil ein wenig schlafen. Wenn dir irgendwann die Augen zuzufallen drohen, weck mich auf, ich übernehme dann die Wache!«

Robert war enttäuscht und wollte seinen Arm wieder von ihr nehmen. »Glaub mir, Robert, damals im Krugschenk hätte ich's gern getan, doch heute ist weder die rechte Zeit noch der rechte Ort dafür.« Adara nahm seine Hand und drückte sie noch fester an sich. Dann legte sie ihren Kopf auf seine Brust und schloss die Augen. Kurz darauf atmete sie tief und ruhig, während Robert angestrengt in die Dunkelheit zum Kerker hinüberblickte. Er spürte ihren warmen Körper fest an den seinen gepresst und doch war sie ihm ferner als der Halbmond über der Stadt. Nicht zum ersten Mal verfluchte er den Tag, an dem er sie kennengelernt hatte.

Sonnabend, der neunte September

Heimsuchung eines Mörders

Das Geläut zur Laudes ließ Robert jäh aufschrecken.

Keinen Augenblick zu früh, denn bereits mit dem letzten Glockenschlag öffnete sich die Kerkertür und Paul trat nach draußen. Robert weckte Adara, denn nun lag es fürs Erste an ihr, dass Osmans Plan aufging.

Paul schloss seine Augen zu schmalen Schlitzen. Immer das Gleiche, wenn er nach einem halben Tag im Finstern hinaus in den neuen Morgen trat. Heute störte ihn die Helligkeit besonders – kein Wunder, nachdem er sich die ganze Nacht über die Zeit mit Saufen vertrieben hatte. Das Angebot, das ihn kürzlich unverhofft unterbreitet wurde und dem er ohne zögern zugestimmt hatte, war wirklich ein wahrer Glücksfall für ihn, noch eine ganze Weile könnte er es sich erlauben, sein tristes Leben mit Huren und Wein zu bereichern.

Die Straße war so früh am Morgen noch menschenleer, umso mehr sprang ihm daher das leblos am Boden liegende Bündel ins Auge.

Bestimmt wieder einer dieser dreckigen Säufer, der seinen Rausch mitten auf der Straße ausschläft. Na, dir werde ich was erzählen. Schließlich war er als Kerkerwächter auch für die Ordnung in der Stadt zuständig, so wie jeder andere Soldat der Stadtwache.

»Aufstehn, Saufkopp!«, rülpste er, einen Schwall Alkoholdunst verbreitend.

Als Antwort kam nur ein herzzerreißender Seufzer, die Stimme jedoch war nicht rau wie die eines Zechbruders, sondern hatte ein zartes, weibliches Timbre.

Das musste sich Paul genauer anschauen. Vorsichtig stieß er das zusammengerollte Häufchen Elend mit der Fußspitze an, und siehe da, ein Weib kam unter dem aufgeworfenen Leinen zum Vorschein, und was für eines.

»Ist dir nich' gut?«

Wonach sieht es denn für dich aus, wollte Adara Pauls dümmliche Frage beantworten, hauchte aber nur mit kaum wahrnehmbarer Stimme, dass sie überfallen worden sei.

»Dann lass dir aufhelfen, ich bring dich nach Haus!«

Wortlos nahm sie die ihr entgegengestreckte Hand und ließ sich aufhelfen. »Was für ein starker Mann Ihr doch seid!«

Paul grinste von einem Ohr zum anderen, der Tag ließ sich gut an. Adara legte ihren Arm um ihn und ließ sich stützen, dabei presste sie ihren Körper fest an ihren Helfer. Gerade mal zwanzig Schritte voraus lag der Schuppen und sie humpelte und stöhnte herzergreifender denn je.

»Ich schaff's nicht bis nach Haus, lieber Herr! Könnt Ihr mich zur Hütte dort bringen, dass ich mich fürs Erste erhole von dem Schreck?«

»Gern, liebes Kind!«, erwiderte Paul und sein Lächeln wurde immer breiter. Der Schuppen schien leer, wer weiß, dachte er, was sich noch ergäbe.

Osman lugte über die Trennwand hinweg. Adara und Paul kamen direkt auf den Schuppen zu, alles lief bisher wie gewünscht, gelobt sei Allah! Er gab Robert und Alfred Zeichen, dann hörte er bereits das Knarren der Holzdielen unter Pauls nicht unerheblichem Gewicht.

»Legt mich bitte dort ins Stroh, dann habt Ihr mehr als Eure Pflicht getan.«

»Aber wo denkt Ihr hin, ich werde Euch doch nicht einfach allein hier zurücklassen! Was genau ist eigentlich geschehen?«

»Ein widerlicher Saukerl hat mich überfallen und wollte mich …« Adaras Stimme erstickte in einem Schluchzer. »Könnt Ihr Euch das vorstellen, das Schwein hat mir einfach an meine Brüste gefasst!«

Paul konnte sich das vorstellen, sehr gut sogar. Er ließ sich kopfschüttelnd neben ihr ins Stroh nieder und versuchte, so erschüttert wie irgend möglich dreinzuschauen, während sein Verlangen auf das Prachtweib neben ihm von Augenblick zu Augenblick größer wurde.

»Er ließ just in dem Moment von mir ab, da Ihr den Kerker verließet. Gott behüte – wer weiß, was er mir sonst noch alles angetan hätte.«

»Verflucht sei seine Achtsamkeit! Wär ich nur unbemerkt an ihn rangekommen, so hätt ich ihn niedergemacht, den verdammten Hundsfott«, stieß er aus und fuchtelte dabei dramatisch mit den Armen.

»Wie mutig Ihr doch seid«, hauchte Adara und strich ihm über die Brust.

Pauls Gier brachte sein Blut zum Brodeln – dieses Teufelsweib war bedeutend hübscher als all die Huren, mit denen er es bisher zu tun bekommen hatte, und noch dazu wollte sie ihn ganz offensichtlich haben, freiwillig und ohne sich dafür bezahlen zu lassen. Er konnte sein Glück kaum fassen, wusste er doch sehr wohl, dass er auf Frauen eher abstoßend wirkte. Dennoch, die Schmeicheleien und Streicheleien, mit denen sie ihn überhäufte, konnten eindeutiger kaum sein. Womöglich hatte das Entsetzen von eben ihren Geist verwirrt, vielleicht war sie auch einfach nur unendlich dankbar, dass er ihren Peiniger verjagt hatte – jedenfalls lag sie neben ihm im Stroh, keine Menschenseele weit und breit, und ihre Bluse war weiter geöffnet als das Maul einer Kuh beim Kalben.

Paul ist noch nie den letzten Schritt gegangen, den Schritt, den man gehen musste, wenn aus Freundschaft Liebe werden soll. Deshalb ging er es bei Adara genauso an wie bei den Huren – er nahm sie fest in seine brutalen Arme und begann, sie abzugrapschen. Er kniff ihr schamlos in Po und Busen und versuchte, sie mit seinen feucht-klebrigen Küssen zu überhäufen, als ihm plötzlich ein Knie mit Wucht ins Gemächt fuhr.

Tränen schossen ihm in die Augen und er stieß einen spitzen Schrei aus, den er allerdings gar nicht wahrnahm, da er in diesem Moment viel zu sehr mit sich selbst beschäftigt war. Als sich die Schleier vor seinen Augen wieder lichteten, entdeckte er Adara, nun stehend, am anderen Ende des Schuppens, an eine Trennwand gedrückt. Er sah sie, und doch erkannte er sie nicht wieder – aus dem liebreizenden, schutz- und hilfsbedürftigen Wesen von eben war eine angsteinflößende Furie geworden, die wie toll mit ihren Augen rollte und der Geifer aus dem Mund tropfte.

»Um Himmels willen, was ist mit dir?«, entfuhr es Paul mit zittriger Stimme. Er bekam keine Antwort, lediglich ein Grollen, das wie aus mehreren Mündern zu ihm herüberschallte.

»Sag, was du von mir willst! Wer bist du?«

»Aber Paul, erkennst du mich nicht wieder? Ich bin's, der arme, alte Anton.«

Der Kerkerwächter riss entsetzt die Augen auf. »Aber das ist unmöglich, ich selbst hab dich sterben 'sehn!«

»Nicht nur das, Paul, nicht wahr, nicht nur das!«

Er schüttelte seinen Kopf, wollte das Unmögliche nicht wahr haben. »Das glaub ich nicht, verdammt! Du bist eine junge Frau, wie willst du Anton sein? Nein, das kauf ich dir nicht ab!«

Wie Osman erwartet hatte, benötigte Paul eine zusätzliche Behandlung, um zu verlauten, was auch in seinem Interesse besser auf ewig im Verborgenen bliebe. Gleich vor Osmans Nase tauchte Adaras rechte Hand auf, durch ein kleines Loch in der Trennwand zu ihm hindurchgesteckt. Rasch platzierte er einen Lederstreifen auf ihrer Handinnenfläche und streute ein haselnussgroßes Häufchen schwarzgrauen Pulvers darauf. Zum Schluss zündete er es an – und sandte ein Stoßgebet an seinen Propheten, die List möge gelingen.

Adara merkte, wie sich Osman an ihrer Hand zu schaffen machte, spürte ein Prickeln und nahm den Geruch des kokelnden Pulvers wahr. Paul, gute zehn Schritt entfernt im Halbdunkeln immer noch zusammengekrümmt im Stroh liegend, starrte derweil wie gebannt auf ihre linke Hand, mit der sie geheimnisvolle und völlig sinnlose Zeichen in die Luft schrieb.

Die Ablenkung war schon einmal gelungen.

Schnell zog sie ihre Rechte hinter dem Rücken nach vorn – rasch, solange Osmans Zauber noch wirkte – und hielt sie Paul entgegen.

Gebannt starrte er auf ihre Hand, aus der ganz offensichtlich Funken und Flammen schlugen, atemlos und unfähig, sich einfach davonzustehlen. Und dann schrie es, dieses zarte, liebliche Geschöpf, es schrie mit der Stimme einer Frau als auch mit der eines ausgewachsenen Mannes. Paul stiegen die Haare zu Berge, als der Dämon, denn um nichts anderes konnte es sich bei dem Wesen handeln, ihn anfauchte.

»Hast du immer noch Zweifel, verfluchter Narr! Ich bin es, der Geist des armen, alten und unschuldigen Anton, der durch dieses Geschöpf zu seinem Mörder spricht! Ich bin es, der untote Anton, der sein Recht einfordert! Auge um Auge, Zahn um Zahn, Kopf um Kopf …«

Das Schlimmste war überstanden, im Gleichklang hatte Adara gemeinsam mit Robert Antons Anklage seinem Mörder entgegengeschrien.

Sie sah, wie sich auf Pauls Hose ein dunkler Fleck rasend schnell ausbreitete. Beinahe hatte sie in diesem Moment Mitleid mit dem einfältigen Kerl, ganz sicher jedoch Angst, dass der Schreck ihm das Leben nahm, bevor er sagen konnte, was sie von ihm wissen wollten.

»Nun sprich, verdammter Kerl, warum hast du einen wehrlosen Mann hinterrücks geköpft? Wer hat dich dazu angestiftet? Sag es, bevor sich der Boden unter dir auftut und Luzifer deine Seele einfordert!«

Paul überlegte fieberhaft, soweit es ihm, trotz seiner entsetzlichen Furcht, möglich war. Er hegte keinen Zweifel daran, dass Antons Geist durch das Mädchen zu ihm sprach, aber offensichtlich war er dennoch alles andere als allwissend. So versuchte Paul also, Anton nicht noch wütender zu machen, als er es ohnehin schon war.

»Niemand hat mich angestiftet, Anton, so wahr mir Gott helfe! Ich tat nur meine Pflicht, indem ich einen Ausbrecher an der Flucht hinderte, mehr nicht!«, log Paul und hoffte inständig, dass auch Geister Lügen nicht von der Wahrheit unterscheiden konnten.

»Lüg mich nicht an, elender Hurenbock! Ein Schlag auf den Schädel wär genug gewesen, hättest ihn mir ja nicht gleich abschlagen müssen!«, keifte Adara und ihre Stimme überschlug sich. »Seit jener Nacht lebst du in Saus und Braus. Woher nimmt ein Habenichts wie du so viel Geld, wenn er sich seine feige Tat nicht fürstlich belohnen ließ?«

Paul brachte kein Wort heraus, sondern schüttelte nur unentwegt seinen Kopf.

»Du willst also nichts sagen! Dann soll Luzifers Eisen die Wahrheit aus dir herauslocken!« Wie aus dem Nichts zauberte Adara hinter ihrem Rücken den Eisenstab hervor, den ihr Osman durch das Loch zugesteckt hatte.

»Steh gefälligst auf, feiger Hund! Soll doch der Teufel selbst entscheiden, was mit deiner Seele geschieht!«

Mit zittrigen Knien richtete sich Paul unbeholfen auf, Adara ging bis auf einen Schritt auf ihn zu und hielt ihm den Eisenstab vor die Nase.

»Dieser Stecken hier ist vom Leibhaftigen selbst geschmiedet, um die Wahrheit aus verstockten Burschen wie dir herauszulocken! Ich stelle nun Fragen, und diese Spitze hier wird Klarheit schaffen!« Adara hielt den Stab in der Linken und in der Rechten den Faden, an dem der Magnet befestigt war.

»Luzifers Eisen, ich beschwöre dich, zeige auf den Mann, der mir, Anton Bergmann, gegen eine fürstliche Belohnung brutal den Kopf abgeschlagen hat!« Adara ließ den Stab fallen. Nun pendelte er, nur noch an der Schnur gehalten, zwischen ihnen beiden. Er drehte sich einige Male im Kreis, bis er plötzlich, wie von Zauberhand gehalten, einhielt, einige Male ungelenk nach links und rechts ausschlug und schließlich direkt auf Pauls

Brustpanzer wies wie der anklagende Zeigefinger eines Inquisitors.

Paul stieß erneut einen spitzen Schrei aus. Ihm wurde schwarz vor Augen, beinahe hätte er das Bewusstsein verloren. »Himmel Herrgott! Himmel Herrgott noch eins – ich beschwöre dich, steh mir bei in dieser Not, lass deinen armen Sünder nicht in die Hölle fahren, ich gesteh auch alles – Himmel Herrgott, ich bitt dich!« Tränen schossen aus Pauls Augen, er sank zurück auf den Boden, ein einziges Bild des Jammers. Flehentlich reckte er seine Arme gen Himmel und brabbelte unzusammenhängende Sätze aus der Bibel.

»Wenn du Vergebung suchst, dann sag mir augenblicklich, wer dich angestiftet hat zum Mord, und verschweige nichts, sonst fährst du auf der Stelle in die Hölle ein!«, schrie Adara wie eine Furie. Da endlich redete Paul, es sprudelte förmlich aus ihm heraus wie aus einem Wasserfall.

Vier Ohrenpaare wurden gespitzt und sie bekamen viel zu Hören. Unglaubliches hatte Paul zu erzählen, und dennoch zweifelte keiner seiner Zuhörer daran, dass er die Wahrheit und nichts als die Wahrheit sagte, denn seine Angst vor dem Antichrist war echt. Nie hätte er in diesem Moment zu lügen gewagt.

Und als Paul schließlich sein Gewissen erleichtert hatte, musste sich Robert wieder einmal schmerzlich eingestehen, dass er über keinerlei Menschenkenntnis verfügte, denn nie hätte er für möglich gehalten, dass ausgerechnet jener Mann dahintersteckte.

Die Rache des kleinen Mannes

DIE MORGENSONNE SCHIEN in des Hauptmanns Amtszimmer und zauberte die ersten Schatten des Tages an die Wände. Dörrkamp saß auf seinem Stuhl und starrte ins Leere. Er war immer noch verärgert über die Abfuhr, die ihm Adara vor genau einem Tag erteilt hatte. Und das vor all seinen Männern, wie stand er nun da?

Dörrkamp schüttelte seinen kugelrunden Kopf. Was denkt diese Schlampe eigentlich, wer sie ist? Wie konnte sie es nur wagen, mit mir umzuspringen, wie mit einem dahergelaufenen Stallburschen? Weiß sie verdammt noch mal nicht, wer ich bin?

Der Gram saß tief in seiner verletzten Seele. Das würde er ihr heimzahlen, so wahr er der Hauptmann der Stadtwache ist. Genau in dem Moment, da Dörrkamp finstere Rachepläne schmiedete, flog die Tür auf und Adara betrat seine Stube, natürlich wie immer unangemeldet.

»Herr Hauptmann, wir wissen, wer der wahre Schuldige ist!«

Dörrkamp meinte zu träumen. Wieder einmal kam sie bei ihm hereingestürzt, als er gerade an sie dachte, genauso wie am gestrigen Morgen. Doch diesmal wollte er ihr keinen so freundlichen Empfang bereiten. »Wie könnt Ihr es wagen, hier hereinzuplatzen, wie es Euch beliebt, ganz so, als ob's Eure gute Stube sei?«

»Aber Herr Hauptmann, habt Ihr mich nicht verstanden? Leonhardt ist unschuldig, er steht zu Unrecht am Pranger!«

Innerlich frohlockte Dörrkamp. Nun also konnte er ihr alles heimzahlen. Und obwohl seine Entrüstung nur gespielt war, lief sein Kopf dennoch rot an. Vielleicht war es die Erregung darüber, was nun folgen sollte. »Verdammt noch eins! Sieh zu, dass du aus meinem Zimmer verschwindest, oder soll ich dich abführen lassen?«

Adara sah den Hauptmann an, als habe er soeben gestanden, ihr abspenstiger Vater zu sein. »Aber ich habe doch …«

Ohne ihr weiter Gehör zu schenken, stürzte der Hauptmann zur Tür. »Holt gefälligst das keifende Frauenzimmer aus meiner Stube!«

Alfred blickte überrascht auf. Er hatte bereits seine Männer angewiesen, was nun zu tun sei. »Aber Herr Hauptmann, sie hat recht. Ich selbst habe gehört, wie Paul, der Kerkerwächter, den wahren Schuldigen nannte!«

»Was kann Paul schon wissen? Wahrscheinlich war der Saufaus wieder völlig betrunken, da sagt man gern mal was, um sich wichtig zu machen! Leonhardt hat sein Verbrechen gestanden, also wird Leonhardt auch hängen!«

»Aber Herr Hauptmann …«, wagten Adara und Alfred im Gleichklang einen zaghaften Versuch.

»Nichts aber, der Fall ist gelöst, außerdem hab ich heut' Wichtigeres zu tun. Von mir aus werd' ich mich morgen drum kümmern!«

Adara und Alfred schauten sich verständnislos an. »Aber morgen ist Leonhardt bereits tot!«

Dörrkamp grinste die beiden an. Was kümmert's mich, sollte seine Miene sagen, dann schloss er, ohne ein weiteres Wort zu verlieren, die Tür zu seiner Stube.

»Verdammt soll er sein, der fette Sauhund!« Adara war außer sich. »Können wir denn gar nichts machen?«

Robert und Osman saßen am Tisch in Leonhardts Heim und starrten trübsinnig vor sich hin. Im Kamin prasselte ein kleines Feuer, denn es war bereits recht frisch an jenem Septembermorgen.

»Er vertritt die weltliche Macht in dieser Stadt, sein Wort ist Recht! Selbst die Kirche kann ihm nicht in seine Geschäfte hineinreden. Glaubt mir, wir sind machtlos!«, erwiderte Alfred – er wirkte untröstlich.

»Obwohl«, blitzten seine Augen plötzlich auf, offenbar hatte er gerade eine Eingebung, »es gibt *doch* eine Person, der sogar *er* Rechenschaft schuldig ist!«

»Ach, schau an«, kam wieder Leben in Osman. »Wer ist's denn?«

»Der Vogt natürlich!«

»Aber ist der Vogt nicht sein Vater?«

»In der Tat, das ist er! Und?«

Adara und Osman schauten sich ratlos an. War denn der Einwand nicht naheliegend?

»Nun, Osman befürchtet«, ergriff Adara das Wort, »dass der Vater nicht seinen Sohn verunglimpfen wird, indem er dessen Amtshandlungen infrage stellt!«

»Oh, da kennt Ihr den Vogt aber schlecht! Er ist ein guter Mann, gerecht und weise, das absolute Gegenteil seines Sohnes. In Goslar geht das Gerücht, dass er ihm den Posten nur besorgt hat, damit er ihn niemals in seinem Amt als Vogt folgen kann. So hat er zudem ein Auge auf seinen Filius und kann ihm Einhalt gebieten, wenn der's denn zu bunt treibt. Glaubt mir, da hat er keinerlei Scheu, manchmal glaube ich gar, dass es ihm Freude bereitet, seinen Sohn bloßzustellen, und sei es nur, um dessen Mutter eins auszuwischen.«

Osman sprang auf. »Na los denn, lasst uns unverzüglich den Vogt aufsuchen!«

Alfred schüttelte den Kopf. »Wenn das nur so leicht wäre. Er ist ein viel beschäftigter Mann, dessen Amtsgebiet vom nördlich gelegen Wulferisbuttle an der Oker bis weit in den Süden nach Brunenla reicht und von Sehuson im Westen bis zur Neustadt unter der Harzburg im Osten. Im Grunde spricht er im gesamten Harzgebiet Recht, und glaubt mir, wo die Berge ihre Schätze preisgeben, da gibt es auch viel Gesindel und ebenso viel zu tun für einen Vogt. So reist er tagein, tagaus von Siedlung zu Siedlung wie ein Regent von Pfalz zu Pfalz, nie daheim und immer unterwegs.«

Osman fluchte vor sich hin, nahmen die Schwierigkeiten denn nie ein Ende? »Das heißt also, er kann überall sein und niemand wird mit Sicherheit sagen können, wo er sich derzeit aufhält?«

Alfred nickte bekümmert.

»Das ist nicht wahr, ich weiß genau, wo er heute Abend sein wird!«

Alle drei Männer schauten zu Adara.

»Die Tochter seines Sohnes wird heute getauft, in der Ulrichs-Kapelle. Ich weiß es von einer Freundin, sie ist Zofe im Hause des Hauptmanns. Zur Taufe seiner Enkelin wird auch der Vogt erwartet«, sagte Adara und strahlte triumphierend in die Runde.

»Sollte uns Fortuna tatsächlich einmal hold sein?« Osman wollte sein Glück noch nicht recht fassen.

»Hauptsache, wir können mit ihm sprechen, bevor Leonhardt hängt. Das kann knapp werden!«

»Nicht nur das, Adara, wir müssen auch erst einmal zu ihm durchdringen. Der Vogt ist nicht für jeden Dahergelaufenen zu sprechen, sonst würde er seine Arbeit gar nicht mehr verrichten können«, gab Alfred zu bedenken.

»Ach, Unsinn, wir haben schon ganz andere Dinge vollbracht, nicht wahr, Robert?«

Robert antwortete nicht, offenbar hing er seinen eigenen Gedanken nach.

»Nicht wahr, Robert?«, hakte Osman nach.

Robert nickte nur.

Die Glocken schlugen zum Mittagsgebet. Osman, Adara und Alfred schliefen, immerhin hatten sie die Nacht zuvor kaum ein Auge zugetan, nur Robert konnte nicht zur Ruhe kommen. Er hatte das Bild von Theodor vor seinen Augen. Konnte dieser liebenswürdige alte Mann zu einer derartigen Schandtat fähig sein? Er wollte es immer noch nicht wahrhaben.

Schließlich wurden seine Bedenken zu übermächtig und er weckte Alfred. Der Leutnant blinzelte ihn aus verquollenen Augen an.

»Es tut mir leid, Alfred, doch ich musste Euch wecken, denn eine Frage lässt mir einfach keine Ruhe …«

»Dann fragt – ich hoffe nur, dass ich Euch Klarheit verschaffen kann.«

»Nun, ich will einfach nicht glauben, dass ausgerechnet Theodor der Übeltäter sein soll.«

»Nach allem, was vorgefallen ist, wundert mich das nicht!«

»Aber was ist denn vorgefallen?«, fragte Robert.

So erzählte ihm Alfred in kurzen, knappen Worten, worüber die ganze Stadt hinter vorgehaltener Hand tuschelte, und wieder einmal brach für den armen Riesen mit dem sanften Gemüt eine Welt zusammen.

»Du hast was mit Theodor gehabt … *dem* Theodor?« Diesmal hielt sich Robert beim Wecken nicht lange mit Entschuldigungen auf. Hart griff er Adara an die Schulter und rüttelte sie wach.

Adara war sofort hellwach. Mit weit aufgerissenen Augen starrte sie Robert an, gerade so, als erwarte sie, dass er ihr Gewalt antue.

»Es ist also tatsächlich wahr, ich seh's dir an! Verflucht, wie konntest du nur mit so einem alten Mann …?«

Durch das Geschrei war Osman wach geworden, dennoch stellte er sich weiterhin schlafend und hielt seine Augen fest geschlossen. Bei dieser Unterredung wäre ein Dritter eindeutig einer zu viel.

Da Alfred draußen Wasser ließ, wähnte sich Robert allein mit Adara. »Anscheinend trägst ja einzig du allein am Ganzen die Verantwortung! Nun sprich schon endlich, verdammte Hure!«

Adara wurde wütend. Was fiel dem unverschämten Grobian eigentlich ein, ihr Vorhaltungen zu machen, ganz so, als seien sie verlobt? »Ihr Männer macht's euch immer leicht, eine Frau zu verdammen und als Hure zu beschimpfen. Ja, wisst ihr denn, wie's ist, in dieser Welt zu bestehen, wenn es keinen Menschen gibt, der sich um einen kümmert? Ihr findet schnell einen Unterhalt, und sei's als Steineklopfer im Berg, doch was sollen wir Frauen tun? Ich hab's versucht, als Magd oder Zofe, doch kein Eheweib wollte mich in ihrem Haus haben, zu sehr befürchteten sie, dass ich eine zu große Versuchung für ihren Gemahl wäre.« Jetzt war Adara richtig in Rage geraten und je mehr ihr das Blut in den Kopf stieg und sie vor Zorn erröten ließ, desto mehr wich es aus Roberts Schädel. Bleich geworden ließ er ihre Tirade widerstandslos über sich ergehen. Und sie war noch lange nicht fertig. »Die jungen Burschen suchen nur Spaß für eine Nacht, so kommt's, dass man sich dem erstbesten reifen Mann an den Hals wirft. Theodor war gut zu mir und er sorgte dafür, dass ich endlich wieder ein Dach über dem Kopf hatte und ohne knurrenden Magen einschlief.«

Alfred wollte gerade wieder hereinkommen, machte jedoch sofort auf der Stelle kehrt, und auch Osman stellte sich weiterhin schlafend. Ein amüsiertes Grinsen konnte er sich jedoch nicht verkneifen, zu sehr belustigte ihn das verdutzte Gesicht Roberts, das er zwar nicht sah, aber dennoch lebhaft vor seinem geistigen Auge hatte.

»Hast du mit ihm …?«, hörte sich Robert kleinlaut fragen und bedauerte bereits im selben Moment, seinen Mund aufgemacht zu haben.

»Ach, Robert, immer geht's dir nur um das Eine! Hast du mit mir, hast du mit ihm …? Aber wenn es dich beruhigt: Er durfte mir beim Baden zusehen, das war alles!«

Robert nickte betreten, sein Zorn war endgültig verraucht.

»Eines Abends war Leonhardt zu Besuch, da hab ich ihn kennengelernt. Kurz darauf war ich mit ihm liiert, und seitdem hasst uns Theodor wie die Pest!«

Robert schüttelte vorwurfsvoll seinen Kopf. »Aber das hättest du uns früher sagen sollen!«

Ja, verdammt noch eins, das hätte sie uns wirklich früher sagen sollen, dachte sich auch Osman, gab aber keinen Ton von sich, da es ohnehin nichts mehr geändert hätte.

»Ich hatte Angst, dass du wütend wirst und uns im Stich lässt – wie man sehen konnte, war meine Sorge, zumindest zum Teil, nicht ganz unbegründet!« Sie lächelte ihn verlegen an.

»Alfred hat etwas von einem Medaillon erzählt …?«

»Ach ja, das Medaillon seiner verstorbenen Frau. Darum gab es einen mächtigen Streit. Ich gab es Theodor in eurer Gegenwart zurück, als ihr ihm euren Besuch abgestattet habt. Er hat es mir geschenkt, doch als ich ihn verließ, wollte er es plötzlich wiederhaben. Da ich mich weigerte, hat er behauptet, ich habe es gestohlen. Die Stadtwache stellte Leonhardts Haus auf den Kopf, gefunden haben sie freilich nichts, weil ich es zuvor an anderer Stelle versteckt hatte. So, jetzt weißt du wirklich alles!«

Robert nickte und hoffte inständig, keine weiteren bösen Überraschungen mehr mit ihr erleben zu müssen.

»Fragt sich nur, warum Theodor Anton töten ließ?«

»Aber liegt das nicht auf der Hand?«, erwiderte Adara. »Theodor brauchte für Leonhardts angebliches Verbrechen einen Minenverkäufer, da Leonhardt nie seine eigene verkauft hätte. So kam es ihm gerade recht, dass der arglose Anton seine Mine veräußern wollte. Vermutlich war sogar Theodor selbst der Käufer. So kommt er nun, ohne einen Gulden zu zahlen, an dessen Eigentum, und einen lästigen Zeugen ist er obendrein noch los. Vielleicht ist ihm Anton sogar auf die Schliche gekommen!«

»Aber nun weiß Paul anstelle von Anton von Theodors Schuld!«, gab sich Robert noch nicht gänzlich mit Adaras Erklärungen zufrieden.

»Ich habe mit Alfred über Paul gesprochen. Der Kerkerwächter ist ein dermaßen verstockter Kerl, er hätte sich auf der Folter eher die Zunge herausreißen lassen, als auch nur einen Ton zu sagen, das wusste auch Theodor. Nur mit dem Hexenzauber, den Osman veranstaltete, konnte man die Wahrheit aus ihm herauslocken.«

Robert nickte erneut. So und nicht anders musste es wohl gewesen sein. Also war es Theodor, der hinter alldem steckte. Fast hatte er ein wenig Verständnis für den alten Mann. Adara zu lieben, aber auch zu hassen, da lag nicht viel dazwischen, wer wusste das besser als er.

Der Vogt trieb sein Gefolge zur Eile an.

Die Sonne hatte schon lange ihren Zenit überschritten, und noch war es weit hin bis nach Goslar. Zum Abend musste er in der Ulrichs-Kapelle sein, um der Taufe seines ersten Kindeskindes beizuwohnen – nicht auszudenken, was ihm Waltraud sonst für ein Gezeter bereiten würde, sollte er die Zeremonie versäumen. In der Regel war es ihm gleich, was der alte Drachen von sich gab, doch diesmal konnte er sich nicht einfach wieder davonstehlen wie sonst, immerhin war die gesamte Familie zugegen.

Einmal mehr dankte er seinem Schicksal, das ihn schließlich in das Amt eines Vogtes beförderte. So war er derart selten daheim, dass er so manch einen Gewohnheitsverbrecher aus dem Amtsbereich der Vogtei häufiger zu sehen bekam als seine ihm angetraute Gemahlin.

Waltraud, in der Hölle schmoren sollst du, garstiges Biest!

Dass sein beschränkter Sohn in der Kapelle zugegen wäre, machte ihm das heutige Zusammentreffen nicht angenehmer. Nicht nur einmal hegte er den Gedanken, unter dem Vorwand dringender Amtsgeschäfte einfach fernzubleiben, doch stand er als oberster Richter der Region auch in der Öffentlichkeit. Und sollte das Gerücht über sein zerrüttetes Verhältnis zu seiner Frau, das schon lange in Goslar die Runde machte, nicht zur Gewissheit werden, musste er seiner Pflicht als Großvater Genüge tragen.

Weil er spät dran war, trieb er seinem Pferd die Fersen in die Flanken. Er erwartete nichts anderes als einen weiteren langweiligen Abend im Kreise seiner ungeliebten Familie. Vor ihm jedoch lagen Ereignisse, von denen man noch lange in der Stadt und sogar darüber hinaus erzählen würde.

Die Kaiserpfalz

Mit den Glocken zur Non brachen sie alle vier gemeinsam auf zum Areal der Kaiserpfalz. Da es noch früh am Nachmittag war, sollte die Zeit allemal reichen, um in die Kapelle des Heiligen Ulrich zu gelangen. Paul hatten sie gefesselt und geknebelt in Leonhardts Haus zurückgelassen, da die Kletterei über die das Areal umlaufende Mauer mit einem Gefangenen schlichtweg unmöglich war. Alfred meinte, sein Wort als Leutnant würde genügen, um bei dem Vogt zumindest einen Aufschub von Leonhardts Hinrichtung zu erwirken. Eine Aussage Pauls, wenn denn nötig, könne später immer noch erfolgen.

Die Mauern waren rasch überwunden, nun näherten sie sich vom Westen kommend der fensterlosen Rückseite des Kaiserhauses. Trotz des mächtig vor ihnen aufragenden Saalgebäudes drangen von der Frontseite der Pfalz Stimmen zu ihnen durch. Offenbar hatten sich schon einige Taufgäste eingefunden.

Wie immer beschlich Alfred Wehmut angesichts der verschwindenden Bedeutung des einst, wie es ein Chronist einmal bezeichnete, berühmtesten Wohnsitzes des Reiches. Lange vor Alfreds Zeit residierten hier in seiner Heimatstadt die bedeutendsten Könige. Der Salier Heinrich der Dritte war Goslar derart verbunden, dass er verfügte, sein Herz nach seinem Tode hierher zurückzuführen, sein Sohn, Heinrich der Vierte, wurde gar in Goslar geboren.

Nach den Saliern kamen die Staufer. Insbesondere der berühmteste Rotbart der Geschichte, Friedrich der Erste, auch Barbarossa genannt, residierte des Öfteren in der Pfalz, und auch sein eigentlicher Widersache, der Welfe Heinrich der Löwe, erledigte hier zum Teil friedlich seine Amtsgeschäfte, bevor er, viele Jahre später, vergeblich versuchte, Goslar zu erobern. Dann allerdings wurde es immer stiller um die Kaiserpfalz, nur noch einige Male hielten in ihrem Saal Könige Einzug. Offenbar gehörte die Zeit der reisenden Regenten, die in ihrem Reich nach dem Rechten schauten, der Vergangenheit an. Das letzte Mal, dass ein König, in diesem Falle Friedrich der Zweite, mit seinem Hofstaat die Pfalz aufsuchte und einen Reichstag abhielt, lag nunmehr auch schon fünfzehn Jahre zurück. Seitdem verwaiste das großartige Gebäude und wartete auf bessere Zeiten.

»Wohin, nach links oder rechts?«, wurde Alfred aus seinen Gedanken gerissen.

»Nach rechts, die Kapelle links ist die Liebfrauenkapelle, die an der südlichen Flanke die des Heiligen Ulrich!«

»Dann los, bevor uns noch eine Wache sieht!«

Geduckt liefen sie an der schmucklosen Westmauer des Saalbaus entlang, bis eine Tordurchfahrt ihren Weg kreuzte. Robert, an vorderster Stelle befindlich, hob seinen Arm und gebot den anderen Einhalt. Er drückte sich an die Mauer und linste vorsichtig durch den Torbogen zur Vorderseite des Pfalzgebäudes. Einen Augenblick nur, dann hatte er genug gesehen.

»Der ganze Platz ist voller Menschen, es sind auch einige Soldaten darunter. An dem Tor kommen wir niemals unbemerkt vorbei«, flüsterte er verärgert.

Osman schaute nach oben. »Alfred, was ist dort über dem Tor?«

»Aber natürlich, das sollte gehen«, strahlte der Leutnant. »Das ist ein Verbindungsgang von den königlichen Gemächern zur Kapelle. So können die hochwohlgeborenen Herrschaften St. Ulrichs erstes Geschoss betreten, ohne nach draußen zu gehen.«

»Und was sollen wir im ersten Geschoss, wenn der Vogt unten ist?«

»In der Decke ist ein großes Loch. Der König und sein engstes Gefolge haben von dort oben die Messen verfolgt mit dem gebührenden Abstand zum gemeinen Volk darunter.«

»Ausgezeichnet! Dann müssen wir nur noch sehen, wie wir nach oben zum Fenster kommen.«

Osmans Blick folgte Roberts ausgestreckter Hand. Das Fenster, auf das er wies, lag gute zehn Fuß in der Höhe.

»Ganz einfach, du hebt uns nach oben!«

»Und wie soll ich hochkommen? Hast du etwa ein Seil dabei?«

»Du bleibst unten. Wenn dich der Vogt zu sehen bekommt, verschreckst du ihn nur!«

»Und wenn ihr handfeste Unterstützung braucht?«

»Wenn du einen Tumult hörst, kannst du immer noch von unten dazustoßen. Nun gib endlich Ruhe, anders wird nichts draus!«, beendete Osman die leidige Diskussion und hob einen Stein auf, um den er ein Tuch wickelte. »Fang mit mir an, ich werde zusehen, dass ich das Fenster kleinkriege!«

Das Knacken des brechenden Bleiglases ging Osman durch Mark und Bein, in diesem Moment klang es ihm so laut in den Ohren wie die Glocken des Doms. Ängstlich schaute er nach unten zum Torbogen, als erwarte er jeden Augenblick Heerscharen von Stadtwächtern daraus hervorstürmen, doch nichts geschah.

Gelobt sei Allah!

»Schlaf nicht ein, da oben!«, zischte Robert von unten. Allmählich brannte ihm selbst das Gewicht des spindeldürren Osman in den Armen, immerhin hob er ihn kopfüber mit seinen ausgestreckten Armen nach oben.

»Ja, schon recht!«, flüsterte Osman mehr zu sich selbst und zog eine Scherbe nach der anderen aus dem Rahmen, bis das Loch groß genug war, um hindurchzuschlüpfen. Lautlos wie eine Katze landete er im Verbindungsgang. Er war leer, niemand weit und breit. Zuerst räumte Osman die Scherben beiseite, dann winkte er Alfred zu, ihm zu folgen. Robert schüttelte kurz seine Arme aus, dann half er, dem Leutnant auf seine Schulter zu klettern. Dort schließlich ließ er Alfred auf seine Hände steigen und drückte ihn die weiteren zwei Fuß nach oben, die nötig waren, um das Fenstersims zu erreichen. Da das Fenster bereits offen war und Osman zudem von oben beim Einstieg half, war Robert diesmal bedeutend schneller erlöst.

Wieder schüttelte er seine Arme aus, allmählich ging ihm die Hilfestellung gehörig in die Knochen. Und nun wartete auch noch der schwerste Brocken auf ihn. Denn obwohl Adara unübersehbar eine Frau war, rank und schlank im Übrigen, wog sie eindeutig am meisten, da sie Osman und Alfred mindestens um eine Hauptеslänge überragte.

»Na, wird's bald?« Ungeduldig stand sie ihm gegenüber und wartete darauf, dass er ihr half.

»Und untersteh dich, nach oben zu gucken!«, grinste sie ihn keck an.

Robert grinste zurück. Wer sollte ihn schon daran hindern.

Adara kletterte vornübergebeugt durch das Fenster und offenbarte Osman, warum sein armer Freund schon seit Wochen keine rechte Ruhe mehr fand. Und auch Alfred konnte seine Augen nicht von ihr losreißen.

»So, ihr habt euren Spaß gehabt, die Vorstellung ist beendet!«, richtete sie sich auf und strich lächelnd ihren Rock glatt.

Alfred ging voraus und schaute dabei zurück zu seinen beiden Begleitern. »Vor uns liegt der obere Eingang zur Kapelle, hinter uns sind die königlichen Gemächer. Alle paar Wochen wird hier nach dem Rechten gesehen, ansonsten steht das Gebäude leer. Wir sollten also keine Probleme mit …« Adaras Blick richtete ihm jedes Körperhärchen auf. Mit ängstlich geweiteten Augen starrte sie an ihm vorbei. Fast gleichzeitig sprang Osman auf ihn zu und riss ihn zu Boden. Alfred wandte seinen Blick und starrte nach vorn in Erwartung einer Rotte waffenstarrender Soldaten. Doch der Gang war leer.

»Ja, sticht euch beide denn der Hafer? Was zum Teufel sollte das?«

Osman wies nur nach oben. Direkt über Alfred durchbrach ein großes Fenster die Wand des Ganges. Es wies zur belebten Ostseite der Pfalz und das Glas war nahezu so klar wie Wasser.

Der junge Leutnant spürte, wie er rot anlief.

Und während die drei den restlichen Weg bis zur gottlob unverschlossenen Pforte in die St.-Ulrichs-Kapelle auf Knien rutschend zurücklegten, suchte sich Robert ein Versteck in einem dicht bewachsenen Busch in unmittelbarer Nähe der Kapelle. Sollten seine Fäuste benötigt werden, wäre er im Nu an Ort und Stelle.

Alles war bereitet, nun musste nur noch der Vogt rechtzeitig eintreffen.

»Verdammt noch eins, wir werden's nie beizeiten schaffen! Na, ich werd schön was zu hören kriegen, mir klingen jetzt schon die Ohren!«

»Ich werde einen Boten vorausschicken, Herr Vogt, Bescheid zu geben, dass wir uns verspäten.«

Der Vogt winkte ab. »Nein, lasst gut sein, Lampert, dann kriegt nur der arme Bote den ganzen Ärger meiner Waltraud zu spüren! Ohne mich kann die Taufe eh nicht beginnen, sollen sie sich halt gedulden. Und wenn wir erst nach Sonnenuntergang eintreffen, dann soll's halt so sein.«

Leonhardt starrte nach Westen zum Steinberg. Nicht mehr lang und die Sonne würde hinter seinen Hängen verschwinden. Und mit dem letzten Tageslicht wäre auch sein Leben dahin, denn pünktlich zum Sonnenuntergang würde der Henker seine grausige Pflicht tun. Doch nicht nur der Henker wartete, es hatten sich bereits einige Schaulustige eingefunden, die den Galgen belagerten, hauptsächlich Kinder und Alte, die anderen verrichteten noch ihr Tagwerk, ob nun auf dem Felde oder im Berg. Schon gab es Gerangel um die besten Plätze, schließlich wollte man eine gute Sicht haben aufs Spektakel.

Leonhardt dachte an Adara und seine beiden Gehilfen.

Hatten sie ihn aufgegeben?

Und sollte es so sein, konnte er es ihnen übel nehmen?

Was sollten sie schon verrichten?

Leonhardt begann zu beten, er kannte eine Menge Gebete.

Ob die Zeit wohl noch für alle reichen würde?

Auf Messers Schneide

»HEILIGE MUTTER, wann kommt er denn endlich? Es hat schon vor einer geraumen Weile zur Vesper geschlagen, die Kapelle ist zum Bersten voll, nur der Vogt lässt sich nicht blicken!« Alfred schüttelte den Kopf.

Osman wagte einen Blick durch das quadratische Loch im Boden auf das rege Treiben im ebenerdigen Geschoss. »Und wenn er schon da ist? Woher bist du dir so sicher, dass er noch fehlt?«

»Wenn er schon da wäre, hätte die Tauffeier längst begonnen, immerhin war sie zur Vesper angesetzt! Außerdem hört man seine Stimme sofort heraus, und seien doppelt so viele Menschen dort unten. Glaub mir, allein mit seinem Organ hat er so manch einen Kläger oder Beklagten zur Vernunft gebracht. Diese Stimme vergess ich mein Lebtag nicht. Er ist nicht da!«

Adara starrte unentwegt durch das Ostfenster der Kapelle auf den Vorplatz der Pfalz, gerade so, als wolle sie den Vogt herbeibeten. Der Schatten, den die Kapelle warf, wurde immer länger, doch vom Vogt war nach wie vor nichts zu sehen. Als sie ihren Blick wandte und durchs Westfenster sah, erkannte sie, dass die Sonnenscheibe bereits zum Rand hin von den Hängen des Steinbergs verdeckt wurde. Nun war es endgültig um Adara geschehen. Leise begann sie zu schluchzen und die ersten Tränen flossen.

»Und wenn wir versuchen, ihm entgegenzureiten?«, fragte sie verzweifelt.

»Ich habe keine Ahnung, von woher er kommt! Er könnte überall und nirgends sein. So er zur Taufe kommt, treffen wir ihn hier!«

»Wenn's dann nicht schon zu spät ist«, murmelte Osman betrübt und Alfred nickte.

Plötzlich begann Adara aufgeregt zu winken, rasch war der Leutnant an ihrer Seite und starrte ebenso wie sie durchs Ostfenster nach draußen. Weit aus der Ferne näherte sich im rasenden Galopp ein Reitertross. Noch einige hundert Fuß, dann würden sie den Dom passiert haben.

»Das muss er sein! Alfred, sag mir, dass dort der Vogt kommt!«

Der Leutnant kniff die Augen zusammen. »Den Vogt kann ich zwar noch nicht ausmachen, sehr wohl allerdings seine Standarte …«

Adara knabberte an ihren Fingernägeln und schickte ein Stoßgebet nach dem anderen gen Himmel.

»Jetzt seh ich ihn!«, rief Alfred aufgeregt. »Der große Dicke auf dem Schimmel!«

Adara stieß einen spitzen Schrei aus. Sofort schaute Osman hinab ins untere Geschoss. Glücklicherweise hatte niemand sie gehört, denn auch dort sorgte das Erscheinen des Vogtes und Großvaters des Patenkindes für Aufregung.

Auf Höhe des Doms hielten die anderen Reiter an, nur der Vogt ritt unbeirrt weiter, erst direkt vor der Kapelle riss er die Zügel zurück und das Pferd kam zum Stehen. Während er schnaufend vom Gaul stieg, stand bereits eine kleine, rundliche Frau neben ihm, die kurzen, dicken Arme in die Hüften gestemmt. Ihr Mund bewegte sich in einem fort, offenbar redete sie unentwegt auf ihn ein. Der Vogt nickte nur, während er strammen Schrittes auf die Kapellenpforte zustrebte. Kaum im Inneren, hörte man schon seinen dröhnenden Bass.

»Nun lasst uns schon beginnen, das Kind muss schlafen und ich hab Hunger!« Alfred hatte recht, diese Stimme war unnachahmlich.

Blutrot schien inzwischen die Sonne durch die Westfenster der Kapelle, es war allerhöchste Zeit.

Zufrieden mit sich und der Welt lehnte sich Theodor auf der Kirchenbank zurück und beobachtete durch das Loch in der Decke, wie immer weniger Sonnenlicht durch die Fenster in die Kapelle eindrang.

Nur noch einige Augenblicke und Leonhardt wäre nicht mehr. Er konnte den vorlauten Bengel seines Bruders nie leiden. Seitdem er sich mit ihm eine Mine teilen musste, wurde er zum Ärgernis, doch spätestens als er ihm Adara abspenstig gemacht hatte, begann er ihn aus tiefsten Herzen zu hassen.

Mit dem Tode Leonhardts würde ihm dessen Minenanteil zukommen, zudem nannte er die vom armen Anton sein eigen, schließlich hatte er sie ihm vor einigen Tagen abgekauft, wenn er auch keinen Groschen dafür bezahlt hatte. Es der treulosen Adara heimzuzahlen, befriedigte Theodor jedoch am meisten. Wochenlang ließ sich das Luder von ihm aushalten und dabei durfte er sie nicht einmal anfassen. Ganz im Gegensatz zu seinem Neffen – kaum gesehen, kroch sie ihm unter die Decke, die schamlose Hure.

Theodor schrak zusammen. Er meinte, auf dem oberen Geschoss eben einen Schatten gesehen zu haben. Und hatte dieser Schatten nicht eine frappierende Ähnlichkeit mit Adara?

Nein, er musste träumen, was hätte sie schon da oben zu suchen. Und doch, wenn man genau hinsah, konnte man dort, wo niemand zu sein hatte, wenn nicht gerade kaiserlichen Geblüts, nicht nur eine, sondern gleich drei Gestalten herumhuschen sehen.

Gerade hatte der Vogt die Kapelle betreten, um sogleich den Pfaffen lautstark aufzufordern, mit der Taufe zu beginnen, da stellte sich eine der drei Gestalten ganz offen ans Loch.

»Herr Vogt, auf ein Wort!«

Theodor erkannte den Mann, es war Alfred von der Stadtwache.

Das Volk unten in der Kapelle war zutiefst entrüstet.

Wie konnte es jemand wagen, die Kaiserloge zu betreten und überdies noch den Vogt zu stören bei der bedeutendsten kirchlichen Zeremonie zu Ehren seines Enkels? Lautes Rufen und Geschreie war die Folge.

»Still – gebt Ruhe!«, dröhnte die Stimme des Vogts und schlagartig verstummte die aufgewühlte Menge. »Alfred, was fällt dir ein?«

»Herr, in dieser Stadt wird ein unschuldiger Mann gehängt!«

»Aber hat das nicht noch Zeit?«

»Nein, es eilt!«

»Wie kommt's, dass ich nichts davon weiß?«, wandte sich der Vogt an den Hauptmann.

»Aber der Mann ist eindeutig schuldig!«

»So eindeutig, wie du meinst, ist der Fall offensichtlich nicht, Sohn! Der Leutnant ist mir als untadeliger Soldat bekannt. Wenn er behauptet, der Mann ist unschuldig, so will ich mir doch zumindest selbst ein Bild davon machen. Immerhin ist er mein bester Mann in der Stadt!«

Ein Raunen erfüllte die Kapelle. Der Hauptmann lief

rot an, ebenso wie seine Mutter. Wütend stolzierte sie auf ihren Mann zu.

»Halt du den Mund, Waltraud!«, fuhr der Vogt sie an, bevor er sich wieder Alfred zuwandte. »Nun, wer ist der Beklagte und was wird ihm zur Last gelegt?«

»Es ist der Prospektor. Er soll eine Mine gesalzen haben.«

»Ein schweres Verbrechen. Wie kommst du darauf, dass er unschuldig ist?«

»Er teilt sich eine Mine mit seinem Oheim. Sollte er gerichtet werden, so fiele sein Anteil Theodor zu. Fragt Euren Sohn, wer der Kläger und der Käufer der angeblich gesalzenen Mine ist«, erwiderte Alfred und betete, mit seiner Vermutung recht zu haben.

»Nun, Sohn, die Frage ist berechtigt. Wer ist der Kläger?«

»Theodor«, antwortete dieser kleinlaut.

Alle Blicke richteten sich auf Theodor, Rufe wurden laut.

»Ruhe, verdammt!«, verbat sich der Vogt lautstark jegliche Kommentare. Wieder verstummte die Menge, während die anwesenden Geistlichen wegen des Fluches die Augen verdrehten.

»Nun, Sohn, angesichts des Zugewinns des Klägers halte ich zumindest eine Überprüfung der Fakten für angemessen! Was meinst du?«

Der Hauptmann nickte stumm.

»Wann soll die Hinrichtung stattfinden?«, wandte sich der Vogt wieder an Alfred.

»Heute, bei Sonnenuntergang!«

»Heilige Maria, das ist ja jetzt!« Der Vogt war entsetzt. »Rasch, gebt mir etwas zu schreiben! Habt Ihr Papier und Tinte, Vater?«, fragte er den für die Taufzeremonie anwesenden Geistlichen.

»Freilich, für die Beurkundung der Taufe«, antwortete dieser und wies auf den Altar.

Ohne ein weiteres Wort zu verlieren, tauchte der Vogt die Feder in die Tinte und wollte gerade die Taufurkunde seiner Enkelin beschreiben, als ihn seine Frau zurückriss.

»Untersteh dich, das Taufpapier Luisas zu beschmieren!«

»Ja, schon gut«, murmelte er, schlug die daneben liegende Bibel auf und riss das erste, nahezu leere Blatt heraus. Einige empörte Schreie und ein ohnmächtig zu Boden sinkender Geistlicher waren die Folge. Ungerührt kritzelte der Vogt einige Worte aufs Papier, dann sah er sich nach einem Boten um, doch keiner seiner Männer war in der Nähe. Robert, der die ganze Unterredung bereits eine geraume Weile stumm mitverfolgt hatte, stand plötzlich neben ihm.

»Herr, ich bin ein guter Freund Leonhardts. Vertraut mir Eure Nachricht an!«

Ohne zu antworten, schaute der Vogt nach oben. Alfred nickte zustimmend. »Kannst du reiten, Freund von Leonhardt?«

»Ja!«

»Dann nimm mein Pferd, es steht draußen. Beeil dich, zum Teufel!« Und an Alfred gewandt. »Leutnant, sieh zu, dass du runterkommst und lauf ihm hinterher, dich kennen sie wenigstens!«

Während sich draußen das Hufgetrappel rasend schnell entfernte, blickte Adara entsetzt zum Horizont. Die Rotfärbung des Himmels war dahin und die Sonne endgültig hinter den Bergen verschwunden, ebenso wie die Schatten.

Der Abenddämmerung folgte die Nacht auf dem Fuß.

Der Henker und seine Gehilfen machten sich an den Ketten zu schaffen. Nun war es also so weit. Während der eine Leonhardts Fesseln löste, passte der andere auf, dass er nicht davonlief.

Leonhardt lachte bitter. Selbst wenn er es gewollt hätte, wäre er nicht in der Lage gewesen, auch nur einen Schritt zu machen. Sämtliche Kraft war ihm bereits während des Kerkeraufenthaltes aus den Gliedern gewichen, die nahezu zwei Tage am Pranger hatten ihm endgültig den Rest gegeben.

Von sämtlichen Ketten befreit sank er matt zu Boden. Sollten sie ihm gleich hier die Lanze ins Herz jagen, die hundert Schritte bis zum Galgen jedenfalls würde er weder gehen wollen noch können.

Aber das war auch gar nicht nötig. Mühelos wie einen Sack Daunenfedern packten sie den Delinquenten unter und schleiften ihn zum Galgen. Der Marktplatz wimmelte derweil vor Menschen, niemals zuvor hatte ihn Leonhardt dermaßen belebt gesehen, und das, obwohl er immerhin hier in Goslar geboren und aufgewachsen war. Offenbar wollte jeder zusehen, wenn dem Prospektor der Garaus gemacht wurde. Nun, jammern würde er nicht. Er hatte sich fest vorgenommen, dem blutgeilen Mob zumindest diese Freude zu verderben.

Inzwischen hatten sie das Schafott erreicht. Einige

knarrende Holzstufen noch, dann stand er auf dem Podest, den Galgen im Rücken, und schaute auf seine Mitbürger. Einige waren ihm bekannt, doch nur wenige von ihnen schienen bestürzt, die meisten zeigten pure Schadenfreude.

Wie durch einen dichten Nebel drangen die Worte des Herolds zu ihm, auch das Johlen der Menge nahm er kaum noch wahr. Ein Soldat bedeutete ihm, auf einen Holzklotz zu steigen, dann wurden Leonhardt die Hände auf den Rücken gebunden und eine Kapuze aufgesetzt.

Ein Vorgeschmack auf die endgültige Finsternis.

Der Henker legte ihm ein kräftiges Seil um den Hals und zog die Schlinge fest. Leonhardt nahm nur noch seinen hektischen Atem und das Pulsieren in den Ohren wahr. Doch plötzlich hörte er das Klappern von Pferdehufen und eine Stimme, die ihm bekannt vorkam, wütendes Geschrei …

Er konnte es nicht glauben, aber sollte tatsächlich noch ein Wunder geschehen?

Dann wurde der Holzklotz unter seinen Füßen weggeschlagen und er fiel ins Leere.

Es war aus.

Die Meute war weit aus der Ferne zu hören. Dann die Fanfaren des Herolds, schließlich monotones Getrommel.

War er schon zu spät?

Robert schlug erneut dem Schimmel seine Fersen in die Flanken. Die Stute gehorchte, ohne zu murren. Offenbar war sie bereits einiges vom Vogt gewöhnt.

Er raste den Hohen Weg entlang über die Königsbrücke auf die Marktkirche zu. Robert zog hart am rechten Zügel und ritt in die nächste Gasse zum Rathaus. Beinahe wäre sein Schimmel auf dem glatten Pflaster gestürzt, nur mit Mühe konnte es den Sturz vermeiden. Es war ein gutes Pferd, wahrscheinlich das beste, das er je geritten hatte.

Die Menschenmassen vor ihm hinderten ihn nicht daran, der Stute weiterhin die Zügel zu geben. Sollten sie doch davonrennen, die blutgierigen Gaffer. Dann sah er, keine fünfzig Schritt voraus, den Henkersplatz. Leonhardt stand dort auf einem Holzblock, die Schlinge um den Hals und das Seil noch schlaff auf seinen Schultern.

Gott sei Dank! Er kam beizeiten.

Pferd zum Stehen bringen und vom Sattel springen war eins, und mit drei langen Schritten stand Robert auf dem Podest neben dem Scharfrichter, in der Rechten die Order des Vogtes schwenkend.

»Eine Depesche vom Vogt! Der Angeklagte soll nicht gerichtet werden!«

Sofort waren sechs Soldaten bei Robert und bedrohten ihn mit ihren Lanzen.

Das Schreiben schien den Henker nicht zu beeindrucken, vielmehr starrte er den Störenfried an. Offenbar rätselte er, woher er den Riesen kannte, dann plötzlich klarte sich sein Blick: »Ich kenn dich doch, Bursche! Du bist der Hohlkopf, der gestern am Pranger beinahe allein eine Prügelei mit einer Rotte Stadtsoldaten anfangen wollte. Gestern konntest du noch kein Wort von dir geben, nur dämlich grunzen!«

»Das ist Robert, der Gehilfe des Prospektors! Der

kann reden wie ein Prokurator, der verdammte Klugscheißer!«, kam es aus der Menge.

»Schau an, schau an, der Gehilfe des Delinquenten!«, sagte der Henker vielsagend.

»Wen schert's? Schaut lieber auf den Erlass vom Vogt!«

»Meines Wissens ist der Vogt weit weg, woher soll dies Schreiben daherkommen?«

»Lest einfach, hier!« Robert hielt ihm das Papier unter die Nase.

»Ich kann nicht lesen!«, erklärte sich der Henker und schien keineswegs traurig darüber. »Was ist, kann einer von euch lesen?«, wandte er sich an die sechs Wachsoldaten, die um Robert herumstanden. Nur einer hob unsicher seine Hand. »Oh, wir haben einen Studierten unter uns!«, grinste er hämisch in die Runde. »Na los, Junge, dann zeig uns mal, was man dir beigebracht hat!«

Ein schmächtiger junger Kerl mit pickeligem Gesicht nahm das Schreiben an sich. Kaum in der Hand, meinte er, er sähe nicht recht. »Die Seite stammt aus einer Bibel!«

Empörtes Raunen und Rufen schallte allüberall über den Marktplatz. Und selbst dem Henker verschlug es für einen Moment die Sprache. »Und was zum Teufel steht nun drauf?«, fragte er, nachdem er sie schließlich wieder gefunden hatte.

»Hinrichtung nicht durchführen! Delinquenten zur weiteren Vernehmung in den Kerker abführen! Der Vogt!«, stammelte der Bengel.

»Ist ein Siegel unter dem Papier?«

»Nein!«

»Irgendetwas anderes, was darauf hindeutet, dass die Order vom Vogt stammt?«

»Nein! Nichts!«

Der Henker riss dem Jungen das Papier aus der Hand und hielt es hoch über seinen Kopf. »Da kommt also der Gehilfe des Prospektors dahergelaufen«, proklamierte er laut in die Menge, »ein Mann, der über Nacht plötzlich seine Sprache wiedergefunden hat!«

Das Volk quittierte die Ausführungen des Henkers mit Gelächter.

»In der Hand hält er eine Seite aus der Bibel, auf der steht, dass wir den Verbrecher freilassen sollen …«

Robert schüttelte energisch den Kopf. Er wollte widersprechen, denn von Freilassen stand gewiss nichts in dem Schreiben, doch einer der Soldaten drückte ihm seine Lanze gegen die Kehle und der Henker fuhr ungerührt fort. »Angeblich stammt das Papier vom Vogt, doch weder dessen Siegel noch ein anderer Beweis bürgt für die Echtheit der Order!«

Es folgte eine bedeutungsschwere Pause, bevor der Henker weitersprach. »Also was meint ihr, Bürger von Goslar, sollen wir den Verurteilten freilassen?«

Laute Missfallensrufe zeugten davon, dass offenbar niemandem daran gelegen war.

»Oder soll ich endlich meine gottverdammte Pflicht tun und den verfluchten Verbrecher hängen?«

Die Meute tobte, dass der Platz bebte. Das Votum konnte nicht eindeutiger sein, das Volk wollte Blut sehen.

»Wohlan denn!«, sagte der Henker, dann trat er, ohne zu zögern, den Holzblock unter Leonhardts Füßen weg.

Robert wollte seinen Zorn laut hinausschreien. Nun war doch alles umsonst gewesen. Er sah Leonhardts Beine ins Leere sacken, einen Moment noch, dann würde der Ruck ihm das Genick bersten lassen. Das Seil straffte sich, der Fall war zu Ende, doch das Knacken brechender Knochen blieb aus, stattdessen strampelte er nun mit seinen Beinen, als wolle er davonlaufen. Blieb dem armen Kerl denn gar nichts erspart, musste er jetzt auch noch qualvoll ersticken?

Das konnte und wollte Robert nicht mit ansehen. Er stürzte nach vorn und wollte Leonhardt vom Seil befreien, bekam aber letztlich nur dessen Kapuze zu fassen, bevor ihn die Soldaten zu Boden warfen.

Leonhardt starrte mit weit aufgerissenen Augen auf Robert herab, den Mund geöffnet und die Zunge weit heraushängend, ganz so, als wolle er dem Pöbel zeigen, was er von ihm hielt.

Seine Bewegungen wurden zusehends langsamer, die Beine zuckten nur noch und strampelten nicht mehr.

»Herr, erbarme dich seiner!«, murmelte Robert. Beten war alles, was er für seinen Freund noch tun konnte, denn gegen die Lanzen der Soldaten war selbst seine rohe Kraft machtlos.

»Holt sofort den Gefangenen vom Galgen!«

Robert wandte seinen Blick. Hinter ihm kam Alfred angerannt. »Na wird's bald, schneidet ihn vom Seil!«, schrie er, so laut er konnte.

»Ja, aber …?«, zeigte sich der Henker verwirrt.

»Du solltest mich kennen, Henker! Ich bin's, Alfred, Leutnant der Stadtwache! Wenn der Gefangene nicht sofort vom Galgen kommt, hängst du selbst, ehe der Mond scheint!«

Plötzlich kam Leben in den unentschlossenen Gesellen. Nur einen Augenblick später war das Seil durchtrennt. Wie ein Sack Rüben fiel Leonhardt auf die Holzdielen.

Alfred sank völlig entkräftet auf die Knie, während Robert auf den Prospektor zustürzte und ihm das Seil vom Hals riss. Bis auf ein erstickte Krächzen kam nichts aus ihm heraus, aber immerhin, er lebte noch.

Gott sei Dank!

Derweil hatte sich die feindselige Stimmung ins Gegenteil verkehrt. Beifall schallte über den Marktplatz, die Menge raste vor Begeisterung.

Ein derartiges Spektakel hatte Goslar bisher nicht erlebt.

Dienstag, der zehnte Oktober

Die Reise geht weiter

Gut vier Wochen nach den aufregenden Ereignissen um Leonhardt zu Steuben saßen sie alle ein letztes Mal gemütlich beisammen im Hause des Prospektors.

Viel musste der Vogt nicht mehr ans Licht bringen, allzu schwer lastete die Aussage des weiterhin völlig verstörten und bereitwillig Auskunft gebenden Paul auf Theodor. Durch ein rasches Geständnis schließlich ersparte sich der alte Mann die Folter und die Bürger Goslars hatten sogar eine Hinrichtung mehr zu bejubeln, diesmal verlief alles ohne lästige Störungen.

Gottfried erholte sich rasch von seinem brutalen Sturz, zumindest körperlich. Um seine bislang grenzenlose Selbstherrlichkeit war es indes geschehen, denn der böse Fall brachte ihm nicht nur den Namen ›Der fliegende Ritter‹ ein, sondern auch wochenlanges Gespött und Häme. Der Umstand, dass ein Angestellter aus seinem Hause die Peinlichkeiten nach draußen getragen haben musste, sowie sein angekratztes Ego ließen ihn die nächsten Wochen und Monate noch weitaus liederlicher zu seinen Bediensteten sein. Zudem ward er zukünftig außerhalb der Mauern seines Heimes nicht mehr in Ritterrüstung zu sehen.

Alfred wurde in den Rang eines Hauptmannes befördert, wenn er seinen Posten auch nicht in Goslar bekleiden konnte, da des Vogtes Sohn bei aller Geringschätzung seines Vaters dennoch sein Amt behielt. So wurde das nahe gelegene Lutter Wirkungsstätte des frisch gebackenen Hauptmanns.

Leonhardt und Adara ließen ihren bislang wilden

Bund von einem Priester legitimieren, zumal ihre Liebe im kommenden Frühjahr Früchte tragen sollte. Der wieder in allen Ehren ins Amt zurückberufene Prospektor musste wohl bis an das Ende seines Lebtags ein Tuch um den Hals tragen, wollte er seine Mitmenschen nicht über Gebühr verschrecken, doch bis auf die hässliche Fleischwunde und einige fehlende Zehennägel, die nicht so recht nachwachsen wollten, blieb er von weiteren Nachwirkungen seines atemberaubenden Abenteuers verschont. Die geldlichen Angelegenheiten verliefen ganz in Leonhardts Sinne, so wurde nicht nur Theodors Minenanteil sein Eigen, auch verfügte der Vogt großzügig über Antons Grube. Da es keinen Erben gab, ging sie als Wiedergutmachung in den Besitz des unschuldig Verurteilten und beinahe gehängten Prospektors über.

Robert hatte seine Rüstung wieder an Gottfried verkauft. Freilich nicht selbst, sondern über einen Mittelsmann und zu einem Spottpreis, da ihn, gegenüber dem verhinderten Ritter, warum auch immer, Gewissensbisse plagten. Gottfried nahm das günstige Angebot dankend an, da seine eigene nach dem Sturz nicht mehr zu gebrauchen war. Das Schwert allerdings behielt Robert und ebenso das Pferd. Er überließ es seinem Freund Osman, da ihm seine Elsa als Reittier deutlich angenehmer war.

Das Geld, das ihnen Adara seinerzeit gestohlen hatte, zahlte ihnen Leonhardt wieder aus, und wie vereinbart das Doppelte obendrein sowie zusätzlich einen großzügig bemessenen Lohn bis zum Ende des Jahres. Mit dem, was sie von Gottfried für die Rüstung erhalten hatten, war ihr Geldbeutel nun zum Bersten gefüllt.

Die vier Freunde erhoben ihren Becher zu einem letzten gemeinsamen Trinkspruch, dann hieß es Abschied nehmen, denn der Weg nach Cölln war weit und der Winter nicht mehr allzu fern.

Lebewohl zu sagen, fiel Robert deutlich schwerer als seinem Freund, doch tröstete er sich damit, Adara in besten Händen zu wissen.

Wie zum Abschied schlugen die Glocken der Marktkirche im Einklang mit denen der Frankenberger, ein letztes Mal ritten sie über die schmutziggrau dahinfließende Abzucht, dann erreichten sie den breiten Handelsweg, auf dem sie vor einigen Monaten gekommen waren, und verließen die Stadt in nordwestlicher Richtung nach Hildesheim.

Weit war ihr Weg nach Cölln, und viele Abenteuer hatten sie noch zu bestehen – doch das ist wieder eine andere Geschichte.

ENDE

PETER HERELD

Geheimnis d. Goldmachers

319 Seiten, Paperback.
ISBN 978-3-8392-1069-7.

DIE HUNDE DES HERRN Sommer, im Jahre 1234. Zwei Männer, wie sie unterschiedlicher nicht sein könnten, sind auf dem Weg nach Köln. Osman Abdel Ibn Kakar, ein Muselman aus Alexandria, ist auf der Flucht vor seinem Herrn. Begleitet wird er von Robert dem Schmalen, seinem besten Freund. Unterwegs lernen sie in einem Dominikanerkloster in Hildesheim den großen Gelehrten Albertus Magnus kennen. Der Mönch verrät ihnen in aller Vertraulichkeit von seinem päpstlichen Auftrag: aus minderen Elementen Gold herzustellen. Als er kurz darauf entführt wird, fällt der Verdacht auf die beiden Reisenden. Der Beginn einer Jagd auf Leben und Tod …

UWE KLAUSNER

Engel der Rache

322 Seiten, Paperback.
ISBN 978-3-8392-1267-7.

TODESENGEL Rothenburg ob der Tauber im Jahre 1418. Geheimnisvolle Vorfälle halten die Freie Reichsstadt in Atem. Am Anfang steht der Selbstmord einer 14-jährigen Färbertochter, deren eilig bestatteter Leichnam auf rätselhafte Weise verschwindet. Kurze Zeit später schlägt der Leichendieb erneut zu. Als dann auch noch die Frau des Baders tot aufgefunden wird, macht sich große Angst breit. Auf Bitten des örtlichen Franziskanerkonvents beginnt Bruder Hilpert von Maulbronn den mysteriösen Dingen auf den Grund zu gehen …

GMEINER

Wir machen's spannend

AXEL GORA

Die Versuchung des Elias Holl

ca. 330 Seiten, Paperback.
ISBN 978-3-8392-1276-9.

PASSIONEN Augsburg 1614. Der Baumeister Elias Holl erhält den Auftrag seines Lebens – er soll ein neues, epochales Rathaus entwerfen. Der Zenit seiner Karriere, endlich wird er als kreativer Künstler anerkannt werden. Doch die Aufgabe droht ihm zum Verhängnis zu werden. Elias muss nicht nur gegen die Intrigen seines Widersachers Matthias Kager ankämpfen, sondern auch gegen die Liebe zu der blutjungen Lia, deren Vergangenheit ein erschütterndes Geheimnis birgt. Immer tiefer gerät Elias in einen Strudel Leidenschaft, Angst und Lüge …

BERNHARD WUCHERER

Die Pestspur

518 Seiten, Paperback.
ISBN 978-3-8392-1264-6.

DER SCHWARZE TOD Staufen im Jahre 1634. Die Pest wütet im Allgäu, in der Bevölkerung herrscht Angst. Lodewig und sein kleiner Bruder Diederich, Söhne des Kastellans Ulrich Dreyling von Wagrain, belauschen auf dem Friedhof ein folgenschweres Gespräch zwischen dem Totengräber und einem Unbekannten. Unfreiwillig werden sie dabei zu Mitwissern eines schrecklichen Geheimnisses. Als ein Geräusch die Jungen verrät, können sie gerade noch entkommen, werden jedoch von nun an unbarmherzig verfolgt. Obwohl statt ihrer zwei andere Knaben umkommen, schweben die beiden in ständiger Lebensgefahr. Und dann scheint auch noch die Pest ihre Opfer zu fordern …

GMEINER

Wir machen's spannend

OLIVER BECKER

Die Sehnsucht der Krähentochter

469 Seiten, Paperback.
ISBN 978-3-8392-1261-5.

DER EINSAME TOD Teichdorf im Schwarzwald um 1640. Nach drei ruhigen Jahren kehrt der Krieg zurück nach Baden. Doch noch schlimmer als das heranrückende französische Heer ist für die Teichdorfer Dorfbewohner die Bedrohung durch einen spanischen Söldnertrupp und die Heilige Inquisition. Selbst vor Hexenverbrennungen schreckt man nicht mehr zurück. Bernina, die Besitzerin des Petersthal-Hofes, ist in großer Sorge um ihre Mutter, die »Krähenfrau«, die aufgrund ihrer besonderen Heilkräfte ins Visier der Inquisitoren gerät. Als dann noch ihr Mann Anselmo verschwindet nehmen die schrecklichen Ereignisse ihren Lauf …

HARALD GÖRLICH

Kellerkind und Kaiserkrone

562 Seiten, Paperback.
ISBN 978-3-8392-1265-3.

AUFSTIEG AUS NIEDERSTEM STAND Stuttgart um 1848. Bruno Kohler wächst in ärmlichen Verhältnissen bei seiner Mutter auf. Alles ändert sich, als er einem jüdischen Jungen das Leben rettet. Dessen Vater, ein reicher Stuttgarter Kaufmann, erkennt Brunos Talent und ermöglicht ihm das Studium in Berlin und den Aufstieg in die höchsten politischen und wirtschaftlichen Kreise. Auch privat scheint er seine große Liebe gefunden zu haben. Doch das Schicksal schlägt unerbittlich zu. Alsbald wirft der deutsch-französische Krieg seine Lebenspläne über den Haufen. In Versailles verliebt er sich ausgerechnet in eine Französin und muss hierfür einen hohen Preis zahlen …

GMEINER

Wir machen's spannend

HERBERT BECKMANN
Die Nacht von Berlin

322 Seiten, Paperback.
ISBN 978-3-8392-1215-8.

NERVENKITZEL September 1911. Berlin ist Weltstadt. Rastlos, vergnügungssüchtig, nervös. Selbst bei Nacht eine »Stadt aus Licht«. Doch im Schatten des glitzernden Lichtermeers der Reichshauptstadt gedeiht das Verbrechen auf nie gesehene Weise: An verschiedenen Orten Berlins werden Leichen gefunden – brutal ermordet, grotesk kostümiert, theatralisch ausgestellt. Der blutjunge Ermittler Edmund Engel begreift als Erster, dass hier kein gewöhnlicher Mörder am Werk ist. Und auch der erfahrene Nervenarzt Alfred Muesall erkennt die Handschrift eines modernen Tätertyps. Einen »Künstler« im Fach Mord, dessen bizarre Spur in das weltberühmte Berliner Metropol-Theater führt …

GERHARD LOIBELSBERGER
Mord und Brand

321 Seiten, Paperback.
ISBN 978-3-8392-1217-2.

WIEN BRENNT! Wien, 27. Juli 1911. Ein Großbrand wütet auf den Holzlagerplätzen am Nordwestbahnhof. Erst nach zwei Tagen kann er unter Einsatz von 167 Mann der Wiener Berufsfeuerwehr gelöscht werden. Inmitten tausender Schaulustiger wird ein Mann brutal zu Tode geprügelt. Frantisek Oprschalek und sein bester Freund Nepomuk Budka, ein mehrfach verurteilter Gewaltverbrecher, ziehen eine blutige Spur von Morden und Brandstiftungen durch Wien. Inspector Nechyba und seine Frau Aurelia geraten in einen Strudel der Gewalt, der sie auch ganz persönlich bedroht …

GMEINER

Wir machen's spannend

Alle Gmeiner-Autoren und ihre Romane auf einen Blick

GARDENER, EVA B.: Lebenshunger **GEISLER, KURT**: Friesenschnee • Bädersterben **GERWIEN, MICHAEL**: Isarbrodeln • Alpengrollen **GIBERT, MATTHIAS P.**: Menschenopfer • Zeitbombe • Rechtsdruck • Schmuddelkinder • Bullenhitze • Eiszeit • Zirkusluft • Kammerflimmern • Nervenflattern **GOLDAMMER, FRANK**: Abstauber **GÖRLICH,HARALD**: Kellerkind und Kaiserkrone **GORA, AXEL**: Die Versuchung des Elias • Das Duell der Astronomen **GRAF, EDI**: Bombenspiel • Leopardenjagd • Elefantengold • Löwenriss • Nashornfieber **GUDE, CHRISTIAN**: Kontrollverlust • Homunculus • Binärcode • Mosquito **HÄHNER, MARGIT**: Spielball der Götter **HAENNI, STEFAN**: Scherbenhaufen • Brahmsrösi • Narrentod **HAUG, GUNTER**: Gössenjagd • Hüttenzauber • Tauberschwarz • Höllenfahrt • Sturmwarnung • Riffhaie • Tiefenrausch **HEIM, UTA-MARIA**: Feierabend • Totenkuss • Wespennest • Das Rattenprinzip • Totschweigen • Dreckskind **HENSCHEL, REGINE C.**: Fünf sind keiner zu viel **HERELD, PETER**: Die Braut des Silberfinders • Das Geheimnis des Goldmachers **HOHLFELD, KERSTIN**: Glückskekssommer **HUNOLD-REIME, SIGRID**: Die Pension am Deich • Janssenhaus • Schattenmorellen • Frühstückspension **IMBSWEILER, MARCUS**: Schlossblick • Die Erstürmung des Himmels • Butenschön • Altstadtfest • Schlussakt • Bergfriedhof **JOSWIG, VOLKMAR / MELLE, HENNING VON**: Stahlhart **KARNANI, FRITJOF**: Notlandung • Turnaround • Takeover **KAST-RIEDLINGER, ANNETTE**: Liebling, ich kann auch anders **KEISER, GABRIELE**: Engelskraut • Gartenschläfer • Apollofalter **KEISER, GABRIELE / POLIFKA, WOLFGANG**: Puppenjäger **KELLER, STEFAN**: Totenkarneval • Kölner Kreuzigung **KINSKOFER, LOTTE / BAHR, ANKE**: Hermann für Frau Mann **KLAUSNER, UWE**: Engel der Rache •Kennedy-Syndrom • Bernstein-Connection • Die Bräute des Satans • Odessa-Komplott • Pilger des Zorns • Walhalla-Code • Die Kiliansverschwörung • Die Pforten der Hölle **KLEWE, SABINE**: Die schwarzseidene Dame • Blutsonne • Wintermärchen • Kinderspiel • Schattenriss **KLIKOVITS, PETRA M.**: Vollmondstrand **KLUGMANN, NORBERT**: Die Adler von Lübeck • Die Tochter des Salzhändlers • Schlüsselgewalt • Rebenblut **KOBJOLKE, JULIANE**: Tausche Brautschuh gegen Flossen **KÖSTERING, BERND**: Goetheglut • Goetheruh **KOHL, ERWIN**: Flatline • Grabtanz • Zugzwang **KOPPITZ, RAINER C.**: Machtrausch **KRAMER, VERONIKA**: Todesgeheimnis • Rachesommer **KREUZER, FRANZ**: Waldsterben **KRONECK, ULRIKE**: Das Frauenkomplott **KRONENBERG, SUSANNE**: Kunstgriff • Rheingrund • Weinrache • Kultopfer • Flammenpferd **KRUG, MICHAEL**: Bahnhofsmission **KRUSE, MARGIT**: Eisaugen **KURELLA, FRANK**: Der Kodex des Bösen • Das Pergament des Todes **LADNAR, ULRIKE**: Wiener Herzblut **LASCAUX, PAUL**: Mordswein • Gnadenbrot • Feuerwasser • Wursthimmel • Salztränen **LEBEK, HANS**: Todesschläger **LEHMKUHL, KURT**: Kardinalspoker • Dreiländermord • Nürburghölle • Raffgier **LEIMBACH, ALIDA**: Wintergruft **LEIX, BERND**: Fächergrün • Fächertraum • Waldstadt • Hackschnitzel • Zuckerblut • Bucheckern **LETSCHE, JULIAN**: Auf der Walz **LICHT, EMILIA**: Hotel Blaues Wunder **LIEBSCH, SONJA / MESTROVIC, NIVES**: Muttertier @n Rabenmutter **LIFKA, RICHARD**: Sonnenkönig **LOIBELSBERGER, GERHARD**: Mord und Brand • Reigen des Todes • Die

Alle Gmeiner-Autoren und ihre Romane auf einen Blick